Mary-Louise Parker hat eine bezaubernd gewagte Liebeserklärung an die wichtigsten Männer ihres Lebens geschrieben. Sie schreibt an ihren verstorbenen Vater, den sie schmerzlich vermisst, an ihren Großvater, den sie nie kennengelernt hat, an ihren Sohn, über den sie nach der Geburt nächtelang schlaflos wacht, obwohl sie am Ende ihrer Kräfte ist. Sie schreibt ehemaligen Liebhabern und Fremden, die der Zufall manchmal zu Zeugen unserer verletzlichsten Momente macht. »Die Männer meines Lebens« weckt Erinnerungen, lässt einen beim Lesen Tränen lachen und wehmütig die eigenen männlichen Marksteine abschreiten.

Mary-Louise Parker wurde 1964 in South Carolina geboren. »Die Männer meines Lebens« ist ihr literarisches Debüt und wurde in den USA hymnisch besprochen. Die US-Schauspielerin ist vor allem aus den TV-Serien ›Weeds‹ und ›The West Wing‹ und dem Film ›Grüne Tomaten‹ bekannt. Ihr wurden der Golden Globe, der Tony Award und ein Emmy verliehen. Nun zeigt sie, dass sie neben der Schauspielerei ein weiteres großes Talent hat.

Anette Grube, geboren 1954, lebt in Berlin. Sie ist die Übersetzerin von Arundhati Roy, Vikram Seth, Chimamanda Ngozi Adichie, Mordecai Richler, Kate Atkinson, Monica Ali, Manil Suri, Richard Yates u. a.

Weitere Informationen finden Sie auf www.fischerverlage.de

Mary-Louise Parker

Die Männer meines Lebens

Aus dem Amerikanischen
von Anette Grube

FISCHER Taschenbuch

Erschienen bei FISCHER Taschenbuch
Frankfurt am Main, Juli 2018

Die Originalausgabe erschien 2015 unter dem Titel
»Dear Mr. You« bei Scribner, an imprint
of Simon and Schuster, Inc., New York

Druck und Bindung: CPI books GmbH, Leck
Printed in Germany
ISBN 978-3-596-29642-2

Für meine Mutter

Lieber Mann,

mannhaftes Geschöpf, das gut riecht, auch wenn es nicht gut riecht, du erwachst nur sehr langsam, mit zerzaustem, abstehendem Haar und einem leicht verwirrten Ausdruck im Gesicht, als wärst du sieben oder fünfundsiebzig; für dich, weil du eine Frau mit einem gesunden Polster an Jahren oder Pfunden bemerkst und ihr bewundernd nachpfeifst und es auch so meinst; weil du der Ansicht warst, dass beide kleinen Teppiche schön wären, wirklich; für dich, der du meine Fliegengittertür und meine Einstellung geradebiegen und die meisten Gläser aufschrauben kannst; für dich, der du verschlüsselst, einen Puck schießt, einen anständigen Schrank bauen und ein perfektes Sandwich machen kannst; für dich, der du den Kindern, die Hershey-Riegel verkauften, zwanzig Dollar gegeben und in deinem Flanellhemd drei Stunden mit mir an der Gepäckausgabe gewartet hast; für Sie, Sir, der Sie meinen Puls genommen, sich meinen Schwachsinn angehört, meine Bestellungen entgegengenommen haben; für dich, erwachsener Junge, Gentleman, Soldat, Professor oder Höhlenmensch; für dich und den Mann am Getränkestand; danke, dass du auf der Motorhaube des Wagens gelegen und zugeschaut hast, wie die Sterne abstürzten, danke für die Tour durch die Aufzugsanlage, durch die Schallschutzkabine, die kleine Straße; danke für das Kaleidoskop, den Genesungstequila, das Gemälde, die Wahrheit; danke für die braunen Diamanten und die Austern; für dich, der du mich über den Parkplatz zur Notaufnahme und die Treppe hinaufgetragen hast, und für dich, der du hin und wieder auftauchst, um mich zu verwirren und zu quälen; und für dich, der du immer in meiner Umlaufbahn geblieben bist, du hast dich für mich eingesetzt, ich werde es nicht vergessen; für dich, der es nicht begreift, und für dich, der die Fernbedienung, den Hund oder komplett die Orientierung verloren hat. Für dich, so unerlässlich und ungestüm, den zu verstehen ich versucht habe; für dich, der du transportiert, getröstet und niedergeschmettert hast, manchmal gleichzeitig. Ich habe es noch; das, von dem du sagtest, es gehöre mir, ich habe es aufbewahrt zusammen mit den Erinnerungen, obwohl ich das Wort »Erinnerungen« nicht ausstehen kann, wegen seines kitschigen Klangs und der schwermütigen Friedhofsimplikationen, aber es ist nun einmal gefallen, und ich berichte davon. Manche werde ich vielleicht falsch wiedergeben, andere würde ich gern für immer vergessen, dennoch danke dafür, und das

das ist für dich, Zerberus, süßes Ungeheuer mit den
vielen Gesichtern,
und für Sie, Pater Bob,
für den Hirschtänzer, weil er mich gesehen hat,
für den Maler und den Dichter,
für die NASA und den Taxifahrer, was soll ich sagen,
außer dass es falsch war und mir leidtut,
für den süßen Blue und den freundlichen Abe,
für die Feuerwehrmänner, insbesondere den einen,
für Onkel und den Zeitungsjungen und die Ziegen,
für den kleinen Uhu, was für eine Ehre, bei deinem
ersten Flug dabei sein zu dürfen,
für Rafiki Yangu und für meinen Mentor und meinen
Doktor,
für die, die ich nie kennengelernt habe, und für die,
die nie kennengelernt zu haben ich mir oft wünsche.

Vor allem für dich, Daddy. Das bist du in mir, der Blick in die Ferne. Du bist die Gedichte und die guten Werke und die Gläser mit Bonbons, die ich überall verstecke. Du bist, was mich unbezwingbar macht, und dank dir weiß ich, wie es weitergeht, wenn ich mich in jeder nur erdenklichen Beziehung angeschlagen fühle. Dank an den tatsächlichen Himmel und an euch andere, die mein unglaubliches und so weiter, das ist

für euch

Lieber Großvater,

es herrscht wieder Krieg in der Welt. Zum zweiten Mal zu deinen Lebzeiten.

Dein einziger Sohn ist seit elf Monaten in Übersee. Das Letzte, was du gehört hast, ist, dass er und seine Kameraden einen Brückenkopf irgendwo an der philippinischen Küste errichten wollten. Wenn dein Junge John dabei war, dann kannst du darauf wetten, dass es ein Riesenerfolg war. Er ist neunzehn Jahre alt und bemerkenswert begabt fürs Leben.

Wenn es dir möglich wäre, ihm in diesem Moment nachzuspionieren, würdest du einen jungen Mann sehen, der, in einen Regenumhang der Armee gewickelt, am Rand eines Reisfelds schläft. Die Artillerie schießt über die Straße, aber der Lärm geht in den heftigen dunklen Regenschauern unter, und dein Sohn schläft so lange, bis das Wasser ihn völlig umgibt und hochhebt. Als er erwacht, treibt er auf dem Rücken.

In zweieinhalb Wochen wird er zwei Jahrzehnte vollenden, und du hast dir etwas ausgedacht.

Du fährst zu der einzigen dir bekannten Bäckerei zwei Orte weiter. Die Frau hinter dem Ladentisch wischt sich die Augen an der Schürze ab, als du sie endlich um den größten Laib Roggenbrot bittest, den sie hat. Du hast ihr die Ohren vollgequatscht von deinem Sohn, und sie weigert sich, dich für das Brot bezahlen zu lassen, und schenkt dir obendrein noch ein paar Zimtschnecken. Du dankst ihr überschwänglich und sagst, dass dir gefällt, wie gut ihre Bluse zu ihrer Augenfarbe passt.

Für die Rückfahrt hast du eine Flasche Gin dabei. Sie ist im selben Augenblick ausgetrunken, als dir das Benzin ausgeht, und du am Straßenrand anhalten musst. Ein netter Kerl, ein Bergarbeiter wie du, nimmt dich mit, und du erzählst ihm von deinem Plan für den Geburtstag deines Sohnes. Fremden gegenüber bist du offen. Und abgesehen davon ist es ein verdammt guter Plan.

Dreiundvierzig Jahre später wird deine Enkelin auf einer Straße in der Nähe von San Francisco trampen. Sie ist mit zwei jungen Männern unterwegs, die sie auffordern, ihren Rock hochzuziehen und so attraktiv wie möglich auszusehen. Sie haben ein Stück Pappe beschriftet, um einen netten Menschen auf sich aufmerksam zu machen. Auf dem Schild steht, MARIN, BITTE, WIR HABEN SARTRE GELESEN. Bald schon wird ein Mann anhalten, der nur ein Mädchen mit einem Schild sieht, doch kaum hat er gebremst, laufen zwei Jungen hinter einem Busch hervor. Die Jungs zwängen sich in den kleinen Wagen und danken dem Mann für seine Großzügigkeit, bevor er es sich anders überlegen kann.

Eine Stunde später wird deine Enkelin mit einem der Jungen ein Café betreten. Sie haben Hunger und nicht einmal zwei Dollar, doch das Mädchen setzt sich an einen Tisch in der Ecke, und der Junge schaut sich um nach jemandem, den er im Poker schlagen kann. Sie isst langsam ihr Frühstück, liest zwischen zwei Bissen Croissant mit Erdbeermarmelade in ihrem Buch und bestellt erst eine heiße Schokolade, als ihr der Junge signalisiert, dass er dabei ist, zu gewinnen und sie für ihr Essen werden bezahlen können. Ein Mann bemerkt sie und versucht, sich ihr gegenüberzusetzen, aber sie starrt ihn ausdrucklos an und zeigt mit dem Finger auf den Jungen, der die Sache verfolgt. Der Junge kneift die Augen zusammen und bedeutet ihm zu verschwinden, und als der Mann sich davonschleicht, wendet sie sich wieder ihrem Buch zu, bei dem es sich zufälligerweise um Jean-Paul Sartres *Zeit der Reife* handelt. Es wird zu regnen anfangen, als die Gruppe über die Golden Gate Bridge fährt. Deine Enkelin liebt den Regen wie du, der Großvater, den sie nie kennengelernt hat. Als sie geboren wird, bist du schon tot, und deine Frau hat deinen Bruder geheiratet. Deine Enkelin hat nie wirklich über die Tatsache nachgedacht, dass es statt »Oma und Opa« immer »Oma und Onkel George« hieß. Als sie älter ist, wünscht sie, sie hätte dich gekannt, weil du Gegenstand vieler Geschichten bist, die im Kreis der Familie immer wieder erzählt werden.

Doch es ist besser, dass du jetzt, als du nach Hause kommst und in die Küche gehst, nichts davon weißt. Du nimmst eine Handvoll Cracker aus dem Brotkasten und isst sie mit Leberwurst, bevor du dich ans Werk machst. Du legst den Laib auf den Tisch und betrachtest ihn eine Weile. Dann lächelst du. Der Anblick des Brotes und deine eigene Bauernschläue treiben dir nahezu die Tränen in die Augen.

Du schneidest den Laib in der Mitte durch und höhlst ihn bis auf die Kruste aus. Das Innere drückst du zu Bällen zusammen und legst sie in den Eisschrank, wo deine Frau sie finden wird. Sie wird sie vielleicht für einen Hackbraten brauchen, wenn sie zu wenig Rindfleisch hat. Du denkst immer an die anderen.

Du nimmst die Flasche starken Kentucky-Whiskey aus der Tüte und bewunderst das Etikett, das dir vor den Augen verschwimmt. Als du versuchst, es zu entziffern, fällst du beinahe vom Stuhl. Ein Schluck Schwarzgebrannter aus dem Krug im Kühlschrank scheint eine gute Idee. Du stehst schwankend da, die Hand an der Kühlschranktür, und lässt die Kälte entweichen.

Die Kerze ist ein Problem, weil du keine findest und deine Frau wecken musst, die dich beschimpft. Als du erklärst, dass du sie für das Geburtstagsgeschenk des

Jungen brauchst, geht sie in der Kittelschürze zu den Nachbarn und bittet um eine Kerze. Du bewunderst ihre Art, die Dinge anzupacken, als sie mit einem Kerzenstummel in der Hand und hochgradig beunruhigt die Einfahrt zurückkommt. Die ganze Sache macht dir einen Mordsspaß.

Du lässt Wachs von der Kerze auf den Verschluss der Flasche tropfen und versiegelst den Whiskey. Dann legst du die Opferflasche in den Sarg aus Brotkruste und dankst etwaigen höheren Mächten zum zweiten Mal für deine gottverdammte Genialität. Du gibst Worcestershire-Soße in einen Rest Zuckerguss und schreibst mit dieser dunklen Mischung »Alles Gute zum Geburtstag John!« auf den Laib. Das Ausrufezeichen sieht aus wie eine Kaulquappe, aber das macht die Sache noch geheimnisvoller. Du kicherst, als du das Geschenk verpackst.

Als dein Junge die Schachtel mit seinem Namen darauf sieht, reißt er sie auf, in der Hoffnung auf Nachrichten von Zuhause. Er grub Schützenlöcher für die Nacht, als die erste Post seit Wochen via Neu Guinea eintraf. Als sein Name aufgerufen wurde, war das fast schon Geschenk genug.

Er wühlt sich durch das Zeitungspapier und findet deinen Kuchen, mittlerweile erbärmlich anzusehen und schimmlig. An Stellen, wo die Glasur abgegangen ist, wirkt er armselig, aber er ist von dir, deswegen weiß er, dass sich der Spaß unter der Oberfläche versteckt. Er entfernt den Zwirn und schaut hinein, dann lacht er laut und streckt die Hand gen Himmel. Die anderen Soldaten schlagen ihm auf den Rücken und wünschen ihm alles Gute zum Geburtstag, während sie den Hals der Flasche beäugen wie den elegant geschwungenen Hals einer Frau, den sie mit ihren schmutzigen kalten Händen fassen können.

John prostet dir zu, bevor er die Flasche herumgehen lässt und alle gemeinsam »Hipp-hipp-hurra!« rufen. Den jungen Männern, die im Schlamm feststecken und zum Abendessen eine Dose mit Sardinen verschlingen, entgeht die Ironie dieser Feier. Sie heben die Gewehre und die Fäuste in der Überzeugung, dass dieser Drink hier inmitten dieses Reisfelds nicht ihr letzter ist. Zu Hause warten richtige Partys und die Gelegenheit, ein sauberes Hemd und eine Krawatte anzuziehen und Eiswürfel in einem anständigen Glas Gin klirren zu hören. Der Tag, an dem sie auf einem richtigen Stuhl sitzen und diese Geschichte erzählen werden.

Aber jetzt jubeln sie so gut sie können. Ihr Geschrei weckt dich nicht, wie du mit dem Gesicht nach unten in West Virginia auf dem Teppich liegst und mit einem Sohn sprichst, der zu tief im Dschungel ist, um dich zu hören. Du fragst dich, ob es in dem Teil der Welt, wo dein Junge gerade ist, die gleichen Heuschrecken gibt wie hier. Heuschrecken. Du magst ihr Zirpen, doch sie ruinieren das Entdecken. So wie sie jede Nacht auf genau die gleiche Weise höher und tiefer zirpen, ist dir klar, wie viel Uhr es ist, bevor du aus dem Fenster schauen und nachsehen kannst, wo der Mond am Himmel hängt.

Lieber Daddy,

ich kenne weder seinen Namen noch seinen Rang. Er muss mittlerweile tot sein.

Es war 1944 auf den Philippinen. Dein Bataillon hat versucht, einen Keil zwischen die Japaner zu treiben, damit sie die Amerikaner nicht an den Strand zurückdrängen und sie an der Küste des Ozeans niedermetzeln konnten, wo sie Futter für die großen Fische gewesen wären. Wo ihre Knochen und die Fotos von ihren Freundinnen zu Hause angeschwemmt worden wären. Ihre Stiefel wären für immer verschwunden. Während der Kämpfe nehmen Soldaten die Stiefel von Gefallenen mit, hast du mir erzählt, weil man im Krieg vor allem marschiert.

Der Soldat sah, wie du dich quältest. Du hast dich nicht an seinen Namen erinnert, was bedeutet, dass die Schusswunde in deinem Bein barbarisch war, weil du dich sonst immer an alles erinnert hast. Er trat aus der

Reihe und suchte einen Ast, den er dir ans Bein band, damit du mit deinem Gewehr als Stock wieder gehen konntest. Du bist weitermarschiert, hast dich durch das Dickicht geschlagen. Als der Schmerz dich zu versengen drohte, bist du langsamer geworden, aber nicht stehen geblieben. Im Dschungel ist die Nacht so finster, dass man die Hand vor Augen nicht sehen kann, aber du hast die Schreie der Männer gehört, die in fünfzig Metern Entfernung mit Bajonetten erstochen wurden. Die Jungs ganz hinten in der Reihe waren als Erste dran, ihr Leben endete im Busch mitten auf einer Insel, von der sie eine Woche zuvor noch nie gehört hatten. Letzter zu sein war nicht gut.

Der Kommandant ordnete eine kurze Pause an, damit sich die Soldaten ausruhen konnten. Nicht schlafen, aber Wasser trinken oder teilnahmslos auf ihre Wunden starren oder sich gegenseitig anglotzen. Rauchen. Während Hunderte Soldaten dasaßen, bist du weitermarschiert, bis du nicht mehr Letzter, sondern in der Mitte der Reihe warst. Du warst der Einzige, der auf den Beinen war, du hast dein Bein hinter dir hergezogen, bis du mit einer Kugel im Oberschenkel ganz vorn warst. Als der Kommandant wieder weitermarschieren ließ, zogen sie erneut an dir vorbei, drängten dich nach hinten, bis ein weiterer Halt befohlen wurde, aber auch während dieser Pause bist du weitergehumpelt. Du hast dich an Soldaten vorbeigekämpft, die auf ihren Helmen saßen und Tabak kauten, sich eine Packung Life Savers teilten. Manche hatten die Hände vors Gesicht geschlagen, während andere in Habachtstellung dastanden. Wie sie da an Ort und Stelle festsaßen und nirgendwohin konnten, sahen sie aus wie die Statuen, die eines Tages an öffentlichen Orten an sie erinnern sollten, mit Plaketten, die ihre Tapferkeit und diese Schlacht beschrieben.

Und so ging es auch am folgenden Tag weiter, du hast es geschafft, dich in der Mitte zu halten, indem du das Ende nicht akzeptiert hast. Deine Hand war mit dem Gewehr verschmolzen und schmerzte wahnsinnig, aber du hast dich weitergeschleppt und keine Pause gemacht. Irgendwann, als du immer noch nicht gestorben warst, hörte der Urwald auf, und es war richtig hell. Du wurdest ausgeflogen, nur um einen Monat später mit deinem ersten Purple Heart wieder zurück zu sein. Die Auszeichnung hast du nie verstanden und gefragt: »Warum geben sie dir einen Orden, wenn du so blöd warst, dir eine Kugel einzufangen?«

Monate später lagst du zitternd unter einer Decke in Manila und hofftest, rechtzeitig nach Hause zu kommen, um dich für Silvester mit diesem Mädchen zu verabreden. Seit dem Tag in der Bank hast du nur noch an sie gedacht. Sie kam zu dir mit einer Nachricht von einem anderen Mädchen. Sie hatte so braune Augen. Sie hatte Haut, die aussah wie eine Schale Obst mit Sahne darauf, und wirkte, als würde sie zu einem Mann halten, aber auf unauffällige Weise, mit einem Orchester aus leisen Seufzern und ellenlangen Sätzen. Du hast jemanden nach ihrer Geschichte gefragt. Offenbar wollte sie im Herbst aufs Averett College gehen, und daran hast du dich erinnert, als du ein Jahr später mitten im Krieg vor einem Lagerfeuer gesessen hast. Im Schein des Feuers hast du ihr einen Brief geschrieben und oben auf die Seite die Worte *VON IRGENDWO AUF DEN PHILIPPINEN* gekritzelt.

Dreißig Jahre später fiel meine jugendliche Europareise-um-Jungen-kennenzulernen ins Wasser, weil die Eltern meiner Freundin dagegen waren. Ich war so am Boden zerstört, dass du es nicht ertragen hast. Du hast etwas verkauft oder beliehen und eine Tour durch Europa für die ganze Familie gebucht – nicht gerade, wovon ich geträumt hatte, aber du warst so glücklich, mir diese Reise, die du dir nicht leisten konntest, zu ermöglichen, dass ich ganz aufgeregt tat und hoffte, in einem Zug einen Jungen zu treffen, der kein Englisch konnte und mich küssen würde, aber es gab keine süßen Jungs. Da stand nur ein Mann am Pier von Monte Carlo, der mich für eine Prostituierte hielt, aber die Reise hatte ihre Momente. Du und ich sind eines Morgens in Amsterdam früh aufgestanden und zu einem Diamantenhändler gefahren, um Mom einen Ring zu kaufen. Dort hast du mich gedrängt (»Such einen für dich und deine Schwester aus, bitte, ich will es so«), und ich habe den kleinsten genommen und gebetet, dass es auch der billigste ist, doch du hast auf einem größeren bestanden. Wir sind mit dem Boot zum Hotel zurückgefahren, und ich erinnere mich, wie du über das Wasser geschaut hast. Ich habe die Last auf deinen Schultern gesehen. Du hast geträumt und Pläne geschmiedet und warst randvoll mit Wehmut.

Auf einer Taxifahrt die Sixth Avenue entlang sagte dein Enkel: »Mommy, gibt es nicht so viele erstaunliche Dinge auf der Welt? Haben wir nicht Glück, dass wir leben?« Da sprichst du aus ihm, Daddy. Er ist wie du, voller Extreme und ein großer Träumer. Beide Kinder stehen füreinander ein, und ich weiß, dass du darüber glücklich wärst. Ich versuche, sie zu Pazifisten zu erziehen, aber manchmal nur halbherzig. »Lady, das Unternehmen, das Sie hier leiten, ist ein Saustall«, hast du zu der Bibliothekarin gesagt, die mir vorgeworfen hat, ich würde lügen bezüglich der Zahl der Bücher, die ich ausgeliehen hatte. »Böse Frau, Sie sind das A-Wort«, sagte Will zu der Frau im Hundepark, die mich dumm genannt hatte, weil ich das Tor nicht geschlossen hatte.

Meine Kinder werden mich vermutlich nie über ein Scheckbuch geneigt sehen und meine wachsende Panik spüren oder spät nach Hause kommen und mich auf der Straße mit einer Schaufel bewaffnet antreffen, wie ich einen Autofahrer am Hals packe, weil ich Alkohol an ihm gerochen habe. Sie werden erleben, wie ich ihre Siege groß feiere und es jedem bis zu meinem letzten Atemzug nachtrage, wenn er sie unfair behandelt. Das ist deine Familie, die ich manage. Ich kann es mir nur als

Verdienst anrechnen, dass ich auf dich deute, wenn ich etwas richtig mache und einen Fuß vor den anderen setze, wenn ich den Mut verliere.

Wir alle vermissen dich ziemlich heftig, die von uns, die nicht existieren würden, wärst du nicht weitermarschiert, als ein gewöhnlicher Mensch in die Knie gegangen wäre. Es gibt keine Sprache, die ausdrücken kann, wie sehr du mir fehlst. Das wäre, als wollte Blau versuchen, den Ozean zu beschreiben.

Lieber Junge vom Stamm der Yaqui,

wo bist du jetzt?

Bist du fortgeflogen und hast das Barrio verlassen? Die meisten Yaqui-Indianer gehen nicht weg. Das harte Leben hat dein Volk in das Ghetto innerhalb des Ghettos getrieben, in das ich nach der Schule so oft gekommen bin. Ich lernte die Straßen aus dem Fenster eines tiefergelegten Autos kennen, dank der Hydraulik holperte der Wagen über den Asphalt, während wir Earth, Wind and Fire oder die Sugarhill Gang hörten. Du musst uns bemerkt haben, wenn wir vorbeifuhren und Gloria und Alicia schrien: »HOTEL! MOTEL! WHAT YOU GONNA DO TODAY? (SAY WHAT?)« Arturo saß am Steuer. Er stieß Sammy Z in die Rippen und sagte *ai, chécalo, schau sie dir an.* Er deutete auf die Hintern der Mädchen, die zur Musik auf und ab hüpften, während die Mädchen ihre Köpfe aus dem Fenster steckten. Die Jungen hatten das Haar nach hinten geklatscht und trugen Chinos, und die Mädchen hatten ihre fedrigen Haare nach eigener Aussage mit einer halben Flasche Final Net so gelackt, dass sie im Wind in zwei flachen Platten wie Hörner hochflogen. Und ihre Jeans? Bei Bandenmitgliedern zeichneten sich die Schamlippen ab. Sie wussten, dass sie sexy waren. Ihre Ärsche wären nie wieder in ihrem Leben so titanisch, auf diesen *culos* konnte man einen Flan abstellen, ohne dass er auch nur gewackelt hätte. Meine Freundin und ich saßen zwischen den anderen Mädchen, verlegen, aber fasziniert, unterhielten uns flüsternd über Sammy Z und sagten, *Orale vato! Que barrio!*, aber nicht so laut, dass die anderen uns gehört hätten.

Was ist aus dir geworden, Yaqui-Junge? Hast du es wie Sammy und die meisten anderen Mexikaner gemacht und das Mädchen geheiratet, mit dem du auf den Abschlussball der Schule gegangen bist? In Guadalupe hatte jeder seinen Ort. Die Yaqui-Indianer, dein Volk, lebten weit draußen. Ich hatte dich nie zuvor gesehen und weiß nicht einmal, auf welche Schule du gegangen bist. Mit fünfzehn war meine einzige gute Freundin Mexikanerin, und sie hat mich in dein Viertel mitgenommen. In der überwiegend weißen Gemeinde, in der ich lebte, war alles mörderisch mittelmäßig. Es fiel schwer, sich dort zu verorten, wo alles eine moderate Version von etwas war, das sich nicht traute, zu hoch hinauszustreben oder unter das Mittelmaß zu fallen. Stattdessen ging ich ins Barrio, ließ mich zu jeder Posada und *quinceañera* schleppen, überallhin, wo es Empanadas und Mariachis gab, die jeden Auftritt mit dem Lied »Sabor a Mi« beendeten. Du wärst nie in meine Gegend gekommen, wo jeder Junge ein Footballstar und jedes Mädchen eine beliebte Cheerleaderin war. Ich konnte sie nicht ausstehen und wünschte mir manchmal gleichzeitig, eine von ihnen zu sein, ein Mädchen, das zu Tanzveranstaltungen eingeladen, nach Hause begleitet oder gelegentlich von einem unheimlichen Onkel betatscht wurde.

Niemand außer dir, Hirschtänzer, nahm mich wahr, als ich fünfzehn war. Es war an deinem Pascala, an meinem Ostern. Ich schlenderte durch Guadalupe zu der Wiese, auf der Mädchen sich zuflüsterten, dass Mexikaner Opfer auswählten, sie mit Telefonkabeln fesselten und vergewaltigten. Das jagte mir nicht halb so viel Angst ein, wie durch die Schulgänge zu gehen, und ich glaubte es sowieso nicht. Ich war meilenweit die einzige weiße Person und *que blanca*, ich war so blass wie das Papier in den Schulheften, nur ohne Linien. Mir fiel auf, dass die Häuser kleiner und die Gärten chaotischer waren, vollgestellt mit kaputten Autos und Schaukeln, die als Wäscheständer dienten. Wir sahen mehr Leute von deinem Volk, unterwegs zu ihrem Osterfest, ihrem wichtigsten Festtag. Bald roch es nach frittiertem Teig, und es standen Gruppen von Leuten herum, manche in Stammestracht. Meine Freundin ging zu der größten Gruppe, die so dicht gepackt war, dass wir nicht sehen konnten, was die Leute anschauten. Sie nahm meine Hand, bedachte den Mann neben uns mit ihrem bezaubernden Lächeln, und er machte uns Platz, damit wir nach vorn konnten.

Da warst du. Neben dir saß ein Mann und trommelte auf einer Kalebasse, die in Wasser schwamm. Jemand sang in Yaqui, dieser Sprache, die so reich an Artikeln und Luft ist, der Klang so unermesslich schmerzvoll, dass sich jeder Ton wie jemand anhört, der fleht oder einen Verlust erleidet. Die Musik bildete jedoch nur den Hintergrund, denn ich ließ dich nicht aus den Augen. Meine Freundin flüsterte:

Die Trommel ist das Herz des Hirsches, und die Stöcke, mit denen er trommelt, sind der Atem in seinem Körper.

Ich weiß nicht, wie lange es dauerte, bis du mich hypnotisiert hattest. Bevor uns die Menge durchließ, hatte ich über den Köpfen der Leute ein Geweih gesehen und mir gedacht, o Gott, bitte, kein Tieropfer, ich bin schließlich Episkopalin, ich ertrage nicht jeden Quatsch, aber das war es nicht. Du warst es, heiliger, schöner Junge. Du hast mit einem vollen Geweih auf dem Kopf getanzt, während dein Publikum hingerissen und ehrfürchtig zuschaute.

Der Legende nach wird der Hirschtänzer zum Tanzen aufgefordert, erhält den Ruf im Schlaf. Es ist eine Berufung in deiner Kultur, in der schwerwiegende Entscheidungen auf Träumen und Blumen beruhen. Einen

Hirschtänzer zu fotografieren ist verboten, und es waren Warnschilder aufgestellt worden. Für die Gläubigen ist der Tanz eine so immense Stärkung, dass allein das Zuschauen reinigt, und da man nicht weiß, wie viele Tänze man im Leben sehen wird, sollte man jede Gelegenheit nutzen, die sich bietet. Du warst meiner, und ich schwöre, dass du für mich trotz deines struppigen schwarzen Haars und deines schmutzigen Gesichts so sehr ein Hirsch warst wie alle, die ich zwischen Bäumen habe davonlaufen sehen. Obwohl du wahrscheinlich so alt warst wie ich, stellte sich dir mehr in den Weg als mir, und dein Leben war härter als meins. Die untere Hälfte deines Körpers war so dick mit roter Erde bedeckt, als hättest du in der Sonne gelegen, bis du verrostet warst.

Ich trat einen kleinen Schritt näher. Ich spürte etwas, mehr, als dass ich es tatsächlich sah. Eine Frage bedrängte mich, *sieht er mich?*, und die Antwort konnte unmöglich ja lauten, aber es war so. Ich spürte, dass ich gesehen wurde. Du hast mich nicht so sehr angesehen als vielmehr angetanzt, du hast mich mit dem Radar an den Spitzen deines Geweihs gefunden, während du dich in meine Richtung geneigt hast. Deine Brust war so braun, dass die Erde darauf wie eine matte Schattierung von Kreide wirkte, und dein Atem ließ deine Rippen hervortreten und sich zurückziehen. Mein Herz schlug schneller, als sich dein Hirsch aufrichtete, als würde er in der Nähe eine Gefährtin wittern. Dein Körper war zu gleichen Teilen Mensch und Tier; er gab mir das großartige

Gefühl, gejagt zu werden und dennoch sicher zu sein. Ich wollte dich streicheln und füttern, ich wollte, dass du mir nachrennst und deine Zähne in mich schlägst. Ich wünschte mir, du würdest meine Beine so rot färben, indem du mich unter dir auf die Erde drücktest.

Der Gesang endete zu abrupt. Einen Augenblick lang standst du so reglos da, dass ich nicht mehr wusste, ob du dich jemals gerührt hattest. Dann hast du dich endlich entspannt, dich vornübergeneigt und die Hände auf die Knie gestützt, so bist du zurückgekehrt. Einer der Musiker gab dir eine Handvoll Zigaretten, und ein paar Männer wollten danach greifen im Tausch gegen ein kleines Trinkgeld als Zeichen des Respekts. Du hast dich nahezu lustlos umgesehen und sie ignoriert. Stattdessen bist du durch den Kreis gegangen, direkt auf mich zu. Ich war noch immer fixiert auf dich, deine braunen Augen, deinen Mund, als du auf mich zukamst, auf die noch nie zuvor ein Junge zugegangen war. Nicht auf diese Weise, nicht um sie zu erwählen. Während der letzten Schritte, als die Männer hinter dir herliefen, hast du mir direkt und vollkommen offen ins Gesicht geschaut. Nur eine Hirschlänge entfernt, warst du größer, als ich gedacht hatte, und blicktest auf mich herunter, während meine Beine zitterten und meine Arme mit einer Gänsehaut überzogen waren. Wir starrten uns an, bis du eine Zigarette hoch hieltst und sagtest:

Quieres?

Ich schüttelte den Kopf, nein. Du zucktest die Schultern. Ich bot dir ein Lächeln an, und das war wirklich mehr, als ich irgendeinem Jungen bislang freiwillig gegeben hatte. Du hast ebenfalls gelächelt, dann geseufzt und dich abgewandt. Du hast ein paar Schritte zur Seite gemacht, um mich, so dachte ich, nicht auszuschließen. Ein schneller letzter Blick, und dann warst du fort und bist mit den *Fariseos* gegangen, die dich mit Blumen überhäuften.

Es gibt nur noch relativ wenige deines Stammes, zählt ihr euch? Sie haben dein Volk für fünfundzwanzig oder fünfzig Centavos pro Kopf verkauft, ihr wurdet gejagt wie Wild, aber darüber spricht niemand. Niemand kennt dich. Dort, wo ich aufgewachsen bin, lebte und lebt dein Volk, nicht weit von der Wüste, wo die Hirsche frei herumlaufen. Die meisten von ihnen werden nicht älter als vier Jahre. Berglöwen, Männer mit online gekaufter Bogenausrüstung, es gibt zu viele Jäger, als dass das Wild sein potentielles Höchstalter erreichen könnte. Das größte Risiko besteht während der Brunft. Dann wird ein Hirsch sorglos, schließt die Augen hinten in seinem Kopf. Wenn er hofft, dass sich eine Hirschkuh in der Nähe aufhält, dann wird er nervös und verfolgt diese Spur, plötzlich verträumt und unbesonnen. Diese Hoffnung kann ihm eine Kugel einbringen; sein Verlangen wird dann zu einer weiteren qualvollen Art zu verenden.

Lieber Draufgänger,

ich weiß noch, wie ich auf das Beatles-Poster von Avedon starrte, als ich viereinhalb war. *Jahre alt.* Es war an die Wand hinter dem Bett meiner Schwester geklebt, und ich habe Löcher hineingebohrt und die Gruppe angestarrt, während sie ihre Platten spielte, die ich schon kannte. Mit sieben habe ich im Garten hinter dem Haus ein Stück mit dem Titel »Die falschen Beatles« für ein Publikum bestehend aus null Leuten aufgeführt. Meine Rolle war ein Mädchen namens Sweetie, das von vier Männern verführt wurde, die behaupteten, John, Paul, George und Ringo zu sein. Manchmal machte das Mädchen aus der Straße mit, aber normalerweise spielte ich das ganze Stück allein oder mit meinem Hund. Der Anfang war eine Montage, in der Sweetie Komplimente von Paul zu ihrer Persönlichkeit und ihrem schulterfreien Sommerkleid bekam, gefolgt von einer Szene, bei der sie auf der Schaukel saß, während sie ihr Songs aus *Revolver* vorsangen. Dann bemerkte sie Indizien dafür, dass es Betrüger waren, die sie entführen wollten. An manchen Tagen wurde Sweetie von dem falschen George geknebelt und gefesselt, die sadomasochistischen Implikationen wohl beunruhigend, da eine Zweitklässlerin sie heraufbeschwor. Das Stück endete damit, dass ich im Garten auf einem Erdhaufen stand, die Arme hob und nach dem rettenden Seil griff, dass der echte Paul McCartney aus einem Hubschrauber warf. Paul kletterte herunter und riskierte sein Leben, während er »Here, There and Everywhere« sang. Die Sache befriedigte meine Errettungsphantasien und mein Bedürfnis, von einem Rockstar geschätzt zu werden, während ich ein schulterfreies Sommerkleid trug. In dem Versuch, Interesse für das Stück zu erregen, schrieb ich einem Fernsehsender einen Brief, aber meine Eltern schickten ihn nicht ab.

Als ich dich fand, war ich den Beatles immer noch treu ergeben, doch ich war auf der Highschool und bereit für etwas Neues. Rickie Lee Jones und The Smiths waren noch ein paar Jahre entfernt, aber deine Musik kam genau zur richtigen Zeit. Sie gab mir einen Schub, der in mir den Wunsch weckte, mich zu wehren. Mein Bruder brachte mir nacheinander alle deine Platten. Wir saßen in seinem Zimmer und hörten jeden Song, und er sprang auf und spielte Luftgitarre oder hielt den Plattenspieler an und setzte die Nadel zurück, damit wir eine Textzeile noch mal hören konnten. Manchmal lieh er mir eine Platte über Nacht, damit ich sie beim Einschlafen hören konnte, und wenn sie zu Ende war, ging ich im Nachthemd auf Zehenspitzen zum Plattenspieler und spielte sie noch mal, nur leiser. Du bist auf unserer Terrasse erschienen, wenn ich deine Platten hörte, und in deinem verbeulten Wagen mit mir davongefahren. Es war besser als mein tatsächliches Leben und der metallische Geschmack des Zorns auf meiner Zunge, den ich weder verorten noch erklären konnte. Auch du warst ein Einzelgänger in einer Kleinstadt, isoliert und als komisch abgestempelt. Ich legte deine Platten auf und stellte mir vor, wir würden uns finden, beide entfremdet und ausgehungert nach Zuneigung. Ich stieg heimlich aus meinem Schlafzimmerfenster und traf dich in einem verlassenen Vergnügungspark oder an einer Tankstelle, ich spürte deine Lederjacke an der Wange und sah deinem Gesicht die Erleichterung an, wenn ich kam, jemand, der dir nie vorwarf, eingeschnappt zu sein oder dich seltsam zu verhalten. Während eines ganzen Lieds liefen wir durch Straßen und telefonierten flüsternd in Telefonzellen; wir stritten und versöhnten uns. Nach einer Schlägerei auf einem Parkplatz pflegte ich dich, versteckte dein weißes T-Shirt unter meinem Rock und nahm es mit nach Hause, um heimlich die Blutflecken rauszuwaschen, und die ganze Zeit verteidigte ich dich gegen meine vielen fiktiven Freundinnen, die sich Sorgen um mich machten, weil ich mit einem einsilbigen Rowdy zusammen war, der ein Auto mit kaputtem Auspuff fuhr.

Niemand will etwas von der naturhaften Melancholie

wissen, die an der Seele eines jugendlichen Mädchens nagt, und ich hatte niemanden, dem ich davon hätte erzählen können. Sich als Versagerin durchs Leben zu schleichen hat etwas merkwürdig Schamvolles, und dieses Gefühl verfolgt mich immer noch, auch zu Zeiten, die überhaupt keinen Anlass dazu geben. Mit sechzehn wollte ich nur die flehentlichen Bitten wert sein, die ich im Nachklang deiner Mundharmonika hörte. Er fuhr in mich hinein, dieser Sound. Er kroch in mir hinauf und unter meinen Rock und ließ meine Haut ebenfalls flehen. Es musste jemanden geben, der so einsam war wie ich, der auf die richtige Weise geküsst und zur Weißglut gebracht werden wollte. *Ich weiß, wie man das alles macht*, dachte ich.

Vielleicht fühlt sich jeder ausgeschlossen in der Highschool. Meine einzige Freundin und ich hielten zusammen, aber an manchen Tagen ging ich morgens die halbe Strecke zur Schule, kehrte um und ging wieder zurück. Ich berechnete in Gedanken meine Noten, und eines Tages wurde mir klar, dass ich die Schule in wenigen Monaten abschließen könnte, wenn ich ein paar Kurse extra absolvierte. »Was ist mit der Abschlussfeier? Dem Schulball?«, fragten manche. »Eben«, sagte ich.

Ich packte meine Platten und zog zu meiner Schwester, die mir auf Teufel komm raus Selbstvertrauen einflößen wollte, und sie half mir, andere, die wie ich waren, kennenzulernen, und stand leise applaudierend daneben, als ich die ersten kleinen Schritte machte. Im Zimmer meines ersten Studentenheims klebte ich dein Albumcover an die Tür. Ich war jetzt an einer Schauspielschule, nachdem ich endlich laut ausgesprochen hatte, dass ich Schauspielerin werden wollte, und ich war am richtigen Ort. Nichts, was ich auf diesem Campus tun konnte, war abgedreht genug. Umgeben von all den ausgestoßenen Freaks, konnte ich ich selbst sein. Diese Freiheit war mir anfänglich zu groß, aber auch wenn ich nicht vollständig authentisch war, so schloss ich doch Freundschaften und machte Witze, als hätte ich schon immer gewusst, wie es geht. Jungen liefen mir nach und schoben Zettel unter meiner Tür durch. Zum Frühstück trug ich Handschuhe bis zum Ellbogen, und mein Turnanzug wurde von Sicherheitsnadeln zusammengehalten. Um die anderen zum Lachen zu bringen, gaben mein Freund Ken und ich in der Cafeteria vor, zusammenzubrechen, und wälzten uns auf dem Boden.

Mein Freund Ken und ich spielten uns gegenseitig unsere Ein-Mann-Shows vor (er in einer Zwangsjacke, ich in einem Sarg), und er spielte Waits auf dem Klavier und sang, während ich mich an ihn klammerte und weinte. Joe M. nannte mich »das Mädchen ohne Wirbelsäule«, weil ich immer an einem Jungen hing, als hätte ich keine Knochen oder Muskeln, um ohne Hilfe aufrecht zu sitzen. Die von uns, die gern Malkovich gewesen wären, waren durch und durch aus dem Gleichgewicht; Theater zu spielen war aufrührerisch und neu. Auf Initiative meines Freundes Peter probten wir nachts.

Als ein Mann vom Sicherheitsdienst wegen einer Tornadowarnung an meine Tür hämmerte, zeigte ich ihm den Mittelfinger.

Die Campus-Polizei lief durch die Flure und forderte uns schreiend zum Verlassen des Hauses auf, doch meine Beine waren um das Gesicht des grünäugigen Jungen geschlungen, dem es nichts ausmachte, eine nationale Wetterwarnung zu ignorieren, während du auf dem Plattenteller nahezu unverständlich laut gebrüllt hast. Mir war es nie laut genug.

Als ich zum letzten Mal auf einem deiner Konzerte war, stand ich auf der Bühne neben dem Soundboard. Dass du zu wissen scheinst, wer ich bin, verwirrt mich immer noch, aber jemand hatte dir gesteckt, dass ich Geburtstag hatte, und du hast ein Lied für mich gesungen. Ich war ziemlich nah an einer Detonation.

Nach dem Konzert hörte ich dir zu, wie du über den Auftritt an diesem Abend sprachst. Deine Einstellung zeugt von einer Lauterkeit, die du vor Jahren schon hättest ablegen können. Die Art, wie du es machst, hat ihren Preis, und ich habe das Gefühl, dass du nicht mit dir leben könntest, wenn du heucheln würdest. Du hast gesagt:

Wir sind die Wächter der Erinnerungen der Menschen.

Wenn du live vor Publikum spielst, fühlst du dich verantwortlich. Du sagtest, du könntest entweder nach

Schema F spielen, und alle würden ziemlich zufrieden von dannen ziehen, oder alles im Augenblick entstehen lassen, was immer das Risiko des Scheiterns mit sich bringt. Du willst es jedes Mal wissen, lässt es aus dem Publikum heraus und zu ihm hinüberwachsen, bis das Publikum Teil der Komposition ist. Ich habe das zu meinem Credo gemacht, vorbereitet sein und dann genug Mut haben, präsent zu sein. Einfach hinhören und folgen, vielleicht springen. Alle gehen mit, es bringt sie dir emotional nah, denn, wie du sagtest:

Risiko schafft Intimität.

Es sich leicht zu machen funktioniert überall, aber auf der Bühne ist es besonders weit verbreitet. Eine ganz andere Gabe ist es, im Moment nicht beeindrucken zu wollen, damit es um den Moment selbst gehen kann. Dann ist die Liebe, die dir das Publikum zurückgibt, nicht mehr wichtig. Ohne Risiko ist es, als würdest du Kuchen verteilen. Alle sind zufrieden, aber ich bin nicht sicher, ob es von Dauer ist oder etwas verändert. Am deutlichsten hat es vielleicht Bob Dylan auf den Punkt gebracht. Als er gefragt wurde, wie er es ertragen könne, ausgebuht zu werden und trotzdem weiterzuspielen, sagte er: »Man muss nur verstehen, dass man jemanden auch mit Freundlichkeit umbringen kann.«

Manchmal muss ich mich um Mitternacht noch immer mit dir auf die Schaukel setzen. Mich in dem gebrochenen, aber nicht unterzukriegenden Blick eines anderen sonderlichen Spielzeugs widergespiegelt sehen. Deine Songs handeln so oft von einem Anderswo, einem gelobten Land, wo alles in Ordnung ist, wie bei den Drei Schwestern, die sich danach sehnen, nach Moskau zurückzukehren. Zwischen den zuknallenden Türen deiner Songs war eine Zärtlichkeit, für die ich gestorben wäre. Wenn ich dir zugehört habe, wie du über die Liebe singst, wuchs sie in mir wie eine Lotusblume im Schlamm, und in meinen Träumen hast du mir immer so nett die Wagentür aufgehalten. Allein wenn ich daran denke, bringt es mich jetzt zum Seufzen. Du hast mich immer angesehen, als wäre ich wichtig, was machte es da schon aus, dass du in Vinyl gefangen warst. Es hat mir weitergeholfen, von deinem Rücksitz zu träumen, und das war mir Moskau genug.

Lieber Bewegungslehrer,

jeder normale Mensch kann jonglieren. Sie haben gesagt, klar, bestimmte Leute könnten es nicht, aber die seien ungewöhnlich unkoordiniert und würden es nie zum Schauspieler bringen. Ich war auf der Überholspur zum Scheitern, da ich eine von zwei Personen im Kurs war, die nicht jonglieren konnte. Ich konnte die Bälle kaum werfen.

Beim Frühstück jonglierten die Studienanfänger mit Keksen. In der Mittagspause standen wir auf dem Rasen herum und jonglierten mit Schachteln Marlboro Light, während wir sie zudem rauchten, und abends kamen manche aus der Dusche und jonglierten Deosticks. Die Asse gaben an, doch die meisten konnten nur hoffen, die obligatorische wöchentliche Jonglierprüfung zu bestehen. Ich wusste von vielen scheußlichen Zusammenbrüchen auf dem Hügel, von denen du keine Ahnung hattest, weil sich Lehrer nur selten dorthin verirrten.

Schauspielschüler im ersten Jahr knickten unter dem Druck ein. Sie warfen verzweifelt die Arme in die Luft und ließen die Bälle fallen, fluchten durch zusammengebissene Zähne. Doch alle außer mir und einem anderen Mädchen* schafften es zumindest, dass die Bälle für ein paar Sekunden durch die Luft flogen.

Mein Freund P. war ein geschickter Jongleur und gehörte zu der Gruppe, die man vom Campus direkt zum Big Apple Circus hätte bringen können. Er schloss sich der Fraktion auf dem Rasen an, die jonglieren und gleichzeitig Purzelbäume schlagen konnte; er hätte mühelos jonglieren können, während er einen Automotor zusammenbaute. Er war in allen Werbebroschüren unseres Colleges abgebildet, auf dem Foto sah er blendend aus und *jonglierte auf einem Einrad.* Mein Freund M. war ein kompetenter Jongleur. M. ging nicht ins Bett und träumte davon, dass Sie mit Schwertern nach ihm warfen, bis ihm der Kopf davonflog. Er ging ins Bett mit der Angst, dass ich Sex mit seinem Mitbewohner haben könnte, während er vorgab zu schlafen. Tut mir leid, M. Ich bekenne mich schuldig.

* Im zweiten Studienjahr war mein Freund Ken der Jonglierunfähige in seinem Kurs. Ich wusste, dass wir seelenverwandt waren, als ich seine starre, nahezu entrückte Miene sah, während er verzweifelt auf die Bälle auf dem Boden starrte, sein Leid war so heftig, dass er glühte wie eines dieser laminierten Heiligenbilder, eine Krone von Bällen über dem Kopf.

M. meditierte viel, weil seine Tante O. ihn zu einem Lehrer für Transzendentale Meditation geschickt hatte. Ich hielt das für verschroben. Er saß zweimal zwanzig Minuten am Tag auf dem eiskalten Boden des Wohnheims, die Augen geschlossen und ein bisschen sabbernd. Jahre später lernte ich meditieren, und es veränderte mein Leben grundlegend. Jetzt sitze ich jeden Tag mit geschlossenen Augen da, allerdings sabbere ich kaum. Es tut mir leid, okay, dass ich auch Sex mit M.'s Mitbewohner hatte, während er in drei Metern Entfernung meditierte. Das war seine besondere Zeit, und es war schaurig von mir.

Wie Sie als unser Lehrer bemerkt haben müssen, taten wir Dinge, die von den meisten anderen Studienanfängern nicht erwartet werden. Während des Sprechtrainings joggten wir in unseren »Blacks«, der Spandex-Uniform, die wir als Schauspielschüler im ersten Jahr trugen, über den Campus und hatten dabei einen Korken zwischen den Zähnen, um unsere Kiefermuskeln zu entspannen. L., unsere Gesangslehrerin, schickte uns zur Tür hinaus, klatschte dabei rhythmisch in die Hände und drängte uns: »Werft die Fesseln ab! Werft sie ab! Werft sie ab!« Wir trotteten in andere Gebäude, wo Balletttänzer und Opernsänger uns kaum bemerkten, während wir an ihnen vorbeijoggten und SPA LA LA JA JA JA GA GA GA intonierten. (Mit dem Korken klang es eher FA RA RA JO JO JO KA KA KA.)

Während der Grenzerfahrungsexperimente in der Schauspielklasse saßen wir mit geschlossenen Augen da, wiegten uns zur Seite und warteten auf den Impuls, uns hin und her zu wälzen oder in die Luft zu springen und an unsere »Grenzen« zu stoßen. Wenn wir auf eine schwierige persönliche Erinnerung stießen, beschrieben wir unsere Gefühle, während der Lehrer uns durch das Wiedererleben leitete. Grenzerfahrung bedeutete Weinen und unverständliches Geschrei, wohingegen wir im Sprechunterricht Verschlusslaute artikulierten und »flüssige Us« lernten, so dass aus dem Wort »duty« »djutiii« und nicht »duudi« wurde. Wenn wir Stücke durchnahmen, saßen wir mit Wadenwärmern auf dem Boden, schrieben ununterbrochen mit, und unser kettenrauchender Professor schärfte uns ein, wie wichtig es war, bei »Unsere kleine Stadt« nicht »Unsere« zu betonen, sondern »Stadt«.

In keinem anderen Fach hatte ich so zu kämpfen wie bei Ihnen. In Martys Kurs konnte ich die »Grenzerfahrung« und die »Keine Rose ohne Dornen«-Übung* gut.

* Wir wurden in Vierergruppen eingeteilt, und J. führte mich durchs Jenseits, nachdem ich gestorben war, als ich E. auf die Welt gebracht hatte, der an Stärke gewann, während er um die Liebe seines Vaters kämpfte. T. spielte den Vater, der aus Schmerz starb, nachdem meine Leiche weggebracht worden war, doch wir beendeten die wortlose Improvisation, indem E. und ich uns an den Händen fassten, was unsere Wiedervereinigung nach dem Tod symbolisieren sollte. Es ging erstaunlich gut, besser als unsere wortlose »Akt der Leidenschaft«-Improvisation, bei der ich die Statue spielte, die die Schönheit symbolisierte, die E. nicht ertrug, weil sie ihm nicht allein gehörte, und infolgedessen zerstörte.

Im Tanzunterricht war ich nicht schlecht bei der Standardchoreographie zu »Eye of the Tiger«. Wir sogen alles auf und hatten im Allgemeinen die beste Zeit unseres Lebens, und dennoch konnten die Alten und Kranken besser jonglieren als ich. Ich spürte, dass Sie vermuteten, mein Jonglieren auf Sonderschulniveau wäre symptomatisch für meine Unfähigkeit, »neutral« zu sein.

Es wurde von uns erwartet, nach künstlerischer »Neutralität« zu suchen. Wenn wir sie nicht fanden, wurden wir mit einem Tritt in den Hintern nach Hause geschickt, und weil ich nicht in der Lage war, neutral zu sein, haben Sie die Hände über dem Kopf zusammengeschlagen. Ich habe es versucht, aber ich konnte es nicht einmal vortäuschen. Es ist kein Gang, der in meinem Getriebe vorgesehen ist. Bei der Verteilung gewisser Fertigkeiten bin ich leer ausgegangen. Turnen war auch ein Problem. Bei denjenigen, die allein keinen Handstandüberschlag zustande brachten, stand an der Absprungstelle ein Student, der »Hilfestellung« leisten sollte. Wenn ich an der Reihe war, bezog der Hilfesteller Position, obwohl er zuinnerst wusste, dass seine Hilfe nicht nötig war. Mein Handstandüberschlag bestand im Prinzip aus einem Anlauf auf der Matte, dann hob ich die Arme, als wollte ich ein Rad schlagen, als Nächstes ging ich in die Hocke und rollte mich zu einem Ball zusammen, als hätte ich schwere Magenkrämpfe. Dann stand ich rasch auf, hob die Arme und setzte eine spitzbübische Miene auf. Ich dachte, spitzbübisch würde an die russischen Mädchen mit winzigen Pferdeschwänzen bei Olympischen Spielen erinnern, die nie menstruieren, aber ich wirkte nur spastisch.

Turnen war ein Reinfall, und auch meine Gesangsfähigkeiten ließen zu wünschen übrig, doch meinen Tiefpunkt erlebte ich an dem Tag, als Sie uns den schlängelnden Vorwärtsgang beibringen wollten. Zuerst mussten wir uns auf den Boden legen, um unsere Rückenmuskeln zu entspannen. Ich legte mich absichtlich nicht neben M., weil ich wusste, er würde versuchen, mich zum Lachen zu bringen, oder er hätte eine Erektion, die mich ablenken würde, deswegen legte ich mich neben V. und C. In unserer Klasse herrschte echtes Gemeinschaftsgefühl, sogar unsere wilden Partys und kleinen Orgien* hatten etwas vom Schweizerischen Robinson, und es wurde niemand sabotiert. Infolgedessen fühlte ich mich nicht vollkommen allein, als Sie zu mir marschiert sind und mich angeschnauzt haben: »Hier wird nicht geschlafen! Wach auf!«

Ich war weder müde noch weggedriftet. Ich versuchte, die Blockade in meinem unteren Rücken zu lösen, ich schwöre es hoch und heilig, aber ich konnte von Ihnen

* Die Orgien waren so lau. Ich glaube, einmal kam ein Lehrer herein, und wir sandten einen Repräsentanten, der sich für die Klasse entschuldigen sollte. Nein, Moment, der Lehrer fuhr den Wagen. Kombi. Es war die Rückbank eines Kleinbusses. Es gab noch einen anderen Vorfall in J. und C.s Haus, ach egal.

nicht erwarten zu wissen, dass ich den Leuten mein Leben lang mit dem Gesicht falsche Signale gegeben habe. Und in diesem Augenblick machte es Überstunden, um einen Ausdruck hinzukriegen, der sowohl neutral war als auch die Muskeln gegenläufig bewegte, aber ich war einfach nicht die Summe all dieser Gesichter. Ich war noch immer das Gesicht, das andere manchmal gegen mich aufbrachte, obwohl ich es nicht wollte. (Ich weiß, dass Sie meine Eidechse bei der Tierübung für unangemessen hielten. Ich erinnere mich wirklich nicht, dass ich die Eidechse unverhohlen sexuell dargestellt hätte.) Dessen ungeachtet schwieg ich in diesem Moment und stand auf wie der Rest der Klasse. Ich stand S. gegenüber, und wir begannen zu schlängeln, doch Sie waren nicht zufrieden und gingen durch das Labyrinth schwarzer Leggings und sagten, jetzt, bitte. Stopp. Sie stellten sich mit dem Rücken vor uns und schauten in den Spiegel. Sie schüttelten den Kopf, gaben die Kabuki-Version eines Schulterzuckens zum Besten und sagten: »Versteht ihr Typen denn nicht, wie man Muskeln gegenläufig bewegt?«

Wir verstanden nicht.

Unterrichten Sie das noch? Einen Impuls einfangen und jemandem zuwerfen, nachdem man aus seiner Mitte herausgeschlängelt ist? Entschuldigung, aber ich glaube nicht, dass ein Impuls etwas ist, das man einfangen kann. Man kann sich eine Erkältung einfangen oder Herpes, doch ein Impuls *springt aus einem heraus* und geht mechanisch dem Reflex voran, denn ein Impuls kann unterdrückt werden, während ein Reflex automatisch erfolgt, nicht wahr? Um einen Impuls einzudämmen, muss man »Impulskontrolle« lernen, so dass man ihn in der Turnhose wie von außen auf sich zukommen sieht und ihn, na ja, einfangen kann? Könnte man dann nicht auch jemandes Verdrängung einfangen? Entschuldigung, haben Sie mal daran gedacht, es »die Schwingung einfangen« oder sogar »Schnapp dir die Welle« zu nennen? Ich bin nicht sicher, ob es nützlich war. Aber vielleicht haben wir es genau deswegen getan. Sich in etwas hineinzustürzen und nicht zu fragen, warum, vielleicht ging es genau darum. Im Rückblick kann ich sagen, dass es nützlich sein muss, sich vor den eigenen Freunden so unsexy zu bewegen, mit oder ohne Korken zwischen den Zähnen. Ich frage mich, ob ich die ganze Übung missverstanden habe. Während ich darüber nachdenke, muss ich eingestehen, dass ich so etwas wie Ablehnung an den Tag gelegt haben muss, und die muss meinem Gesicht anzusehen gewesen sein, trotz meiner Beteuerungen, dass ich die eifrigste Schülerin aller Zeiten sei. Wow. Okay, vielleicht war ich nicht ganz ehrlich. Was mich betrifft. Wozu auch immer es gut sein mag, ich glaube, ich habe den Wert der Übung jetzt begriffen, auch wenn ich ziemlich umständlich zu dieser Erkenntnis gelangt bin. Ich kann also mit Sicherheit behaupten, dass ich ein Spätzünder bin. Was das Begreifen angeht.

Nachdem Sie an jenem Tag die ganze Klasse ermahnt

hatten, drehten Sie sich um und sagten mir direkt ins Gesicht, während sie mit dem Finger auf selbiges zeigten:

Warum begreifst du es nicht? Warum begreifst du überhaupt nichts?

Schnitt auf mich, wie ich das Zwischenzeugnis aus dem Briefkasten nehme, auf das PROBEZEIT gestempelt ist. In dem Brief stand im Grunde, dass ich mich in den Griff kriegen musste, oder ich würde rausfliegen.

Ich schämte mich, und es war mir peinlich, weil ich es meinem Vater erzählen musste, obwohl ich wusste, dass er sich auf meine Seite schlagen würde. Außerdem war ich wütend, nachdem ich Ihre Beurteilung gelesen hatte, die erklärte, warum Sie eine Probezeit vorschlugen. Da stand:

Sie stellt unangemessene Fragen, die den Unterricht stören.

Sie wirkt weggetreten und gelangweilt.

Ihr Mangel an physischer Energie ist beunruhigend.

Ihr Einsatz von Sexualität ist anstößig.

Ich war fuchsteufelswild. Ich versuchte, das zu sein, was Sie wollten, und Sie lehnten kategorisch alles ab, was ich war. Bin.

Ich war sauer, aber nicht sauer genug, um mir anmerken zu lassen, dass mir an Ihrer Meinung etwas lag. Ich ging zurück ins Wohnheim, setzte mich und las mehrmals die Androhung meines Hinauswurfs. Mein Freund M. kam und fragte, was los sei, und ich sagte, Sie würden mich hassen. Ich sagte, Sie seien ein Arsch, und wie Sie mich bewerten würden, sei Humbug. Ich zeigte ihm den Brief, und während er ihn noch in der Hand hielt und ausdruckslos darauf starrte, fragte er mich:

Was wirst du tun?

Ich sagte: »Tun? Wie meinst du das, ›tun‹? Ich habe alles getan, was ich tun kann. Was er geschrieben hat, ist noch nicht mal eine Bewertung.« Und M. sagte:

Doch, das ist es. Das denkt er von dir, und er ist der Lehrer, also, was wirst du tun?

Ich sagte: »Aber ich habe das Gefühl, alles versucht zu haben.« Und er sagte:

Was du für ein Gefühl hast, ist unwichtig. Was wirst du tun?

Letzteres war mehr Feststellung als Frage, und sie traf mich so hart, dass ich ihm nicht ins Gesicht sehen konnte. Ich saß da und starrte auf meine Füße. Auf wessen Seite stehst du?, fragte ich ihn, und er sagte, deiner, aber du musst begreifen, dass er der Lehrer ist. Das ist seine Bewertung. Du hast es in der Hand, dass er seine Meinung ändert.

Der Übergang von meinem Groll auf ihn zu der Erkenntnis, dass er, wow, völlig recht hatte, erfolgte schnell. Mir wurde klar, dass es eine unerbittliche Realität war, der ich mich stellen musste, auch wenn ein Teil von mir noch unleidlich war. Der Gedanke, dass dieses Mal jemandes Abneigung vielleicht hartnäckig war, und das Akzeptieren der Tatsache, dass ich nicht jede Person, die mich nicht mochte, automatisch abqualifizieren konnte, waren eine Erleichterung, denn: *manchmal bin ich wirklich unausstehlich.*

Bereits das nächste Mal ging ich mit anderen Prioritäten und nicht in rückenlosem Turnanzug zum Unterricht. Es war nicht allzu kompliziert. Ich hatte mich dafür entschieden, auf aktive Weise schutzlos zu sein.

Als mein Vater die Offiziersausbildung machte, musste er sich vor den Offizieren einer Überprüfung unterziehen. Das war Routine. Die Soldaten hörten zu, während jeder von ihnen für einen Verstoß, den er sich hatte zuschulden kommen lassen, abgekanzelt wurde, und jeder Mann musste Rede und Antwort stehen. Mein Vater bemerkte, dass der Tonfall bei jeder Aussage gleich war. Der Befehlshaber sagte, Sie haben dies oder jenes getan, möchten Sie sich erklären, und der Soldat sagte, ja, Sir, das ist mir klar, aber der Grund war und so weiter. Nach dem elften oder zwölften Wortwechsel wurde meinem Vater klar, dass sie alle, gleichgültig wie ihre Erklärung lautete, in der Defensive waren, und das schwächte sie. Er kam sich inspiriert vor, als er vor den Oberstleutnant trat, der ihn fragte, ob er für seine Untat eine Erklärung anbieten wolle. Mein Vater sagte:

Nein, Sir, möchte ich nicht.

In dem sowieso schon ruhigen Raum wurde es mucksmäuschenstill. Der Oberstleutnant schaute zu meinem Vater und sagte: »Wie meinen Sie das, Soldat?« Mein Vater sagte:

Ich möchte mich nicht herausreden, Sir. Ich übernehme die Verantwortung, und es wird nicht wieder vorkommen.

Ein paar Wochen nachdem ich zu meinem neuen Ansatz übergegangen war, stellte ich Ihnen nach dem Unterricht eine Frage. In Wahrheit hatte ich keine Frage, ich wollte nur mit Ihnen sprechen. Sie legten den Kopf schief und hörten mir zu. Die Bewegung Ihrer Augenbrauen wirkte ein ganz klein wenig gekünstelt. Sie wollten offen und interessiert dreinblicken. Ich schaute verlegen zu Boden, weil wir tatsächlich miteinander sprachen; es war aufregend. Endlich lernte ich Sie kennen.

ICH: Entschuldigung, darf ich Sie schnell etwas fragen? *(Ich habe eigentlich keine Frage. Hallo.)*

SIE: Klar, wie kann ich helfen? *(Das ist mein interessierter Gesichtsausdruck. Ich habe Probleme mit den Augenbrauen.)*

ICH: Also, wenn wir erstarren, nachdem Sie in die Hände geklatscht haben, sollen wir die anderen dann wahrnehmen? *(Ehrlich, ich bin so dankbar, dass Sie »Wie kann ich helfen?« gesagt haben, ich könnte heulen.)*

SIE: Es geht mehr um das Erstarren selbst, und nicht um das, was danach kommt. Nimm dich selbst wahr, um genau zu bestimmen, wo du bist, was –

ICH: Genau! Genau! Entschuldigung. *(Scheiße! Scheiße. Tut mir leid.)*

SIE: Wofür entschuldigen Sie sich?

ICH: Ich wollte Sie nicht unterbrechen, tut mir leid. *(BITTE HASSEN SIE MICH NICHT WIEDER)*

SIE: Sie haben eine wirklich gute Frage gestellt. *(Ich sehe, dass Sie sich bemühen, und weiß es zu schätzen.)*

ICH: O, gut. *(Ihre Augenbrauen machen wieder dieses freundliche Ding. Wäre es schrecklich, wenn ich Sie umarmen würde?)*

SIE: Aber sie bezieht sich auf eine zukünftige Übung. Konzentrieren Sie sich im Augenblick auf Ihr eigenes Instrument. *(Ich bin froh, dass wir miteinander sprechen, aber ich habe jetzt den nächsten Kurs. Warum schlingen Sie die Arme um sich?)*

ICH: Super, ich habe es jetzt verstanden. *(Ihre Augen funkeln. Aber so wie beim Nikolaus. Ich verhalte mich nicht unangemessen.)*
SIE: Noch gute Arbeit heute. *(Noch gute Arbeit heute.)*
ICH: Vielen, vielen Dank. *(Ich liebe Sie so sehr. Nicht anrüchig gemeint, einfach danke.)*

Nach diesem Tag wurde Ihre Miene milder. Am Ende des Semesters improvisierte ich mit H., und Sie haben gestrahlt und laut aufgelacht.* Ich hatte etwas Größeres als nur Komödiantisches zustande gebracht, und das bewies, dass ich mich verändern musste. Die Person, deren Verdienst dieses Lachen ist, sind eindeutig Sie. Sich von jemandem überraschen zu lassen, den man nicht wirklich mag, ist klug, und das wäre unmöglich gewesen, wenn Ihnen nicht eine Bescheidenheit eigen gewesen wäre, die ich Ihnen nicht zugetraut hatte. Ich hatte mich so darauf versteift, dass Sie eine falsche Meinung von mir haben, dass ich Sie oder das, was Sie zu bieten hatten, und das war erheblich und alles, was ich brauchte, nicht wirklich wahrgenommen habe. Es ist so durchschaubar, wie leicht wir die Intelligenz von jemandem abtun, der uns zurückweist, als würde er dadurch unfähig, vernünftig zu urteilen.

* Wir waren Lakaien, die ihren Lohn damit verdienten, dass sie unter den Ballkleidern reicher Damen lebten und die Stoffbahnen ihrer Röcke hochhielten, damit sie beim Tanzen nicht stolperten.

Zum letzten Mal haben wir uns hinter der Bühne nach einem Stück gesehen, in dem ich mitspielte. Sie waren sehr großzügig, und deswegen fühlte ich mich, als hätte ich im Lotto gewonnen. Es wäre so traurig gewesen, wenn all diese Jahre vergangen wären, ohne dass ich mich Ihnen noch einmal vorgestellt hätte; mir wäre Ihre große besondere Weisheit entgangen, ganz zu schweigen von der aufregenden Aussicht auf dem besseren Weg.

Danke, dass Sie offen waren für einen anderen brauchbareren Entwurf von mir. Es hat mich zutiefst beeinflusst, auch wenn ich immer noch nicht jonglieren kann. Damit will ich sagen, dass ich auf Ihre Weise nicht jonglieren kann, auf bestimmte metaphorische Weise schaffe ich es jeden Tag mit links, aber mit Keksen oder Bällen habe ich keine Chance. Ich gestehe, dass ich in das Zimmer meines Sohnes geschlichen bin und seine drei Jonglierbälle aus dem Regal genommen habe, während ich diesen Brief schrieb. Ich habe es versucht. Ich dachte, Sie würden gern erfahren, dass es nicht so schlimm war, wie ich anfänglich gedacht hatte, aber dann war es ganz schnell vielleicht sogar noch schlimmer. Es scheint mir einfach nicht bestimmt zu sein. Es wird Sie jedoch freuen zu hören, dass ich tatsächlich an einer Art Neutralität arbeite. Ich weiß, es ist schockierend, aber ich habe jetzt ihren Wert erkannt.

Lieber Blue,

hast du ihn selbst genäht? Ich versuche mir nur vorzustellen, woher du ihn hattest. Damals gab es noch kein Amazon, und ich hatte nie zuvor einen gesehen, außer an Tarzan.

Dein Lendenschurz. Hast du den Stoff einer alten Couch benutzt? Du hattest keine Couch. Vielleicht hast du ein Stück Stoff aus deinem Tipi geschnitten oder ein paar Jutetaschen zusammengenäht, die einst Pflanzendünger enthalten hatten.

Du trugst den Schurz jeden Tag um deine Lenden, demnach hattest du womöglich einen zweiten? Du warst ein Frutarier und hast nichts außer Obst und Nüssen gegessen (aber Bier war offenbar auch Obst?); ein auf dem Strand (nicht daneben, direkt darauf) geparkter Transporter war dein Heim, und du brauchtest keine Hemden, keine Schuhe, nichts. Du und dein Freund Gary seid in der Morgendämmerung zur Grenze gefahren, um Avocados und Feigen für den genossenschaftlich geführten Laden zu holen, in dem ich gearbeitet habe, und wenn du niemanden rolfen musstest, bist du anschließend an den Strand gegangen. Du warst auch ein Rolfer und hast diese glücklichen Menschen massiert und dabei nichts oder nur deinen Lendenschurz am Körper getragen. Okay, vielleicht noch ein Schmuckstück. Eine Muschelkette, aber das war's auch schon. Du und Gary, ihr hattet beide schönes, vom Ozean gebleichtes Haar, das länger war als meins. Gary hatte eine kastanienfarbene Mähne, die ihn reich gemacht hätte, hätte er einen Sieben-Stationen-Kreuzweg-Themenpark eröffnet, doch dein Haar war ein eigenes Disneyland. Von der Sonne und vom Salzwasser glühte es im Dunkeln. Das Haar verlieh euch die Ausstrahlung, hellwach und gleichzeitig verbrannt zu sein. Ich habe nie andere Männer getroffen, die einen Pferdeschwanz mit einer Blume darin tragen konnten, ohne dabei auch nur im Geringsten unmännlich zu wirken. Ihr hattet Unterlippenbärtchen und wart sonnengebräunt, Punkt. Du bist vielleicht fünfmal am Tag ins Meer gegangen, und wie hättest du dich an den Strand legen und überall den fließenden Sand spüren können, wenn du Kleidung getragen hättest? Als du mit mir die Küste hinauf zu dem FKK-Strand gefahren bist, erschien es mir unverfroren, den Lendenschurz abzulegen. Ein Hund hätte mit deiner gesamten Garderobe in der Schnauze davonlaufen können. Ihn auszuziehen war ein Kinderspiel, und du hast dich ins Wasser geworfen und mich ehrfürchtig darüber staunend zurückgelassen, wie wenig sich zwischen dir und der Welt befand. Es brauchte kaum etwas, um nicht nur glücklich, sondern von einer überirdischen Freude erfüllt zu sein.

Du hast aller Vorstellungen von einem modernen Leben genommen und sie angezündet, Jahrzehnte bevor Burning Man erfunden wurde. Du musstest dir kein Wohnmobil mit W-LAN mieten und im Bioladen Vorräte einkaufen, nur um irgendwohin zu fahren und den Wilden in dein drittes Auge einzulassen. Du hattest es gefunden und ein- und wieder hinausgelassen, und es lief. Und dein Name, der, wie du sagtest, zu dir wurde, nachdem du LSD geschluckt und auf einem großen Felsen an den Klippen gesessen hast. Als du die Augen geöffnet hast, war alles blau, auch du. Alles außer deinem Lendenschurz, der in dem Sommer, als ich dich kannte, hellbraun war und dich und Gary wie Malibu-Jesuspuppen aussehen ließ und verhinderte, dass ihr wegen Erregung öffentlichen Ärgernisses verhaftet wurdet, indem er mehr oder weniger eure Genitalien bedeckte. Du und Gary seid als Erste morgens in den Laden gekommen, aus eurem Transporter dröhnte Minnie Riperton. Ihr habt mich mit Blumen beworfen, während ich im Lagerraum saß und organische Nüsse, labfreien Käse und bizarre getrocknete Algen eingetütet und abgewogen habe. Damals wusste nur der harte Kern, der zu uns in den Laden kam, von Kelp. In den achtziger Jahren kauften nur echte Hippies Spirulina in der Tüte und schnupften es, oder wie immer sie es zu sich nahmen, nachdem ich es eingetütet, wahrscheinlich falsch etikettiert und definitiv falsch ausgepreist hatte. An manchen Tagen stand ein lieber, missmutiger Transgender-Junge namens Luxe neben mir an der Waage, der nicht viel besser war als ich. Wir kriegten Ärger, weil wir einen Klotz Gouda in den Deckenventilator warfen, um zu sehen, ob er in kleinen Stücken wieder herunterfiel, deswegen trennten sie uns. Einer von uns musste eintüten, während der andere Milchprodukte einräumte, was bedeutete, in den Kühlfächern die Joghurts und Kefirs aufzufüllen und uns den Arsch abzufrieren. Die Waage verwirrte mich, ich war nie gut in Mathe gewesen, deswegen wurde ich stundenlang von dem Mädchen namens Jacque angeschrien, die ein höheres Tier war. Ich hatte gehört, dass du mit ihr zusammen gewesen warst, was ich mir nur schwer vorstellen konnte. Jacque kleidete sich in Makramee-Oberteile, die sie selbst gemacht und gebatikt hatte, und sie nähte ihre eigenen Maxibinden, auf die sie mit Rote-Bete-Saft inspirierende Sprüche schrieb, um Verbindung mit ihrer Yoni aufzunehmen. Ich weiß nicht, ob du es auch getan hast, aber Jacque trank ihren eigenen Urin (einmal hauchte sie mir ins Gesicht und fragte, he, riecht mein Atem nach Urin?), was auf gewisse Weise mutig war, doch es fiel mir schwer, sie zu bewundern, weil sie mich täglich wegen meiner Unfähigkeit zurechtwies. Sie sagte, dass sie sich wegen meiner Fehler verwirrt und entfremdet fühle. Frisch bestraft kehrte ich an meinen Arbeitsplatz zurück und versuchte, meine Fingernägel vom Plankton oder dem gemahlenen Matcha zu reinigen, und wünschte, dass ich nicht zwei Jobs bräuchte oder einer davon nicht dieser wäre, für den ich manchmal mit Avocados bezahlt wurde. Sie hatte eindeutig noch was für dich übrig, weil sie mich nicht nur wegen meiner Fehler nicht ausstehen konnte, sondern auch weil du mit mir rumhingst, während ich, ohne es zu merken, alle Preisschilder verpfuschte. An einem Tag, an dem sie besonders hart zu mir war, kamst du zu mir und sagtest:

He, komm schon, sie kann dich nicht feuern. Wenn sie dich feuert, werden alle Männer hier protestieren.

Anfangs wusste ich nicht, wie ich mit dir reden sollte, weil du so ruhig und authentisch warst. Deine Stimme war tief, und du hast langsam gesprochen. Wenn ich etwas gesagt habe, hast du oft nur auf meinen Mund gesehen. Nachdem ich eine Weile dort gejobbt habe, hast du gesagt:

Als ich dich kennengelernt habe, dachte ich, Gott, dieses Mädchen muss stundenlang vor dem Spiegel stehen und ihren Mund anschauen.

Um genug Geld zum Leben zu haben, fuhr ich mit dem Bus vom Strand zu einem Café, in dem ich auch arbeitete. Am ersten Morgen, an dem mir anvertraut wurde, das Café zu öffnen, habe ich alle Gäste auf der Straße ausgesperrt. Ich hatte mich darin irgendwie verbarrikadiert und brachte die Tür nicht auf, und die unter Koffeinmangel leidenden Leute standen draußen und klopften an die Glasscheiben, während ich wieder und wieder versuchte, die richtige Kombination von Schlüssel und Schlössern herauszufinden. Ich schlug die Hände vors Gesicht, als die Gäste unruhig wurden. »Es tut mir so leid«, sagte ich zu ihnen durchs Glas, »ich bin für jeden Vorschlag dankbar.« Eine Frau hob die Hände an den Mund und brachte ihn nah ans Glas und rief: »EIN ZWEITES SCHLOSS. ES GIBT EIN ZWEITES SCHLOSS. WEITER OBEN.« Doch nachdem ich den Schlüssel mehrmals in beide Richtungen gedreht und kein Klicken gehört hatte, sagte ich unter Tränen, dass sie bitte wieder gehen sollten. Zu meinem Entsetzen tauchte die Managerin auf und rief mir Anweisungen zu, bis sich die Tür endlich öffnen ließ, und dann verbannte sie mich hinter den Tresen, wo ich Kaffeebohnen mahlen musste. Ich war froh darüber, weil der Lärm der Mühle jegliche Konversation unterband. Während die Bohnen gemahlen wurden, lehnte ich mich an die Maschine und spürte die Vibrationen im Arm wie eine leichte Massage. Ich schaute zum Parkplatz und musste blinzeln, als ich einen mir bekannten heruntergekommenen Transporter mit offenen Fenstern daherbrettern sah, durch die laute Musik dröhnte. Als der Wagen zum Stehen kam und die Türen aufgerissen wurden, begann ich, kleine Kreise zu ziehen, weil ich nicht wusste, wo ich mich verstecken sollte. Eine Rauchwolke wallte aus dem Auto, gefolgt von dir und Gary, und ihr gingt in euren Lendenschürzen auf mein schickes Café zu. Du hattest keine Schuhe an, und obwohl niemand von uns im Bioladen (von der Erde- bis zur Gesundheitsabteilung) Schuhe trug, hatte ich jetzt Schuhe an sowie ein zweckmäßiges Sommerkleid. Als ich dich außerhalb des Bioladens sah, traf mich die Tatsache, dass du praktisch nackt warst, wie ein Blitz. Ich wollte dir nicht in dem Café begegnen, in dem mir sowieso schon die Kündigung drohte. Ebenso wenig wollte ich deine Gefühle verletzen oder dich gegen mich einnehmen, aber ich war ziemlich sicher, dass meine Chefin dich mit deinen für alle sichtbaren Schamhaaren nicht in der Nähe der Kuchentheke sehen wollte. Ich erstarrte. Einen Augenblick lang konnte ich mich nicht rühren, weil es etwas gab und immer noch gibt, das ich nicht gern ausspreche, und zwar: JETZT IST NICHT DER RICHTIGE ZEITPUNKT, KÖNNEN WIR DAS SPÄTER MACHEN. BITTE.

Ich versteckte mich. Vor dir und Gary. Unter den Bohnenbehältern oder vielmehr dahinter, weil ein Kunde auf der Toilette war und ich nirgendwo anders hin konnte. Und jetzt bin ich verwirrt. Es ist seltsam, dass ich heute, Jahrzehnte später, obwohl ich mich deutlich an den Tag und den ganzen Sommer erinnere, nicht mehr weiß, was als Nächstes geschah. Ich erinnere mich, dass mich die Managerin sah, und ich erinnere mich, dass ich wild gestikulierte, weil zwei Menschen hereingekommen waren, die nicht hätten hereinkommen sollen, aber ich weiß nicht mehr, was danach passierte. Habe ich diesen Teil verdrängt, weil es mir leidtut, dass ich so ein Feigling war? Ich schäme mich dafür, dass ich mich vor euch beiden versteckt habe, die ihr so nett gewesen seid und nie Kaffee getrunken habt. Ich erinnere mich, dass ich glaubte, Ärger mit der Managerin zu kriegen, weil zwei nackte Männer, die schöneres Haar hatten als sie, das Café betreten hatten. Ich erinnere mich verschwommen, dass ich mit dir an der Theke gesprochen habe, aber das könnte eine von mir erfundene Version sein, in der ich mich wie eine rationale Person verhielt, die aufstand und hallo sagte. Was habe ich getan, weißt du es noch?

Ich bin dir oft begegnet, wenn ich mit dem riesigen schwarzen Hund namens Bär durch das Viertel ging, ein Chow, der rätselhafterweise immer auf mich wartete, wenn ich das Haus verließ. Bär blieb vor dem Waschsalon sitzen, wenn ich am Freitagabend mit meiner Freundin Natalie dorthin ging. Natalie und ich wuschen unsere Wäsche zusammen, um Geld zu sparen, und wenn wir ein paar Bier getrunken hatten, tanzten wir auf den Maschinen und ließen vor Passanten ein bisschen nacktes Fleisch aufblitzen. Bär stand draußen und bellte die Männer an, die uns durch die Fenster zusahen und ohne Wäsche hereinkommen wollten. Er saß da, und wenn ich ging, ging er auch. Natalie behauptete, dass er einer Familie im Block gehörte und nicht vernachlässigt wurde, aber vielleicht brauchte er jemanden, den er beschützen konnte. Eines Abends gingen Luxe und ich mit Bär zum Strand, und ich hörte ein Hupen. Ihr wart es, du und Gary, ihr habt einen Joint geraucht und uns zu euch gewinkt. Bär knurrte und fletschte die Zähne, und Luxe sagte:

Nein, bitte, die Typen mit ihren Dschungelbuch-Schwanztüchlein treiben mich in den Wahnsinn.

Ich habe gesagt, wir wären unterwegs zu Luxes Mutter, und ihr seid singend davongefahren, und du hast mir eine Kusshand zugeworfen. Als du am nächsten Tag in den Laden gekommen bist, habe ich gerade Walnüsse ausgepreist und nur halb auf Marshall gehört, der in der Bücherabteilung arbeitete. Marshall war nett und hochintelligent. Er konnte halbstündige polemische Reden über die irische Politik schwingen, für die ich mich seiner Meinung nach sehr interessieren musste, weil ich U2 hörte. Er brachte mir plakative Fotos von Kindern mit, die von Plastikgeschossen entstellt waren, und Literatur über Nordirland, die ich vorgab zu lesen. Du hast hinter ihm gestanden und eine Feige gegessen. Ich schaufelte Walnüsse in Tüten, als sich Marshall plötzlich vorneigte und etwas sagte, womit ich nie gerechnet hätte, vor allem weil er mir gerade das Bild eines kleinen Mädchens gegeben hatte, dem die Nase weggeschossen worden war.

Also, ma chère, willst du am Freitag zu mir kommen und über Nacht bleiben?

Also:

A. Er war kein Franzose. Er stammte aus dem Humboldt County.
B. Er hatte noch nie auch nur mit mir geflirtet, außer der Untergrund-»Todesindex«, den er mir gegeben hatte, eine Liste aller Leute, die von Plastikgeschossen getötet worden waren, zählte als Flirt. Zugegeben, er sagte, dass ich sie behalten könne und es sein einziges Exemplar sei.
C. Ich hatte nie mit ihm geflirtet. Hat er vielleicht meine gelangweilten Blicke in seine Augen als sehnsüchtige Blicke missverstanden?
D. Bestand die Möglichkeit, dass er Zeit mit mir allein verbringen wollte, um sich eingehender über Politik zu unterhalten?

»D« schied aus, als ich »Okay, klar« sagte und er kurz den Daumen hoch hielt und lächelte.

Ich hatte okay gesagt. Nicht nur okay, sondern »okay, klar«, eine doppelte Zustimmung. Wir waren von »Guten Morgen. Ich habe mehr Einzelheiten für dich über das

Leiden in Nordirland« zu »Ich werde am Freitagabend meine Latte in dich stecken. Bist du allergisch gegen Katzen?« übergegangen. Warum hatte ich nicht gefragt: He, meinst du, damit wir *Under a Blood Red Sky* hören oder Burger King bestellen können? Oder denkst du an die andere Spezialsoße? Und wie unfair von mir, ja zu sagen, wenn ich keinesfalls in seine Leprechaun-Hütte gehen würde, um Pellkartoffeln zu essen und Raubkopien von Crass zu hören.

Marshall schlenderte davon, in der Gewissheit, dass ich zu ihm kommen und ihm das Gummiwuchtgeschoss lutschen würde, und warum auch nicht? Ich hatte okay, klar gesagt.

Ich schaute nicht auf, als du zu mir an die Waage kamst und sagtest:

Hallo, Sonnenschein.

Du hattest alles gehört. Du fragtest, ob ich tatsächlich die Nacht mit Marshall verbringen würde, und ich sagte nein und sah dabei zu dem nordischen Trommler, der in seinem Büro saß. Er tat so, als würde er die Bücher führen, während er heimlich das Daodejing las. Du sagtest, du bist doch nicht mit dem Typ zusammen, oder, und hast dabei die Augen verdreht, und ich sagte, nicht wirklich, und du sagtest, bist du oder bist du nicht? Ich sagte vielleicht. Du sagtest, warum hast du nicht einfach nein danke zu Marshall gesagt? Ich sagte, ich weiß nicht, wie man nein sagt, ich weiß nur, wie man nein schreit. Ich will seine Gefühle nicht verletzen. Du sagtest, das macht ihm doch nichts aus, sag einfach nein, und damit hat sich's, und ich, ja, lass mich dran arbeiten, wie eine erwachsene Person zu kommunizieren. Du hast mich angelächelt, dich auf meinen Tisch gestützt und geschwiegen. Ich habe ebenfalls gelächelt, meine Schaufel steckte noch in dem Sack mit Gesundheitspulver. Wir wurden von Saturn-Johnnie gestört, dem LSD-Opfer, das bei Obst und Gemüse arbeitete. Er sagte: »Blue, hallo, kann ich kurz mit ihr sprechen, oder bleib einfach da, das ist auch okay, ich wollte nur sagen, dass Merkur auf dem Rückzug ist, und ein paar von uns heute Abend bei mir im Garten LSD einwerfen, und dann machen wir sanfte Körperbemalung. Willst du auch kommen?«

Ich starrte ihn an. Keiner rührte sich. Ich wollte »Vielleicht schau ich später vorbei« sagen, aber ich brachte nur »Viel-« heraus, und Blue legte seine Hand auf meine und sagte:

Tut mir leid, Mann, sie ist heute Abend mit mir verabredet, das haben wir schon seit Ewigkeiten geplant.

Saturn-Johnnie sagte: »O, klar. Dann kommt doch beide. Jeder bringt was zu trinken mit.« Blue sagte, ein anderes Mal, und Johnnie ging, und ich sagte, siehst du, ich kann nicht nein sagen.

Blue sagte:

Jetzt sei bloß nicht niedergeschlagen. Die Sonne scheint. Du bist dein übliches außerplanetarisches Selbst. Wir wollen alle nur lachen und gut nach Hause kommen.

Du warst du selbst und wusstest, wie man nein sagt. Es gab niemanden, den du beeindrucken oder verletzen wolltest. Du warst einfach da, und es machte mir Angst, wie real du warst, denn das zwang mich, mein eigenes Ausmaß an Authentizität in Frage zu stellen. Ich zog am Strand meine Kleider aus oder schüttete im Bus einem Mädchen, das ich nicht kannte, mein Herz aus im Glauben, dass mich niemand zensierte und ich offen war, aber ich war nicht immer ich, wenn ich wollte, dass mich jemand mochte. Ich fühlte mich angezogen von Menschen, die mir vorenthielten oder mir sagten, wer ich ihrer Meinung nach war. Was wäre passiert, wenn ich zu deinem Transporter gegangen wäre? Wenn nicht meine Freundin Natalie auf dich gestanden hätte, wäre ich vielleicht gekommen, aber ich bin überzeugt, dass mir dein Schweigen Angst eingejagt hätte. Mit dir gab es keine Spiele. Letztlich haben mich die Spiele zermürbt, aber damals hatte ich eine Schwäche für jeden, der übermäßig charismatisch war. Ich habe immer gesagt, dass ich jemanden wollte, der ein gutes Herz hatte und ehrlich war, doch ich war wählerisch bezüglich der Form, die diese Herzensgüte annehmen sollte. Ich frage mich, wo du jetzt bist. Ich hoffe, dass deine Güte unbeschädigt ist und du dich noch immer ganz und gar blau fühlst. Vor allem aber möchte ich mich dafür entschuldigen, dass ich mich hinter den Kaffeedosen und sonstigen Dingen, die ich vor mich stellte, versteckt und versucht habe, echte Freundlichkeit auf Distanz zu halten.

Lieber Abraham,

du hast mich eingelassen, als ich an deine Tür klopfte und jemanden mit deinen Fähigkeiten brauchte.

Ich bin in dein Büro gekommen und habe mich einfach nur gesetzt, zu mehr war ich nicht in der Lage. Du hast eine Stunde geredet, und ich saß krumm da, voller Nachklänge. Meine Augen in diesem jüngeren Gesicht waren dunkel und undurchdringlich. Ich musste erst noch ich selbst werden und die Miene von jemandem verlieren, der gerade auf dem elektrischen Stuhl hingerichtet worden war, dem das jedoch scheinbar vollkommen gleichgültig war. Ich erinnere mich, dass ich nichts zu erwidern wusste, als du sagtest:

»Ich will Sie nicht beunruhigen, aber laut Ihrer Bank haben Sie kein Geld mehr. Sie haben offenbar keine Ersparnisse. Um zu leben und so weiter. Zur Zeit.«

Ich gab ein Geräusch von mir, das wie das Andrehen eines Gartenschlauchs klang.

»Okay, also«, sagtest du. Du schienst unsicher, ob ich erschüttert oder unterzuckert war. »Soll ich es Ihnen erklären? Wissen Sie, wie das passiert ist?«

»Nein. Ich meine, ja, wenn Sie es versuchen wollen. Ich meine, ich bin nicht sehr …« Ich verdrehte die Augen und lehnte mich zurück. Ich starrte auf deine Büroklammern und wünschte, ich könnte sie mit meinen Gedanken bewegen. Es war mir peinlich, dass ich pleite war und nicht wusste, dass ich pleite war.

Das Telefon klingelte.

»Entschuldigen Sie, einen Augenblick, ja? Ich muss drangehen«, sagtest du, nahmst den Hörer und drücktest auf einen Knopf. Ich rührte mich nicht, und du wiederholtest, »Einen Augenblick«, winktest mir zu, um zu überprüfen, ob ich atmete, eine Geste, an die ich so gewöhnt war, dass ich nicht mehr darauf reagierte.

»Sie. Wollen Sie was essen?«

»Nein. Oder warten Sie. Ja. Nein«, sagte ich.

»Darf ich Sie was fragen?«, fragtest du und legtest den Hörer wieder auf.

»Ja, klar«, sagte ich.

»Wieso ist Ihre Bluse so zerrissen? Ist jemand über Sie hergefallen? Ich frag ja bloß.« Du strecktest die Hände zur Seite, neigtest dich vor in einer achselzuckenden, Was-soll-ich-sagen-Haltung. Wie ein Pinguin, der halbherzig zu fliegen versucht. Die Geste schien für dich viele gängige Inhalte auszudrücken, wie zum Beispiel: »Da hast du es« und »Niemand hat dich darum gebeten, okay?« und »Wenn du den Senf schon drauf getan hast, kann ich auch damit leben.«

»Ich habe sie so gekauft«, sagte ich. Sollte ich dir die Quittung vorlegen? Mir war klar, dass ich keine Quittung hatte, denn mir fiel ein, dass die Bluse gar nicht mir gehörte.

»O, Moment«, sagte ich. »Eigentlich gehört sie meiner Freundin Olivia. Und ja. Sie hat sie so gekauft. Außer sie hat sie gestohlen.« Ich lachte und wünschte plötzlich, ich hätte es nicht gesagt.

»Wie, gestohlen? Von wem gestohlen? Ist sie, was, kriminell?« Du hast nahezu geschrien, aber aus irgendeinem Grund geriet ich nicht in Panik.

»Nein, nein. Ich meine, vielleicht hat sie einmal was gestohlen, ich weiß es nicht. Sie ist Stripperin, deswegen hat sie immer so viele Ein-Dollar-Scheine. Und manchmal ist es ihr peinlich, damit zu zahlen, weil sie dann für eine Stripperin gehalten wird.« Er sollte wissen, dass Olivia im Grunde ein braves Mädchen war. Die nur selten bei Fiorucci stahl.

»Wir müssen Ihnen neue Freunde suchen«, sagtest du. »Im Ernst, das geht so nicht.«

»Ich weiß. Aber sie ist überwiegend toll. Ich, ich meine, ich stehle nie«, sagte ich.

Du machtest wieder die Geste mit den Armen. Ich hätte gern etwas dazu gesagt, wie sich meine finanzielle Situation verbessern ließe. Ich seufzte, lauter als höflich war, und du hast dreingeblickt, als täte ich dir leid, was mich wiederum in Verlegenheit brachte und ein bisschen schläfrig machte. Weil ich in Midtown etwas abholen musste, musste ich mit drei U-Bahnen fahren und acht Blocks gehen, um von hier nach Hause zu kommen, und diese Besprechung dauerte immer noch an, und jetzt war ich auch noch arm.

»Entschuldigen Sie, aber Sie sind, wie alt, dreiundzwanzig? Zwanzig?« Du hast leise gesprochen, als wäre das Zimmer verwanzt und mein Alter streng geheim.

»So ungefähr«, sagte ich.

Es folgte wieder ein langes Schweigen.

Du hast beschlossen, direkt zu sein, es einfach zu sagen.

»Sie sind also auf der Suche nach einem anderen Finanzberater?«

Du hast die Frage zu laut gestellt, und bei den ersten beiden Worten, die das Schweigen brachen, zuckte ich zusammen. Ich wünschte zum x-ten Mal, dass ich mit einer Fernbedienung geboren wäre. Ich versuchte, konzentriert und zugleich vernünftig dreinzublicken. »Vermutlich habe ich es nicht gewusst, Sie wissen schon. Meine Lage.« Mir fiel nichts Stichhaltiges dazu ein, deswegen plapperte ich einfach weiter. »Und ja«, sagte ich und deutete auf die Papiere auf deinem Schreibtisch, die ich in der Tüte eines chinesischen Imbisses mitgebracht hatte, »ich verstehe diese Schreiben nicht, und ich habe geglaubt, dass ich Geld habe? Weil, also, die haben gesagt, dass ich welches habe, oder eigentlich haben sie mich nie darauf hingewiesen, dass ich keins habe? Ich habe sie gefragt, ob ich den Billardtisch kaufen kann, ich habe sie angerufen aus dem Billard … laden, und sie haben gesagt, nur zu, tu, was du nicht lassen kannst, ich hab wirklich nicht mein ganzes Geld ausgeben wollen, aber … aber wahrscheinlich habe ich auch mal was bezahlen wollen? Irgendwas? Weil ich mit jemandem gelebt habe, der Geld hatte, und ich wollte nicht, dass er immer zahlt, weil. Das wollte ich nicht.«

So viel hatte ich nicht gesagt, seitdem ich mich gesetzt hatte, und vielleicht die ganze Woche nicht. Ich sah zu, wie du es aufnahmst. Ich wusste, dass ich mich nicht klar ausgedrückt hatte und du mich wahrscheinlich nicht um eine Klarstellung bitten wolltest, weswegen du schuldbewusst dreinschautest, oder vielleicht warst du auch müde, aber irgendetwas an mir machte dich nervös. Du schienst Mühe zu haben, dich zurückzuhalten und mich nicht anzuschreien, doch ein Teil von mir wünschte, du würdest schreien.

»Und was haben Sie mit dem Billardtisch gemacht? Sind Sie Irin?«

Du hast gelacht. Ich habe die Achseln gezuckt.

»Mein Freund. Zu Weihnachten. Ich meine, ist auch egal.« Ich hätte am liebsten geweint, deswegen lenkte ich mich ab und kramte in meiner Tasche, bis ich einen einzelnen Kaugummi fand. »Er hat ihm gefallen.« Ich verdrehte die Augen, um nicht wie eine Frau auszusehen.

»Also, wie es scheint«, sagtest du leise, »wie es scheint,

konnten Sie sich den Billardtisch nicht leisten« – ich nickte, damit du wusstest, dass ich verstand – »und vermutlich können Sie ihn nicht zurückgeben? Und sich das Geld zurückerstatten lassen?«

Ich schüttelte den Kopf, nein.

Du kamst wieder auf das Wesentliche zu sprechen.

»Johnnie hat mir erzählt, dass Sie auf der Suche nach einem neuen Steuerberater sind?« Du hofftest, das würde die Sache zum Abschluss bringen und mich zum Gehen veranlassen. »Sie brauchen einen Finanzberater.«

Ich blickte vom Boden auf und lächelte dich an. Du hast laut geschnauft. Ich habe genickt, ja.

Du nahmst eine Schachtel Kleenex, schwenktest sie etwas und sagtest: »Also, dann, gut.« Du stelltest die Schachtel wieder ab.

Keiner von uns sagte etwas. Das Telefon klingelte, aber du hast es ignoriert.

»He«, sagte ich, stand auf und stellte fest, dass ich ungefähr fünfzehn Zentimeter größer war als du, »ist es in Ordnung, ich meine, macht es Ihnen was aus, wenn ich mich hinlege? Ich bin so, Sie wissen schon.« Während ich redete, nahm ich meine Tasche und zog meine Lederjacke an. Dir wurde klar, dass ich eine Person war, die man manchmal einfach ausblenden konnte, ohne dass sie es übelnahm, und das machte mich sympathisch. Du hast mir nicht mehr zugehört, als ich weiterredete und zu deinem Sofa ging. Du hast dich gefragt, ob deine Suppe geliefert worden war und es richtig gewesen war, dich im letzten Moment gegen den gemischten Salat zu entscheiden. Frisch war der gemischte Salat sehr befriedigend. Aus unerfindlichem Grund kamst du zu der Überzeugung, eine kluge Wahl getroffen zu haben und dass dir die Suppe schmecken würde. Du warst der Ansicht, dass Entscheidungen zu treffen und dabei zu bleiben einem bisweilen Enttäuschungen ersparte. Du hast auf deine Uhr geblickt und wieder auf mich gehört, doch meine Stimme war jetzt unverständlich, weil ich mit dem Rücken zu dir auf dem Sofa lag, zu einem schwarz-gelben Komma gekrümmt.

Du bist zur Tür gegangen und hast sie geöffnet. Das sieht vielleicht nicht so gut aus, dachtest du, mit mir auf dem Sofa. Du bist zurückgegangen und hast dich wieder gesetzt.

Plötzlich hörtest du mich flüstern: »Darf ich rauchen?« Du hast dich vorgeneigt und gesehen, dass meine Augen geschlossen waren und ich gleichmäßig atmete. Schlafend kam ich dir seltsamerweise noch vertrauter vor.

Du hast die Brille abgenommen und sie wieder aufgesetzt, um mich besser zu sehen. Waren das Armeestiefel? Mit Sicherheitsnadeln? Und auf dem Rücken der Lederjacke war ein Graffito. »Panther Elixer« stand in orangefarbenen Symbolen darauf. Die dunkelrote Strumpfhose über der schwarzen Strumpfhose, mit Löchern darin: war das Absicht? Waren sie so gekauft oder später von Hand zerrissen worden? Du hast versucht, dir vorzustellen, einen Anzug bei Bloomingdale's zu kaufen, ihn nach Hause zu tragen und dann zu zerreißen. Ihn absichtlich zu zerfetzen. Du hast dich gefragt: Lachen sie, wenn sie es tun, Dinge zerreißen? War es ein Vergnügen, dem sie in Gruppen nachgingen? Oder taten sie es aus Angst, als Fetisch? Du hattest dir diese Fragen schon früher gestellt, wenn du Jugendliche in der U-Bahn gesehen hast, die angezogen waren, als hätten sie ihre Kleidung mit dem Rasenmäher malträtiert.

»Was, Moment, schläft sie etwa?«, fragte Sandra, als sie mit der Suppe hereinkam. »Ist das das Mädchen, das vorhin gekommen ist? Du hast sie so schnell eingeschläfert?«

»Verschwinde, woher soll ich das wissen? Sie hat gesagt, dass sie müde ist, was soll ich dazu sagen?« Du hast deine Orangina geöffnet. »Du hast den Strohhalm vergessen.«

»Er steckt in der Packung.« Sandra fischte ihn heraus und reichte ihn dir. »Sie wirkte ganz nett, oder?«

»Woher soll ich das wissen? Sie schläft. Ich werde sie fragen, wenn sie wieder wach ist. Ob sie nett ist. Ich weiß nur, dass sie pleite ist.« Du hast den Dampf der Matzeknödel eingeatmet, der eine beruhigende Wirkung auf dich hatte. Sandra ging kopfschüttelnd hinaus.

Meine Hand rutschte herunter, und der Kaugummi fiel mit einem leisen Klacken auf den Boden.

»Was soll ich damit anfangen?« Es war eine rhetorische Frage, und ich rührte mich nicht. Du dachtest daran, den Rabbi anzurufen und ihn um Rat zu fragen.

Zehn Jahre später wirst du überlegen, ob du zur Synagoge gehen und den Rabbi um Rat fragen sollst, als du erfährst, dass ich mit einer nichtfunktionierenden Kreditkarte vor einem Bankomat stehe, denn es ist Sabbat und du darfst mich nicht anrufen. Du wirst warten, bis der Sabbat eine Minute vorüber ist, bevor du mir zu Hilfe kommst. In zwanzig Jahren wirst du an deinem freien Tag ins Büro gehen und nach einer Kopie von dem Pass meines Sohnes suchen, weil sie ihn mit seinem abgelaufenen Pass nicht ins Flugzeug steigen lassen. Und zwei Tage nachdem du meinem Sohn einen neuen Pass besorgt hast, wirst du mit mir warten, während ich heulend vor der Expresspass-Ausgabe stehe, weil ich meinen eigenen Pass verloren habe. Und du wirst dich mit mir am nächsten Tag erneut anstellen, nachdem ich meinen neuen Pass keine zwei Stunden, nachdem ich ihn erhalten habe, nicht mehr finde. Du wartest mit mir, bis sie ein Passfoto machen, und schlägst mir mit deinem Hut auf den Kopf, als ich dich frage, ob meine Frisur blöd aussieht.

Fünfundzwanzig Jahre später treffe ich dich in der Nähe der Synagoge, in der ich dir zu Ehren eine Rede halten werde, und ich werde vor dem Rabbi und allen Leuten, die koscheres Hähnchen essen, in Tränen ausbrechen, als ich erzähle, dass du mich wie eine Tochter behandelt hast und aus jemandem, der sich kein Taxi leisten konnte, jemanden gemacht hast, der einen eigenen Chauffeur hat. Ich werde die Geschichte erzählen, wie ich an dem Tag, als ich dich kennenlernte, auf deiner Couch eingeschlafen bin, und alle werden lachen.

Jetzt machst du weiter. Auf der Couch dort drüben schläft ein Mädchen, na und. Und wenn schon.

Du arbeitest und hältst inne, um einen kleinen Cracker zu essen. Es ist ein kleiner Triumph, als es dir gelingt, ihn intakt aus der Verpackung zu nehmen. Nicht zerbrochen. Wie jemand einen perfekten Cracker mit Suppe, mit etwas Nassem entweihen und ihn matschig und weich essen kann, ist dir fremd. Du nimmst noch einen, der ebenso perfekt aus der Packung kommt.

Du rufst Sandra über das Telefon.

»Schläft sie noch immer?«, fragt Sandra.

»Das geht dich nichts an«, sagst du und wischt die Crackerkrümel auf den Boden. »Bring mir den Tischstaubsauger. Und einen Aschenbecher.«

Du schaust auf die Krümel, um sie nicht aus den Augen zu verlieren. Du wirst wissen, wo sie liegen, wenn sie mit dem Staubsauger kommt. Du wartest.

Lieber Popeye,

du hast gesagt, du würdest mich lieben, bis du zu Asche zerfallen wärst.

An diesem Morgen bist du von der Arbeit geflüchtet und sechzig Blocks mit dem Taxi gefahren für ein Vögeln-bis-zum-Umfallen-Festival. Du bist hereingestürmt und hast mich aus den Träumen gerissen, indem du deinen Rucksack auf den Boden geknallt und mir dann den Mösenfehdehandschuh zugeworfen hast. Ich bin aufgewacht, habe mich gesammelt und gelächelt, und du hast mich quer übers Bett geworfen – du hättest mich nehmen können, so wie ich lag, aber der Morgen verlangte nach einem Körper, der mit einem gutturalen Mm-hmm quer über eine Daunendecke geworfen wurde, der Morgen verlangte nach einem zerrissenen Schlafshirt und Haareziehen und flüstern und abheben und fortgetragen werden, und dann – als ich die Obdachlosen auf den Straßen mit meinem wiederholten O GOTT und

MACH WEITER, JAA weckte, hast du abrupt den Leerlauf eingelegt am Ende des *Rein*-Teils des nächsten *Rein* und *Raus.* Du hast ihn vollständig aus mir herausgezogen und bist aufgestanden, als wäre ich ein Parkplatz, gegen den du dich nach mehreren Versuchen, reinzufahren, entschieden hättest, und du hast so obszön und vollkommen steif dagestanden und leicht geschwankt, keine falsche Eleganz oder der Versuch, mir zu signalisieren: He! Du! Frau mit den so weit wie die Spur für die Fahrer mit der Jahresvignette geöffneten Beinen: Ich bin gleich wieder da! Kein »Augenblick mal«, kein Halbzeitpfiff, nichts, und ich war nicht sicher, ob ich applaudieren, empört sein oder einfach nur »auch egal« sagen und mich dem Scrapbooking widmen sollte. Ich blieb liegen, wie ich war, und begann mir dann Gedanken zu machen, ob ich ins Fitnessstudio oder in den kleinen Laden gehen sollte, oder vielleicht war heute auch der Tag, an dem ich endlich lernen würde, wie man eine Zahndusche benutzt; in diesem Moment hörte ich, was?, wie du den Kühlschrank geöffnet hast? In einer Schublade nach etwas gesucht hast? Imodium? *Freunde bis in den Tod?* Als Video? Doch dann hörte ich ein Plopp und ein Zischen, und du bist zurückgekommen, Pornohengst, mit dem Schwanz in der Hand, nicht dass er eine Erinnerung nötig gehabt hatte, sondern weil du es so wolltest, während die andere Hand eine Flasche Coke Classic hielt, die altmodische Sorte, die – nicht wahr? – so viel besser schmeckt. In der Glasflasche, so dass man die Coke klar sieht, und ich glaube, du hast »Harmony« von Elton John gesungen, oder nein, »Sweet Melissa« von den Allman Brothers, und als du dich dem Bett genähert hast, hast du gelächelt und mir zugewinkt, als befände ich mich auf der anderen Straßenseite und du würdest mich aus der Kirche kennen, aber ich war da, und du warst da, und dann warst du noch mehr da, in mir, und du hast dich mit einer Hand am Kopfbrett festgehalten und dich in mich gezogen, die andere hielt die Coke, damit nichts herausspritzte, denn du hattest noch nichts davon getrunken, aber jetzt hast du einen Schluck genommen, du hast mitten im *Rein* und *Raus* oder wann immer angehalten und einen großen Schluck aus der Flasche genommen, während deine freien Finger in meinem Haar wühlten und über meinen Oberkörper hinunterglitten zu meinem empfindlichsten Teil, der dich so fest hielt, und du warst hart und zärtlich zu mir, und als es mir nicht mehr komisch vorkam, dass du eine Flasche an den Mund hieltst, hast du sie weggenommen, ich öffnete die Augen, als du mir weder sanft noch rau über die Wange gestrichen hast, und dein Mund war noch voll, aber du hast nicht geschluckt, sondern deine Lippen an meine gebracht, und ich habe den Mund geöffnet, weil ich weiß, wie man gehorcht, wenn ich den Befehl verstehe, und es gern tat, und du hast deine Lippen auf meine gedrückt und die Coke, noch kalt und pfeffrig süß, langsam wie ein Hahn, der zufällig nicht ganz zugedreht ist, in meinen Mund laufen lassen und gesagt:

Ich dachte, du hast vielleicht Durst, Baby.

Und ich sagte, oooooooooohhhhhhhhhh, o ja.

Und er wurde laut, der nächste Teil, sehr laut, und wir nahmen es sehr ernst, und dann war es still, und wir dösten, und als ich mich an dich, an die große Mauer schmiegte, die noch immer nicht gewöhnlich war, die noch immer nach deiner neuen exotischen Vertrautheit roch, sagte ich etwas Mutiges, was ein Mädchen, das nicht viel spricht, manchmal zuwege bringt, aber es rutschte mir nicht einfach so heraus, ich wollte es sagen, ich sagte: »Ich fühle mich ganz. Wenn wir fürs ganze Leben arm wären und mit ganz wenig auskommen müssten, wirklich arm, und das wäre das Beste, das wir haben, dann wäre ich zufrieden damit.« Und du hast gesagt:

Aber wir sind alle arme Leute. Mehr kriegen wir nicht.

Heute habe ich deine Stimme gehört. Jahre nachdem wir uns getrennt haben, schaffst du es noch immer, an deiner Liebe zu mir festzuhalten, so wie es nur möglich ist, wenn man weiß, dass beide es versucht haben.

Ich erinnere mich, dass du mir, als du in den Pyrenäen gewandert bist, auf einem Berggipfel Blumen gepflückt und sie mir in einem winzigen geflochtenen Körbchen mitgebracht hast, das ich bis heute aufbewahre, obwohl die Blumen längst zu Staub zerfallen sind. Ich habe über uns geschrieben, als du fort warst, in ein Notizbuch, in dem auch das Ende festgehalten ist. Der letzte Eintrag ist in Tinte, ein hastiges, zorniges Gekritzel, das lautet: Zeit, das kalte Biest, mit seinen vielen Fasts und Bis. Ich denke, was für eine Schande. Die Zeit sollte weinen, weil sie mich ohne dich verbracht hat.

Lieber aus der Zeit gefallener Mann,

wir kannten uns nur kurz.

Ich sah dich auf der Couch sitzen bei einer Party, zu der ich nicht gehen wollte. Du hattest deine Beine in der eleganten Hose übergeschlagen und dabei ein Stück von etwas entblößt, was eine Kaschmirsocke sein musste. »Das ist ein Gentleman«, dachte ich und sah dir dabei zu, wie du ein Glas hieltst und ein Gespräch führtest, bis mir klar wurde, dass ich auf nichts und niemand anderen achtete.

Ich verließ meine Ecke und setzte mich neben dich. Ziemlich rasch entwickelte sich etwas, was bereits jenseits von Flirten war; und dein Duft reichte aus, um mich an Ort und Stelle zu halten. Du warst der perfekt gepflegte Mann, der sich mit einem Fuß in einer anderen Ära befand: gebügeltes Hemd, geölte Halbschuhe und Rasierwasser, ein altmodischer, aber unverwechselbar männlicher Geruch. Ich fragte mich, ob du zu Pferderennen gingst und sonntags Hosenträger trugst. Ich wollte den Kopf an deine Schulter legen, bis der Stoff dort zerknittert war.

»Hör nicht auf, mit mir zu sprechen, nie«, dachte ich. »Du bist der interessanteste Mann auf der Welt.« Ich stellte dir immer noch eine Frage, und du hast dich mir mit deinem ganzen Körper zugewandt. Wir unterhielten uns angeregt und ignorierten nahezu alle anderen. Dann ging jemand mit einer Zigarette in der Hand vorbei, den du eindeutig kanntest, und du hast gelacht und vorwurfsvoll gesagt:

Wann machst du die aus?

Ich sagte etwas Schnodderiges. Ich weiß nicht mehr, was. Etwas in der Art, dass Laster unsere besten Freunde sind. Die Leute, die neben dir saßen, verstummten. Eine Person lächelte unbehaglich. Du hast auf deinen Kopf gedeutet, der kahl war, und da wurde mir klar, und dabei formte ich ein lautloses »O«, dass du deinen Kopf nicht als Stilmittel des eleganten Mannes, der seine Haare verliert, geschoren hattest.

Also … ich habe Krebs. Leider.

Du hast es so dahin gesagt. Ein eleganter Tanzschritt von jemandem, der nicht will, dass jemand das Stolpern seines Partners bemerkt. Du hast wieder über deine Freundin gesprochen, nach der ich gefragt hatte, so wie du Fragen zu meinem Freund gestellt hattest. Indem wir die positiven Seiten unserer Partner hervorhoben, hatten wir beide zu verstehen gegeben, dass wir in festen Händen waren. Nachdem das klargestellt war, konnten wir miteinander sprechen, ohne uns Sorgen machen zu müssen, dass der andere Signale falsch verstand. Wir waren beide so aufgeregt über unsere Begegnung, dass wir es aussprechen mussten, um über anderes reden zu können. Es war eine so große Freiheit, mit dir zu sprechen, und kein obligatorischer Smalltalk. Dein Lächeln war so lebendig vor Zuneigung, doch dein Gesicht hatte auch etwas Starres, als wolltest du mich deinem Gedächtnis einverleiben. Du schienst bereit, dir meine Sätze anzuhören und sie mit dem dazugehörigen Schweigen einzustecken. Ich fühlte mich wie der Super Bowl, so konzentriert warst du, doch ich durfte auch sagen, »Moment, wie hast du das gemeint?«, wenn ich etwas nicht begriffen hatte. Wir wanden uns nicht, wenn sich das Schweigen zu lange hinzog.

Wissenschaftler sind geteilter Meinung, wie sich Sprache entwickelt hat, deswegen kann auch niemand erklären, was ein Gespräch zu einem erfolgreichen Gespräch macht. Es ist ein Geheimnis, das ich niemals lösen möchte, genauso wenig wie ich wissen will, an welchem Tag ich sterben werde; doch es ist ein Thema, über das ich den ganzen Tag nachdenken kann, ohne mich zu langweilen. Ich liebe jeden Versuch, etwas zu beschreiben, doch vielleicht gefällt mir die Tatsache noch mehr, dass man immer zweideutiger werden kann, je mehr Wörter einem zu Verfügung stehen, um etwas zu bezeichnen. Ich könnte ewig über dich schreiben, und du könntest zunehmend unscharf werden für jemanden, der dich durch meine Worte kennenlernt. Wenn wir noch zwanzig Jahre Zeit gehabt hätten, um uns kennenzulernen, wären wir vielleicht mit weniger Gewissheit auseinandergegangen, als es tatsächlich der Fall war.

Warum wir den Ursprung der Sprache nicht erklären können, liegt zum Teil an unserer Reaktion auf die wahrgenommene Wahrheit. Wenn Worte völlig verlässlich wären, hätten sie sich als einziges effektives Verständigungsmedium entwickelt, doch das haben sie nicht, weil die Menschen lügen. Ein Affe gibt einen Laut von sich oder macht eine Geste, um einem anderen Affen mitzuteilen, dass er eine Banane möchte. Er bekommt die Banane oder auch nicht, doch die Kommunikation wird verstanden, weil die Signale, die benutzt werden, eindeutig sind. Ein Affe würde nie – in Affensprache – sagen: »Deine Socken sagen viel über dich aus, ich bin fasziniert. Würdest du mir bitte eine Banane geben?« Ein Affe würde nie auf so komplizierte Weise kommunizieren, dass er etwas möchte. Obwohl sich auch Tiere gegenseitig »täuschen«, sind sie gegen Täuschung und Komplexität immun, wenn sie sie wahrnehmen. Ein Affe wird eine Kommunikation ignorieren, wenn sie falsch interpretiert werden kann, und ich glaube, das wäre auch für uns eine dicke fette Erleichterung. Menschen kennen so viele phantastische Möglichkeiten, zu verkomplizieren, was wir wollen. »Ich werde dir fünf Dollar für die Banane geben« oder »Wieso kriegt Jolene eine Banane und ich nicht?« Oder sogar: »Ich glaube, wir sind einer Meinung, dass du mir eine verdammte Banane schuldest, nachdem was gestern Abend passiert ist.« All das bringt uns weiter weg vom Wesentlichen: Banane. Gib her. Wenn wir so viele raffinierte Wege haben, etwas zum Ausdruck zu bringen, wie ist es dann möglich, dass wir von einem simplen Gespräch weggehen und uns fragen: »Was haben sie damit gemeint?« Ich weiß nicht, warum ich neben dir sitzen wollte oder warum es aufregend war, mit dir zu sprechen. Lag es daran, wie du die Worte aneinandergereiht hast, oder an dem, was hinter den Worten steckte, oder an beidem? Ich musste dich nicht deuten, ich wollte deine Hand nehmen und immer wieder deinen Arm berühren. Irgendwann hätte ich beinahe danach gegriffen, aber so wie man nach dem Arm eines Bruders oder eines lange vermissten Freundes greift. Es war alles nur nicht das, was für gewöhnlich letztlich alles ruiniert. Ich weiß nicht, wie man die Summe all dieser Dinge nennt.

An diesem Abend ging ich mit deiner Telefonnummer und einer angenehmen Sehnsucht, dich wiederzusehen. Erst Wochen später gelang es uns, ein Treffen zu vereinbaren, das wir beide einhalten konnten, und ich fuhr an dem Nachmittag zu dir, zu unserem einzigen Nicht-

Rendezvous, und stellte mir vor, wie es wäre, dich einmal in der Woche zu sehen.

Deine Freundin öffnete die Tür, sie war schön und freundlich. Sie erklärte, dass du im Bett lagst und dich nicht wohl fühltest, und ich versuchte auszudrücken, dass es mir leidtäte. Ich hatte nicht damit gerechnet, dass es dir nicht gutging, und wollte mich eigentlich gleich wieder verabschieden, als du aus dem Schlafzimmer kamst. Du warst blass und ein bisschen dünner, aber immer noch sehr attraktiv. Ich schlug vor, wieder zu gehen, damit du ruhen könntest, und wandte mich dabei aus Respekt an deine Freundin, doch du wolltest etwas essen. »Ich habe mich so darauf gefreut. Ich will nicht darauf verzichten«, sagtest du, und deine Freundin nickte zustimmend und tätschelte mir die Schulter, als wir losgingen.

Wir schlenderten zu einem Restaurant ganz in der Nähe und setzten uns im Freien an einen Tisch. Ich sah, dass du dich viel langsamer bewegtest als ein paar Wochen zuvor. Wir bestellten Mineralwasser und italienisches Essen, und es dauerte nicht lange, bis die Verbindung wiederhergestellt war. Das Gespräch verlief langsamer, aber mit dem gleichen Gefühl der Geborgenheit, und dann war da noch dein unbeschreibliches Lächeln, und ich musste den Impuls unterdrücken, dein Gesicht in die Hände zu nehmen und zu küssen, doch ohne Zungen und Entschuldigungen und aufflackernden Puls. Ich wollte neben dir einschlafen, aber nicht auf dir liegen. Unser Verhältnis war klar und hatte Grenzen, die ich nie würde setzen müssen. Ich mochte dich einfach so sehr.

Als wir das Restaurant verließen, botst du mir deinen Arm an, und ich sah dich an, wie du halb im Bistro, halb draußen standst. Die Stadt schien in diesem Augenblick nur zu existieren, um mit dem Bild von dir zu verschmelzen, der du mit mir spazieren gehen wolltest. Es war vielleicht so, als würde man Fellini in Rom sehen. Ganz Manhattan zog entweder an dir vorbei oder drehte sich um dich und wirkte dabei wie eine Stadt, die sich selbst erklärte durch den Mann, der sie repräsentierte. Die Cafés und Boutiquen, die gutgekleideten Frauen, die an uns vorbeigingen, waren von Farbe gesättigt, wenn sie sich in deinem Bildausschnitt bewegten und du das Bild vervollständigtest. Das Guggenheim Museum, eine Gruppe kleiner Jungen in Schuluniform – alles schien nur als atavistischer Hintergrund zu existieren, der deine Geschichte erzählte.

Ich nahm deinen Arm, und es war klar, dass du gestützt werden musstest. Ich fand eine Haltung, in der ich dich im Gleichgewicht halten und mich zugleich an dir festhalten konnte. Nach dieser Geste musste ich zum ersten Mal darüber nachdenken, was ich sagen sollte.

Du hast zuerst gesprochen. Es sei so eine schöne Überraschung gewesen, sagtest du, und eine Erinnerung daran, dass immer noch etwas passieren könne. Wir hatten etwas Einzigartiges, das du für dich bewahren wolltest, und du neigtest dich zu mir, als du sagtest: »Das ist für mich. Ich brauche es.« Du hast auf mich heruntergeblickt und gesagt, o, das ist schön und tut mir so gut, aber

es könnte die kürzeste Freundschaft der Welt sein.

Wir haben noch ein- oder zweimal miteinander gesprochen. Als ich einen Monat später von einer kurzen Reise nach Hause zurückkehrte, wartete eine Karte von deiner Freundin auf mich. Sie schrieb, dass ich wichtig für dich gewesen sei und dir Auftrieb gegeben hätte. Ich bedeckte meine Augen mit der Karte und sah uns die Straße entlanggehen. Ich erinnerte mich daran, wie auf allen Seiten alles an seinen Platz fiel, als würde irgendjemand irgendwo auf Knöpfe drücken und uns unseren Einsatz zurufen.

Danke, dass du mir deinen Arm gegeben hast, und für diese vier Stunden, von denen du keinen endlosen Vorrat hattest.

Er war kurz, aber ich liebte unseren kleinen Ausflug. Wir hatten uns verliebt, aber auf die Weise, wie man sich in einen Ausblick verliebt, dem man ein- oder zweimal im Leben begegnet. Man will nicht weg, weil es sich anfühlt wie, ja, natürlich, das ist der perfekte Ort. Diese Momente werden von einem kleinen Schock begleitet, und ich liebe das Gefühl, wenn man denkt, das ist zu schön, ich komme gleich nach. Man muss einfach die Wahrheit dieser Weite länger in sich aufnehmen, bevor sie oder man selbst sich verändert und etwas ganz anderes wird.

Lieber Pater Bob,

ich habe an dich geglaubt, weil du Gott kanntest und ihn trotzdem noch mochtest.

Eines Sonntags, als ich ungefähr acht war, lehnte ich mich aus der Bank, als du nach dem Gottesdienst vorbeigingst, und zog an deiner Robe.

»Pater Bob?«, flüsterte ich. Du hast dich vorgeneigt, um mich trotz der Orgel zu hören. »Ist jemand in der Hölle?«, fragte ich, weil ich wusste, dass du so etwas wusstest. Du wusstest genug, um meinen Brüdern und Schwestern und mir Cheetos zu schenken, wenn wir zu dir kamen, um mit dem Ouija-Brett zu spielen. Du würdest die Frage beantworten können.

Du legtest mir die Hand auf die Schulter. Dein Blick schweifte hin und her, als würdest du unsichtbaren Text lesen, während ich dich anstarrte und auf die Wahrheit wartete. Du wolltest etwas sagen und hieltst inne.

»Jetzt? Du meinst, ob jetzt jemand in der Hölle ist?«,

fragtest du. Ich nickte ein feierliches Ja, und du schautest mir ins Gesicht, dachtest nach und sagtest: »Nein.«

»Okay«, sagte ich.

Du hast mir den Rücken getätschelt, als wolltest du sagen, *gut, dass du hinterfragst, was du glauben sollst*, als müsste die Doktrin der ewigen Verdammnis dringend überprüft werden, Jahre nachdem du zum Priester geweiht worden bist. Als wäre das Leben nach dem Tod es wert, thematisiert zu werden, nachdem eine Drittklässlerin es in Frage gestellt hatte. Mir war klar, *dass das in diesem Moment wirklich deine Meinung war.* Für dich war der Glaube mehr Lehm als Zement, und wenn du das Evangelium interpretieren konntest, dann auch ich. Jeder sollte es. Wenn Gott nicht zornig auf dich war, weil du Wein trankst und Kette rauchtest und homosexuell warst, dann würde er mir auch vergeben, dass ich ein Kätzchen gestohlen und versucht hatte, es unter einer Decke hinten in unserem Kombi zu verstecken. Dieser Gott war gewiss anderen Göttern vorzuziehen, die einen nicht in den Himmel ließen, weil man böse Worte gesagt und Mountain Dew getrunken hatte. Wenn deine Antworten nicht alle in der Bibel standen, dann mussten meine auch nicht darin stehen, und letztlich ging es nur darum, so ehrlich und freundlich zu sein wie du und nicht in Panik zu geraten, wenn man herumbrüllte oder zu viel Spaghetti gegessen hatte. Du sorgtest dich nicht, dass die Parker-Kinder in einem stinkenden Inferno verbrennen mussten, nur weil sie versuchten, tote Geister heraufzubeschwören mit Hilfe eines Spiels von Hasbro.

Wir alle können Geschichten über dich erzählen. Mein ältester Bruder erinnert sich daran, dass du ihn in deinem Wagen bis nach Bisbee gefahren hast, damit er dort vor der Musterungskommission seine Erklärung gegen den Vietnamkrieg abgeben konnte. Sie warfen kurz einen Blick auf ihn, dürr und asthmatisch und schon dabei, seine politischen Schmähreden den unfreiwilligen Zuhörern vorzutragen, und schlugen seinen Namen nach. Und informierten ihn prompt, dass er aus medizinischen Gründen untauglich war. Er brach beinahe in Tränen aus, weil ihm die Gelegenheit genommen wurde, seine Opposition gegen den Krieg in einer epischen Rede mit Fußnoten kundzutun. Er ging im Flur auf und ab, und du liefst hinter ihm her und hörtest zu, während er sich total verzettelte. Was um Gottes willen sollte er jetzt tun, da er nicht bekommen hatte, was er nicht wollte?

Schließlich hatte er eine Idee und verkündete, dass er die Antwort wisse: Er würde das Recht mit den Lehren Gottes kombinieren. »Ich werde studieren und einen Abschluss in Kirchenrecht machen!«, sagte er aufgeregt und schaute dich erwartungsvoll an. Als er fragte, ob du ihm helfen würdest, den erwählten Weg zu gehen, zogst du heftig an deiner Zigarette und sagtest:

Natürlich werde ich dir helfen. Dir ist aber klar, dass Kirchenrecht so nützlich ist wie Titten an einem Schmetterling.

»Ich kenne jemanden, der das besser beantworten kann als ich«, sagte ich zu meinen Kindern. Es waren dreißig Jahre vergangen, seitdem ich dir in der Kirche die Frage gestellt hatte, und jetzt hatten meine Kinder eine Frage. Sie hüpften auf dem Bett herum, als ich deine Nummer wählte.

»Ruhe, Kinder«, sagte ich, »der Mann bedeutet Mama viel, und ich stelle auf Lautsprecher.«

»Ist er nett?«, fragte mein Sohn.

»Pater Bob?« Ich hörte Husten nach einem leisen Hallo. Es war deine Stimme. Ich hatte sie seit Jahren nicht mehr gehört, aber ihr Klang war wie eine Zeitmaschine. Ich erkundigte mich nach deinem Partner, und du sagtest, es gehe ihm gut und er stehe neben dir. Ich ließ ihn grüßen und fragte, ob du meinem Sohn die Frage beantworten wollest, was passiert war, als Jesus starb, und du sagtest, na klar. Ich stieß meinen Sohn, der versuchte, den Händen meiner Tochter ein Gummihuhn zu entreißen. Er stellte sich neben das Telefon und sagte hallo.

»Hallo«, sagtest du.

»Also«, sagte mein Sohn, »warum ist er aus der Höhle gekommen? Vor der der große Felsen lag.«

»Da lag ein Felsen?«, fragte meine Tochter. Mein Sohn boxte sie, flüsterte, dass sie still sein solle, und sie boxte ihn und sagte, dass müsse sie nicht. Ich bringe euch beide um, flüsterte ich, hört jetzt auf, und dann sagte ich laut zu dir:

»Sie verstehen nicht, wie er da rausgekommen ist.«

»Nein, *warum*«, sagte mein Sohn. »Ich weiß nicht, *warum* er rausgekommen ist und die Tür offen gelassen hat.«

»Du hast doch gesagt, dass es ein Felsen war«, sagte meine Tochter, die jetzt auf dem Bett lag und dabei war, einzuschlafen. Ich drehte sie auf die Seite und kraulte ihr den Rücken. Mein Sohn starrte auf das Telefon, und ich hörte dich am anderen Ende atmen.

»Er ist rausgekommen«, sagtest du, »weil er unbedingt ans Licht wollte.«

Mein Sohn schaute zu mir und dann wieder aufs Telefon.

»Okay, aber warum hat er sich mit Steinen bewerfen lassen? Wenn er eine besondere Jesus-Macht hatte, mit der er Höhlen aufmachen konnte, warum hat er sie dann nicht benutzt, als er am Kreuz hing? Und ist nicht einfach davongeflogen?«

Du schwiegst einen Augenblick und sagtest dann:

»Ja, das ist eine gute Frage.« An deinem Ende war es wieder still, abgesehen von dem Geräusch, das entweder daher rührte, dass du rauchtest oder in deinem Leben zu viel geraucht hattest.

»Warum hat er zugelassen, dass ihm die Bösen weh tun?«, fragte mein Sohn.

»Weil er das Leben leben wollte, das ihm bestimmt war. Er wollte uns zeigen, was Opfer und Vergebung bedeuten, als Sohn Gottes«, sagtest du. Mein Sohn wandte sich mir mit offenem Mund zu. Er griff nach dem Telefonhörer und sprach ein bisschen laut hinein.

»Warte«, sagte er. »Gott war so was wie sein Papa?«

»Ja«, sagtest du, »er ist auch deiner. Ich meine, je nachdem wie man es betrachtet. Gott liebt uns alle. Egal, wie mächtig wir sind oder wer unser Vater ist.«

Ich hoffte, dass deine Stimme in die Chips in ihren Gehirnen dringen würde, mein Sohn war zu jung, um sich später an das Gespräch zu erinnern, und meine Tochter schlief fast. Ich wollte nicht, dass sie das Beten geringschätzten, nur weil manche Menschen Gebete als Pass zu einem Jenseits voller Weinberge und Fressmeilen verkauften. Ich wünschte, dass sie sich befreit fühlten durch die Mysterien der Doktrin, für die sie sich entscheiden würden. Ich schaute auf meine schlafenden Kinder und fragte mich, wer dich gelehrt hatte zu denken oder vielleicht auch nicht zu denken.

Ich rief dich an, als mein Vater im Sterben lag, und du sagtest: »Vergiss nicht: Dein Vater ist der ehrbarste Mann, den ich kenne.« Ich hielt meinem Vater den Hörer ans Ohr. Ich kannte deine Stimme, aber damals am Telefon war ihr Rhythmus verändert. Mit ihm gebrauchtest du eine andere Sprache, und dein Tonfall war schärfer. Ich nahm an, dass du zu ihm Dinge sagtest, für die wir anderen noch nicht bereit waren. Mein Vater weilte schon nicht mehr wirklich auf dieser Erde und musste sich keine Fragen mehr stellen. Ich blickte zu meinem Bruder und wusste, dass er an das Gleiche dachte. Vor vielen Jahren hast du mit uns allen am Tisch gesessen, Wein getrunken und dein lautes, kehliges Lachen gelacht. Ein Widerhall unserer Begeisterung für das Unbeantwortbare, das Geheimnisvolle. Das Mysteriöse ist gefährdet, aber es darf nicht ausgemerzt werden.

Als ich vor kurzem mit dir sprach, erzähltest du mir, dass du heiraten würdest. Ich will dir nicht zu nahe treten, aber wie alt bist du, Ende Siebzig? Das gibt mir Hoffnung für die gesamte Menschheit. Ich kenne deinen Partner Richard nicht, aber ich kann sagen, dass er ein vom Glück gesegneter Mann ist. Deinetwegen kann ich in jede Kirche gehen und annehmen, was immer der Gottesdienst zu bieten hat, alles ist offen für Auslegung, außer Güte.

Liebe Miss Mädchen,

(Du) »Hallo, Miss Mädchen!«
(Ich) »Hallo, Miss Frau!«

Dann, kaum hörbar:

(Du) »Hallo, Miss Dings!«
(Ich, noch leiser) »Hallo, Miss Amerika!«
(Du, nur noch Ameisen können dich jetzt hören)
»Hallo, Phantasia!«

Wir mochten uns nach fünf Minuten Limonade und Pommes im Chateau Marmont. Unsere gemeinsame Begeisterung für Hautpflege war nur das Sahnehäubchen.

»Also, hallo, Miss Provincetown!«
»Hallo, Miss Ich-finde-keinen-Parkplatz-vor-dem-Sunset-Marquis!«

Miss Frau, du grüßt mich immer mit einem strahlenden Gesicht. Auch wenn eine von uns sich am liebsten umbringen würde, können wir noch über etwas lachen. Ich habe an dich gedacht, als ich diesen Priester von Opus Dei kennenlernte, dieser Sekte knallharter Katholiken, die bis in die Nähte ihrer Blazer aus der Ramschabteilung glauben, dass alle Homosexuellen in einem schweißtreibenden Ring der Hölle braten werden, in dem es keinen Spielfilmkanal und keine Streisand gibt. Miss Mädchen, als mir dieser Mann versicherte, dass »der einzig glückliche Homosexuelle ein toter Homosexueller« ist, sah ich uns auf dem Boden rollen vor Lachen wie damals, als wir Fotos von unseren Frisuren aus den achtziger Jahren anschauten. Dieser Mann behauptete, dass Schwule für gewöhnlich Selbstmord begehen und es noch nie einen wirklich glücklichen Homosexuellen gegeben habe. Und ich erwiderte, ach, ich weiß nicht, haben Sie schon Richard Simmons gesehen? Er sagte: »Leider wird Richard in alle Ewigkeit in der Hölle brennen.« Ich daraufhin: »Zumindest wird er zu den Oldies schwitzen.«

Als er die Augen zusammenkniff und entgegnete, »Ich denke, Sie wissen schon, was ich meine«, sagte ich zuckersüß: »Entschuldigung, aber meinen Sie wirklich *brennen?*« Er verschränkte die Arme. »Ja, in alle Ewigkeit.« Ich sagte: »Wow, Sie stecken sie demnach in Raumanzüge?« »Ich kann Ihnen nicht folgen«, sagte er, und ich: »Ich meine ja nur, dass Sie diese Schwulen besser in brandhemmende Kapseln stecken, weil *nichts* ewig brennen kann, ohne zu schmelzen. Nicht einmal ein Flipflop oder diese japanischen Messer, die sie auf QVC verkaufen.« Er wurde ein bisschen rot, als er mich davon in Kenntnis setzte: »Im Jenseits gelten andere Regeln.« Und ich sagte: »Oje, kann Blödsinn womöglich gut für uns sein? Kriegen wir von Twitter Hautgeschwüre?«

»Hallo, Miss Militante Schwulen-Freundin!«
»Hallo, hallo, kleine Miss Flipflop!«
»Hallo, Betty!«

Folgendes: Ich weiß, dass dich als Homosexueller, der vor dem Jahr 2000 geboren wurde, irgendwann jemand mit einer Bibel oder deinem Essensgeld in der Hand einen Sünder genannt hat. Vielleicht haben sie behauptet, die Amerikanische psychiatrische Gesellschaft zu zitieren, die Homosexualität bis 1973 als Geisteskrankheit klassifizierte. Hätten sich diese Spielverderber durchgesetzt, könnten du und ich heute nicht zu Drag Shows gehen. Drag galt als schizophren oder bipolare Störung, was meiner Ansicht nach nur auf schlampige Forschung zurückgeht. Jemand der Drag Queens als Irre bezeichnet, führt in die Irre, denn wenn Miss Manischewitz auf die Bühne rauscht und uns den Atem raubt, ist mein erster Gedanke: Wie könnte ein Geisteskranker in einem Ballkleid manövrieren, das zugleich ein Essensbehälter ist? Und wenn wir schon dabei sind, wie um alles in der Welt könnte ein Haufen rasender Psychopathen einen

Ort wie Fire Island so sauber und frei von Kriminalität halten? Das sind wirklich nur Schuldzuweisungen von einer gefährlichen Minderheit, der die Phantasie und der Scharfsinn fehlen, sich zu verkleiden. Wir kennen die Geschichte.

Ich werde trübselig, wenn ich bedenke, dass du nie die homosexuellen Männer kennenlernen wirst, die ich in den achtziger Jahren verloren habe. O Miss Frau, du hättest Hal geliebt. Er hätte mit uns in *Die Farbe Lila* geweint, und seine Leidenschaft für Peeling konnte es mit deiner aufnehmen. Im College strichen wir Queen-Helen-Minz-Julep-Masken auf unsere T-Zone und ließen den Kopf von der Bettkante hängen, damit uns das Blut ins olivgrüne Gesicht strömte. Wir lagen da, und er rauchte, während er mir Fosse erklärte oder Jesus oder beide. Sobald die Maske hart geworden war, versuchten wir den anderen zum Lachen zu bringen, damit sie Risse bekam. Er starb mit noch nicht einmal dreißig, er sei »unterwegs zu seinem Schöpfer«, sagte er. Ich hoffe, sie haben eine große Willkommensparty für ihn veranstaltet und die Jünger haben ihn in Leggings, mit Wadenwärmern und süßem Tee begrüßt. Und Frank! Vergiss Rambo und 007; wäre die Apokalypse im Anzug und Frank in der Nähe gewesen, hätte ich mich hinter ihm versteckt. Er hätte jeden mit einem Florett niederstrecken oder ein Haus mit Hammer und Zwirn bauen können. Er war Excalibur, Mercutio und Robin Hood. Wäre er nicht gestorben, hätte er jeden Rüstung tragenden, Säbel schwingenden Helden gespielt, der auf einem Pferd angeritten kommt und alle rettet. Ich wünschte, ich hätte es erlebt.

»Hallo, Cindy Lou Who!«
»Hallo, Ladybug!«
»Hallo, Miss Ich habe bei der Verleihung der Harvey-Milk-Schulpreise geweint!«
»Hallo, Kay Sedia!«

Wir sehen uns in einer Woche. Ich weiß noch nicht, was ich anziehen werde, wenn wir zu der Drag Show gehen. Ich werde an dich denken, wenn ich die Schuhe auswähle. Ich werde mich für etwas entscheiden, von dem du hoffentlich sagen wirst: Schau dich an, Miss Mädchen, wie hübsch du bist!

Jetzt können Monate vergehen ohne die Gelegenheit, auch nur hallo zu sagen, doch als wir uns das letzte Mal gesehen haben, sagtest du, bin ich weggegangen und dir sei klargeworden, dass ich jemand bin, der dich immer gern trifft. Du wusstest, dass ich wie der Blitz an deiner Seite wäre. Was du in einem Partner gesucht hast, ist jetzt, da wir älter werden, nicht mehr so wichtig. Sex ist nicht schwer zu bekommen, dachtest du, aber das andere? Vielleicht war es direkt vor deiner Nase, ging in einem Mantel von Gucci über die Straße, und du sagtest:

Warum bin ich so ein elender Idiot, dass ich mehr will?
Alles, was ich will und brauche, ist da, in ihr.

Es stimmt, Vogelscheuche. Ich stehe schon die ganze Zeit in deinem Garten.

Nächste Woche werden wir feiern, es wird einer der Abende, an dem du noch kichern wirst, wenn du zu Hause bist und dir die Zähne putzt. Bevor du einschläfst, wirst du nachsehen, ob dir der süße Junge, den du kennengelernt hast, eine SMS geschrieben hat. Wenn du dein Handy in die Hand nimmst, wird es aufleuchten, weil jemand um halb zwei Uhr nachts an dich denkt, und wenn du auf Nachrichten drückst, wirst du lesen

HALLO MISS FRAU

Lieber Mann mit den großen Füßen,

deine Augen habe ich nie gesehen, weil sie geschlossen waren, doch deine Füße sind mir sofort aufgefallen. Sie ragten unter dem Laken hervor. Ich nehme an, dass sie breiter als die Norm waren, denn im Verhältnis zu ihrer Länge wirkten sie so. Sie verstellten mir den Blick auf dein Gesicht und ein paar Zentimeter Afro darüber. Ich habe vieles auf diese Füße projiziert, ohne etwas über dich zu wissen, außer dass du eine Größe auf dem Basketballfeld warst. Vielleicht hast du an dem Tag, als ich dich sah, von einem Leben als NBA-Star geträumt. Selbstverständlich weiß ich nicht, ob du ein großer oder ein mittlerer Träumer warst, oder ob deine Mutter für euch beide geträumt hat. Ich habe keine Ahnung.

Alles, was mir in diesen wenigen Tagen an deiner Mutter auffiel, war von der Tatsache geprägt, dass sie allein im Wartezimmer des Krankenhauses saß. Sie saß auf der Couch wie eine seltene Art Spatz, feingliedrig und reglos. Ich habe nie jemanden bei ihr gesehen, und ich weiß nicht, wie lange sie schon kam, weil mein Vater gerade erst auf diese Station des Krankenhauses verlegt worden war. Er war am Gehirn operiert worden wegen einer neurologischen Erkrankung mit dem seltsamen burlesken Namen »tic douloureux«, besser bekannt als Trigeminusneuralgie. Mein Vater hatte alles überstanden, ohne dass wir in Panik geraten waren. Die Operation war so gut verlaufen, wie sie nur verlaufen konnte; wir mussten ihm nur Gesellschaft leisten, weswegen wir uns den ganzen Tag in seinem Zimmer, im Wartezimmer und in der Cafeteria aufhielten. An einem Nachmittag, als ich ins Wartezimmer ging, sah ich deine Füße und die kleine Ecke von deinem Gesicht, während die Ärzte in einem Tableau um dich herumstanden, das nichts Gutes verhieß. Deine Mutter saß aufrecht im Wartezimmer und starrte untröstlich vor sich hin. Sie befand sich an dem Ort, wo sich die hohe Wahrscheinlichkeit einer Niederlage mit der zweiprozentigen Chance auf Erfolg trifft. Wo Hoffnung am verheerendsten ist.

Meine Mutter und ich hatten allmählich Angst um deine Mutter und versuchten, deinen Zustand anhand dessen zu ermitteln, wie viel sie sich an diesem Tag bewegte. Einmal kam ich ins Wartezimmer, und sie hatte den Blick ein wenig gesenkt. Ich setzte mich neben sie und fragte:

Wie geht es Ihrem Jungen?

Sie rührte sich nicht, sah mich nicht an, doch ihr Ton klang freundlich, als sie sagte:

Nicht so gut.

Ich wusste nicht, was ich darauf erwidern sollte, aber ich war mir ziemlich sicher, dass ich ihr keinen Gefallen damit täte, in Tränen auszubrechen, deswegen sagte ich, es tue mir sehr leid, und machte mich auf die Suche nach meiner Mutter. Wir standen da und schüttelten ratlos den Kopf, bis meine Mutter, stets der Anstand in Person, zu ihr ging und fragte: Darf ich Ihnen eine Tasse Kaffee bringen? Sie gab kaum merklich ihre Zustimmung und verwandelte sich wieder in Marmor.

Als ich am nächsten Tag wiederkehrte, schaute ich rasch zu meinem Vater und lief dann hinüber, um deine Füße anzusehen. Als ich sie nicht sah, hielt ich eine Schwester an und fragte: Der große Junge, wo ist er? Ich kannte die Schwester nicht, und sie wusste eindeutig nicht, dass du ein großer Basketballstar sein und mindestens achtzig werden solltest, sie wusste nichts davon, denn sie schaute mich nicht an und sagte tonlos, dass deine Leiche fortgebracht worden war.

Dieser Tag war vor über zwanzig Jahren. Ich habe in der Zwischenzeit große Tragödien miterlebt, aber ich habe dich nicht vergessen. Ich habe Einzelheiten zu deiner Geschichte erfunden, die zu den Dingen passen, die ich wusste, und mir scheint nie, dass meine Annahmen nicht zuträfen. Mir kommt es vor, als könnte ich deinen Mittelpunkt aus dem Wissen um deine Breite ableiten, wie bei der Quantengravitation, von der ich so viel verstehe wie von einer Mutter, die ihren Sohn begraben muss, aber wenn gewisse Wissenschaftler recht haben und es eines Tages möglich sein wird, die Zeit zu biegen, dann werde ich dich fragen können, ob meine Annahmen korrekt waren. Bis dahin brauche ich keine Antworten, außer Gott wird willens, sich selbst zu erklären, in diesem Fall stehe ich für eine Frage-und-Antwort-Stunde bereit. Deine Geschichte trifft an dem Punkt auf meine, an dem ich mich weigere, Dinge zu akzeptieren, die zu traurig sind, als dass ich sie verarbeiten könnte. Ich schreibe zwanghaft Enden um, die mich quälen. Das Gefühl, dass Gott entweder allzu geheimnisvoll tut oder aber völlig unfähig ist, die richtigen Prioritäten zu setzen, ist schwer zu verkraften. Ich höre Leute sagen »Es ist nicht grundlos passiert« oder »Es ist Gottes Plan« und wünschte, diese Aussagen würden einen Sinn für mich ergeben, aber das tun sie nicht. Ich trage dich noch immer mit mir herum und weiß nicht, warum.

Vielleicht gibt es für uns arme Menschen keine Antworten, aber ein paar Dinge wissen wir auch. Wir wissen, dass es einen Planeten mit viertausend Arten von Singvögeln gibt. Weil das möglich ist, und weil auf dem selben Planeten fühlende Wesen existieren, die nahezu vollständig aus Sternenstaub bestehen, und weil Poesie kraftvoll aus manchen dieser Wesen hervorbricht, und weil es Musik, Sex und Babys gibt, die im Schlaf lachen; weil wir alle in einem Universum treiben, das tatsächlich ein Hologramm sein könnte mit einer weiteren Dimension, die sich außerhalb der Definition von Relativität und Gravitation erstreckt, gibt es keinen Grund, warum meine Gebete deine Mutter, von der ich nicht einmal den Namen weiß, nicht erreichen sollten. Es gibt keinen Grund, der dagegen spräche, da nichts vollständig mit seiner Beschreibung harmoniert, nicht wirklich, und jede Theorie der Zeit und des Raums fehlerhaft ist.

Hin und wieder stelle ich sie mir vor, während du über das Spielfeld hechtest. Ich sehe, wie sie unmerklich die Drehung deiner Schultern nachahmt, während du dich mit dem Ball zwischen den anderen Spielern hindurchschlängelst. Sie geht, wohin du gehst, ohne darüber nachzudenken, sie ist an dich gefesselt, gewinnt, wenn du gewinnst, bis du dich ihr zuwendest und ihr winkst, und da steht sie auf und strahlt übers ganze Gesicht. Ich weiß, dass deine Mutter, wenn sie noch am Leben ist, jetzt an dich denkt. Ich frage mich, für was sie betet und ob du sie hören kannst.

Lieber Exfreund,

im Juli küssten wir uns, bis unsere Lippen geschwollen waren, doch im April gab ich nur noch falsche Antworten auf deine Fragen, und wir stritten uns, bis wir nicht mehr wussten, worum es ging. Ich erinnere mich nicht, auch nur ein einziges vernünftiges Argument vorgebracht zu haben, aber du, du hattest ein paar gute Argumente. Ich wusste nicht, wie man vernünftig diskutiert, und ich weiß, dass das frustrierend war. Ich war frustrierend, kein Zweifel, aber worum ging es dir an dem Wochenende, als wir den ganzen Tag stritten und das Essen vergaßen? Wir ließen nicht locker, bis wir erschöpft und unkonzentriert waren und du schließlich meintest, das ist Wahnsinn, du bringst mich um, ich will mexikanisch, gehen wir. Ich sagte ja, nieder mit dem Wahnsinn, ich brauche nur noch meine Schuhe, und du sagtest, okay, aber vergiss nicht, ich habe ein Loch im Bauch, das sich nur mit Salsa füllen lässt. Wir gingen hinaus ins Freie, was eine gewisse Anpassungsleistung erforderte, stiegen auf deine Harley, und du brülltest, wir fahren zu dem Schuppen in Malibu, und ich schrie, super, aber ich glaube, ich habe mir gerade das Bein am Auspuff verbrannt. Du sagtest, sie haben bestimmt eine Wundsalbe in der Kneipe. Wir fuhren die Küste entlang und auf den Parkplatz, sprangen von deinem Motorrad und liefen zum Eingang, doch die Tür war abgesperrt, und der Laden war geschlossen. Du gingst zurück zum Motorrad und schlugst die Hände vors Gesicht, holtest tief Luft und versuchtest, die Ungerechtigkeit des Lebens zu begreifen, so wie vielleicht Moses reagierte, als die Zauberer des Pharaos ihn eiskalt jedes Mal überboten, wenn er dachte, er hätte es gerissen, indem er zum Beispiel einen Regenschirm in eine Boa constrictor verwandelte. Du sahst so enttäuscht aus wie Mel Gibson auf dem Poster für *Braveheart.* Ich legte dir die Hand auf den Rücken und sagte, tut mir leid, Baby, ich weiß, dass du am Verhungern bist. Du sagtest, und deine Stimme brach bei der Erinnerung, dass du vor dreiundzwanzig Stunden nur eine halbe Pop-Tart und ein Amstel Light zu dir genommen hast und dir jetzt wie ein Ausgestoßener vorkamst. Ich sagte wow. Ich sagte, nicht weinen. Du sagtest, ich weine nicht, verdammt nochmal. Du bist aus dem Parkplatz geschossen und hast etwas geknurrt, das wie »Einkaufszentrum« klang. Wir fuhren wieder zwanzig Minuten, bevor wir bei einem anderen Restaurant ankamen, das gerade schloss, und als dir die grausige

Wahrheit dämmerte, hast du deinen Helm auf den Boden geschmettert und die Faust gen Himmel erhoben. Ich bin am Verhungern, hast du gebrüllt, ich könnte mein Motorrad fressen! Ich brauche Chips, wie ich Sauerstoff brauche. Mein Königreich für einen frittierten Burrito! Ich schaute ins Leere, um dich nicht noch mehr aufzuregen, und wir setzten uns wieder aufs Motorrad, und du brülltest: Ab in diese Kneipe downtown! In meiner Eile, den Helm wieder aufzusetzen, landete er verkehrtherum auf meinem Gesicht wie bei Ichabod Crane, und ich war plötzlich blind und bekam kaum Luft außer durch die Augenöffnung, die in der Nähe meiner Nase gelandet war. Ich ließ den Helm, wo er war, aus Angst, von der Harley zu fallen, klammerte mich an dich und schrie über den Lärm des Motorrads hinweg, dass ich Luft bräuchte, aber du dachtest, dass ich dich trösten wollte, und riefst, ich solle mir keine Sorgen machen, das nächste Restaurant hätte bestimmt deine große gemischte Platte, oder du würdest jemandem den Kopf abschlagen. Als du bremstest, rückte ich den Helm zurecht, um nicht ohnmächtig zu werden, und hielt dir den erhobenen Daumen hin, als du schriest, dass Gott auf deiner Seite sei, es sei geöffnet! Ich habe im Helm ein gedämpftes »Huurlrrah!« ausgestoßen, als du auf den Parkplatz geholpert bist und mich dabei so heftig gestoßen hast, dass ich mir den Daumen in die Schulter gerammt habe, aber ich war so froh, den Helm abnehmen und wieder alle Dimensionen und Formen sehen zu können, dass ich einen verunglückten

Sprung zur Seite Richtung Restaurant machte. Als wir eintraten, sah mich der Wirt besorgt an und sagte buenas noches, alles in Ordnung bei der Señorita? Er starrte auf meine Haare, die vom Wind steif geblasen waren und nahezu horizontal von meinem Kopf abstanden. Ich sagte sí, und du zogst mich zu einem Tisch, und der Kellner kam und wir bestellten. Ich fragte mich, was an meiner Wade hing und hielt eine Kerze vom Tisch an mein Bein und sah, dass ein Bein am anderen klebte, die Verbrennung vom Auspuff war jetzt so groß wie ein Überraschungsei. Ich sagte, Augenblick, Baby, und schleppte mein Bein hinter mir her zum Tresen, doch mir fiel das spanische Wort für Blase nicht ein. Ich sagte so etwas wie, *Mein Herr, das alte Bein ist heiß, und darin ist der Käse von dem Motorrad meines Liebhabers, helfen Sie mir, den Brand zu halten, mein Herr, bitte,* was ihn verwirrte, doch dann stellte ich mein Bein auf einen Stuhl und deutete auf die Wunde, und der Barkeeper begriff und zeigte Mitgefühl. Minuten später humpelte ich mit einer Tube Wundsalbe in der einen Hand und einem Eisbeutel, den ich auf mein Bein drückte, in der anderen zum Tisch zurück. Du warst jetzt wieder bei Sinnen, und ich merkte, dass ich auch Hunger hatte, aber du hattest alle Chips aus dem Körbchen gegessen. Ich war benommen von meiner Fleischwunde und vom Durchbrechen der Schallmauer auf dem Ventura Highway, als unser Essen gebracht wurde. Du schautest auf meinen Teller und sagtest, Süße, du hast das Richtige bestellt. Deinen Teller hast du ignoriert, als du dich über meine Guacamole hergemacht hast. Ich sah auf deinen Teller. Vor dir stand eine ähnliche Kombination, darunter Guacamole. Ich rührte mich nicht mehr und schaute dir zu, wie du einen Chip in meine Guacamole tauchtest und sagtest: »Was ist das, wenn nicht ganz ausgezeichnet.« Du hast mich nicht angesehen, während du weiter mein Essen gegessen hast, und ich war gelähmt vor Wut. Um mich war alles in Nebel getaucht, und mir kam es vor, als wäre ich in ein Whitesnake-Video geraten. Mir schien, ich würde meinen Körper verlassen und von der Decke aus zusehen, wie ich nach der Gabel griff und dir damit in die Hand stach, die, schon wieder, zum Rest meiner Guacamole langte. Die Gabel blieb in dem fleischigen Teil deiner Hand stecken, den man drücken soll, wenn man Migräne hat, dann zog ich sie wieder heraus und kehrte in meinen Körper zurück. Ich empfand keine mir bekannten menschlichen Emotionen, aber ich wusste meinen Namen und hätte vielleicht ein paar Sätze von der Hülle von *Bat Out of Hell* zitieren können. Wir haben beide reglos dagesessen. Du hast auf deine Hand und dann auf mein Essen geschaut und leise gesagt: Wow, das blutet. Du hast dich zurückgelehnt und gelächelt. Babe, hast du gesagt, was hast du mit der Salbe gemacht? Ich erwiderte, ich muss sie wohl verlegt haben. Geh doch an die Bar und hol noch eine Tube, und wenn du schon dort bist, kannst du auch gleich noch mal Guacamole bestellen. Du hast mir die Hand auf den Rücken gelegt, als du aufgestanden bist, und gesagt, dass meine Beine in ein Museum gehören. Ich lächelte, blickte aber nicht auf, denn ich wusste, wenn ich es täte, würde ich einen ehemaligen und keinen derzeitigen Freund sehen, konzentrierte mich aufs Bier und wischte mit der Serviette den letzten kleinen Blutfleck von meiner Gabel. Ich trank etwas von deinem Negra Modelo und dachte an den schönen Klang des Wortes Cerveza und um wie viel besser die Dinge in einer romanischen Sprache klangen, auch wenn es nur Essen war. Ich schaute auf mein Bein hinunter und dachte, dass das schon die zweite Narbe war, die ich mir dieses Jahr geholt hatte. Beide würden zwanzig Jahre später noch zu sehen sein, wie ganz leicht getüpfelte Mäuseohren, die zu finden man eine Landkarte bräuchte. Es hat fast bis zum heutigen Tag gedauert, bis mir aufging, dass du ein netter Kerl warst und ich dich nicht wirklich gut gekannt habe, wie übrigens viele der Leute, die mit meinen Narben zu tun haben, den sichtbaren und den unsichtbaren.

Lieber Mentor,

früher, bevor ich dich kannte, habe ich hin und wieder einen Fisch gefangen, aber ich brauchte jemanden, der mir zeigte, wie man den Köder am Haken befestigt.

Nahezu alles, was du im Proberaum als Regisseur gesagt hast, konnte auch auf das Leben angewandt werden. Du hast mir nicht nur gezeigt, wie man spielt, sondern auch wie man lebt, als du gesagt hast:

Vergiss, was letztes Mal passiert ist.

Und:

Fang mit dem an, was du weißt.

Und:

Erwarte keine Reaktion.

Während der ersten Probewoche machten wir eine Pause im Freien, und du fragtest mich, was meine Figur nachts tat, wenn sie nicht schlafen konnte. Ich ratterte Dinge herunter, die ich für super interessant hielt, und dann sagte ich: »Ich glaube, dass sie die Art Person ist, die …«

Ich redete weiter, aber etwas, das ich gesagt hatte, bereitete dir Schwierigkeiten. Dein Gesicht war sehr nahe an meinem, und ich erinnere mich, dass unsere Körper dem Garten zugewandt waren, ich erinnere mich an all das genau. Du strecktest den Zeigefinger hoch, mit dem du immer gestikuliertest, indem du vor dem Brustbein Wirbel in die Luft zeichnetest wie ein Kind, das durchgekauten Kaugummi um den Finger wickelt, oder der Mann vom Fernsehen mit den Kopfhörern, der dir signalisiert KOMM ZUM ENDE. Ich weiß nicht, warum, aber ich fand diese Geste immer rührend. Deine Finger waren klein für einen Mann, nahezu zierlich, doch dein dunkles Piratengesicht und dein langes welliges Haar verliehen dir eine exotische Sinnlichkeit. Wäre ich dir in Paris oder Florenz begegnet, hätte ich dich mit Sicherheit gefragt, ob du Englisch sprichst, bevor ich losgelegt hätte.

Du nicktest, während ich drauflosplapperte, und als ich geendet hatte, sagtest du:

Hm, hm. Das ist alles okay. Aber ich würde vorsichtig sein und nicht von Leuten als »die Art Person« denken.

Ich verlagerte das Gewicht auf ein Bein und legte die Hand auf die Ziegelmauer, lehnte mich zurück und hörte dir zu. Es war demütigend, etwas gesagt zu bekommen, das ich glaubte zu wissen, aber nicht wirklich in Worte fassen konnte. Ich konnte es nicht, weil es mir nie zuvor von jemandem mit deiner Autorität erklärt worden war. Nachdem du es mir einmal auseinandergesetzt hattest, war es für mich so etwas wie eine Hymne. In meiner Erinnerung hältst du eine Steintafel und trägst eine Fackel, während du mir einbläust, dass jeder Mensch eine Summe von Widersprüchen ist, dass es keine »Arten« von Menschen gibt.

Wir hatten vergleichsweise viel Zeit miteinander. Jahre später steckte ich fest und brauchte Hilfe, und ich rief dich an und bat dich, zu kommen und zuzusehen. Du warst zu krank, um die Treppe hinter der Bühne hinaufzusteigen, deswegen kam ich nach der Vorstellung zu deinem Platz. Es hat dich große Mühe gekostet, du bist langsam aufgestanden und hast gemeint, du glaubst, mein Problem gelöst zu haben.

Du sagst immer wieder, dass du Hunger hast, aber da liegt ein Donut vor dir und du isst ihn nicht.

Du sagst immer wieder, dass du frierst, aber du ziehst deinen Mantel aus und wirfst ihn auf den Boden.

Es waren so grundlegende und offensichtliche Dinge, dass ich sie beharrlich übersehen hatte. Ich hätte mir am liebsten einen Tritt versetzt, doch du hast mich inspiriert und dank dir habe ich mich darauf gefreut, es noch mal zu machen, ohne den ganzen Unsinn. Als ich wieder ins Theater ging, wischte ich die Tafel blank und konzentrierte mich auf die schlichten, hartnäckigen Bedürfnisse. Erfolgreich. Ich leckte meine Finger, um auch noch den letzten Krümel Donut zu erwischen, ich leckte sie ab, als wären sie eine Delikatesse. Ich schüttelte die Serviette in meinen Mund aus, damit mir nur ja kein Stückchen entging. Ich zählte jede Münze in meiner Börse, schaute die Pennys von beiden Seiten an für den Fall, dass es schmutzige Zehn-Cent-Stücke waren, von denen ich mir vielleicht noch einen Donut kaufen konnte. Ich vergrub mich so tief in meinem Mantel, dass nur noch zwei Drittel meines Gesichts zu sehen waren. Ich nahm die Hände nicht aus den Taschen oder stand vom Stuhl auf, bis es warm im Zimmer war, und als ich den Mantel auszog, fühlte es sich an, als hätte ich eine Haut durchbrochen. Es waren so rudimentäre Dinge, doch so im Überlebenswillen verwurzelt, dass sie mir die innere Schnelligkeit verliehen, vollkommen stillzustehen. Ich hörte meinen Motor laufen, ein hochgedrehter Leerlauf.

Du hast Dinge von so täuschender Schlichtheit gesagt, dass es einfach gewesen wäre, sie abzutun, wenn jemand mit weniger Charisma und Substanz sie erklärt hätte. Manches habe ich vielleicht nicht sofort verstanden oder auch nie, aber ich habe dir jedes Wort geglaubt. Wenn es ums Theater ging, warst du von einer unbestreitbaren Göttlichkeit.

Dein Freund Michael besuchte dich im Krankenhaus, und er erschrak, als er sah, wie du auf die Intensivstation gebracht wurdest. Michael streckte dir die Hand hin und sagte: »Alles in Ordnung?« Du zogst die Augenbrauen hoch. Mit der Kraft, die dir noch geblieben war, und mit der Stimme, mit der ich Pfannkuchen bestreichen könnte, sagtest du:

Na, offenbar nicht.

Damals war die Intensivstation ein sofortiges Todesurteil für jeden Aids-Patienten, und an diesem Abend waren vermutlich zahlreiche Besucher in deinem Zimmer. Kevin und deine Mutter sprachen mit den Ärzten, und Deb saß auf der Bettkante und erzählte vom vergangenen Tag, damit du jemandem zuhören konntest und weniger Angst hattest. Ihr fiel auf, dass du sie nachahmtest. Du wiederholtest einen Satz wie »Lily fliegt aus Texas her«, kaum hatte sie ihn ausgesprochen. Sie sagte, »Ralph hat im Park einen Hund verjagt«, und du wiederholtest es wortwörtlich. Du äfftest alles nach, was sie sagte, und sie wurde nervös und hatte Angst und fragte sich, warum du so sarkastisch warst und sie ärgertest, wo du doch nur noch so wenig Zeit hattest. Sie kämpfte gegen die Tränen an, versuchte jedoch ruhig zu wirken und fragte dich, warum imitierst du mich, regt dich mein Gerede auf?

Und du sagtest leise:

Nein. Ich will nur deinen Rhythmus aufgreifen.
Ich will deinen Atem.

Du wolltest jemandes Tempo mitnehmen, weil du irgendwann gezwungen wärst, alle Hände loszulassen. Du nahmst Leerstellen mit. Keine Chance, die Stimmen mitzunehmen, die du liebtest, sie müssten zurückbleiben, deswegen nahmst du die Ellipsen mit.

Sie saß da und redete, und du wiederholtest. Ich glaube, weil du wusstest, was letztlich von Dauer wäre. Was du behalten durftest.

Lieber junger Leman,

»Ich denke darüber nach, warum es zu Ende ging. Warum du gegangen bist, und was die Wahrheit war. Was blinde Leidenschaft war, und … ich weiß nicht, vielleicht war ja die Leidenschaft die Wahrheit. Vielleicht ist uns einfach nur die Blindheit abhandengekommen.«

Das hast du geschrieben, nachdem es aus und vorbei war.

Du hattest recht. Zeitweilige Blindheit ist nützlich. Wie können wir etwas sehen, wenn wir so damit beschäftigt sind, gesehen zu werden? Wenn wir auf diese sanften Höhen gepeitscht werden?

Es war schön, von dir betrachtet zu werden. Du warst so jung. Wir haben Stunden damit verbracht, unseren Altersunterschied zu berechnen. »Wenn ich q bin, bist du immer noch erst n, und das ist immer noch ätzend«, sagte ich. »Warte mal!«, sagtest du und setztest dich abrupt auf. »Wenn ich p sein werde, bist du m! Das ist nicht so schlimm, oder?« Ich versuchte es mir vorzustellen. »Vielleicht«, sagte ich, »aber auch dann wirst du noch nicht mal einen Meter groß sein. Und du wirst noch nichts ernsthaft bereuen. Hast du schon Weisheitszähne?« Du hast mich angeknurrt, weil ich deine Idee ruiniert hatte. Damit gedroht, mir die Champagnerflasche auf die Rübe zu schlagen. »Vielleicht wenn du so alt bist?« Ich hielt Finger in die Höhe. »Aber dann werde ich im Rollstuhl sitzen.«

»Na und? Dann schieb ich dich rum.« Du hast dich wieder neben mich gelegt und nichts weiter tun müssen, als dich umzudrehen und mir die Hände auf den Rücken zu legen.

Ich bin mit dir nach Dänemark geflogen, und du bist mit einem Rucksack und einem Shakespeare-Lehrbuch aufgekreuzt. Dort war es gut. Wir sahen gleich alt aus, also merkte niemand etwas. Wir konnten im Park übereinander herfallen oder direkt neben der Reihe Aufzüge im Hotel. »Es geht nach unten«, sagte ich, als ich an dir hinunterglitt, und du hast nicht geschaut, ob jemand aus dem Aufzug kam, weil du so was von darauf abgefahren bist und es dir gleichgültig war, ob wir erwischt wurden. Während du dich in mich drücktest, und ich zu laut stöhnte, kam ich mit meiner Hüfte auf den Knopf für den Aufzug. Ich war daran gewöhnt, dass wir uns versteckten, und ein Teil von mir wollte erwischt werden, damit ich »wen geht es was an?« sagen konnte. Wen ging es was an, wenn ich mich in ihm versteckte. Macht euch auf die Suche nach eurer eigenen Dysfunktion. Wen ging es was an, wenn du mich so sehr liebtest und so jung warst. Es war nicht gegen das Gesetz. Da es unwahrscheinlich war, dass wir in zwei Monaten noch zusammen waren, genoss ich es. Konnte nicht genug kriegen. Ich dachte, na los, reiß mich auf, und wenn du schon dabei bist, dann reiß die Agenda meines Lebens in kleine Stücke. Es läuft eh nicht so gut.

An einem Tag, an dem es warm war und ich nicht arbeitete, gingen wir in den Park. Als wir zum Hotel zurückkehrten, schlugen die Flaggen gegeneinander. Der Wind hob meinen Rock an, und du hieltst ihn fest und nach unten; eine liebe Geste der Ritterlichkeit deinerseits, der du gerade auf einer Parkbank die Finger in mich gesteckt hattest, und da war er, in dieser Sekunde. Der Mann, der du eines Tages sein würdest, der im Wind den Rock einer Frau festhält, und dann würdest du auch in der Lage sein, in jedem Land der Welt Drinks zu kaufen. Ich wusste, dass ich dich nie als älteren Mann kennen würde, mit Lesebrille und einer Zeitung, doch dieser Moment hatte mir einen kurzen Blick erlaubt. Als wir das Hotel betraten, sagtest du:

Einerseits würde ich dich gern in einem richtig teuren Auto vögeln und

andererseits würde ich dich gern in einem wirklich billigen Auto vögeln.

Wir faulenzten und lasen unsere Bücher im Bett wie ein älteres Paar. Heute ist mir klar, dass auch ich damals noch sehr jung war, aber du warst um so vieles jünger.

Wir wachten gegen Mitternacht auf und fuhren mit dem Taxi zu einem Biergarten. Im Wagen sprachst du davon, dass wir laut Quantenphysik nie irgendwo ankommen könnten, wir könnten uns nur zwischen zwei Punkten bewegen. Ich sagte, heißt das, dass wir zu Fuß gehen müssen, sobald wir aus dem Taxi gestiegen sind, denn ich bin müde von dem vielen Sex, und du sagtest, nein, hör zu, wenn ich hier bin, und du bist dort, kann ich zu dir kommen, aber es ist nur die halbe Entfernung von unseren Ausgangspunkten, und ich sagte, okay. Das ist ja irre. Aber ich habe Hunger. Du kannst es mir später aufzeichnen.

Wir zeichneten Strichmännchen-Diagramme über das Wetter. Im zweiten Monat unserer unwahrscheinlichen und nymphomanischen Beziehung gab uns deine Mutter in ihrem Haus Wasserfarben, und wir saßen an dem großen Holztisch, den sie in Finnland gekauft hatte, als du klein warst. Sie zeigte mir Fotos von dir als Baby und legte Gedichte auf unsere Kopfkissen, wenn wir spät nach Hause kamen. Ich sagte, warum habe ich hier immer kalte Füße, und sie sagte, nein, nein, du musst die Socken anders anziehen, setz dich, und sie zog mir Schuhe und Socken aus und wieder an, ihre Hände hielten meine Füße und sie sagte, sie sehen aus wie die einer Tänzerin. Sie tätschelte mir den Kopf, wenn wir zusammen dasaßen, obwohl ich größer war als sie. Sie mochte mich, schenkte mir diesen wunderbaren Christbaumschmuck und sagte, ich hatte nie eine Tochter. Zuerst fand ich es komisch, aber jetzt, wo ich ihn in der Hand halte, ist es … überhaupt nicht mehr komisch.

Wir saßen draußen mit unserem Bier und unserer Pizza, die wir nicht anrührten, weil wir nicht essen konnten, da du am nächsten Morgen abreisen würdest, und danach wäre für mich die Sache gelaufen. Du fragtest, ob ein winziger Teil von mir glaubte, dass wir weitermachen oder eines Tages wieder zusammen sein könnten, und ich sagte ja. Dann sagtest du, okay, dann ist das also eine dieser Geschichten, in der wir nicht zusammen sein können, und später mit unseren Partnern nie wirklich glücklich sein werden, und ich konnte nichts sagen, weil ich nicht ein zweites Mal lügen wollte.

Du bist abgereist, und zwei Abende später telefonierten wir, als ich in Irland war oder in Belgien, ich weiß es nicht mehr. Wir sprachen zwei Stunden, und die meiste Zeit, ungefähr eineinhalb Stunden lang, erinnerst du dich, hast du versucht, mich zu überreden, du hast mich verzweifelt darum gebeten, dass ich dir das Gedicht vorlese, das ich für dich geschrieben hatte. Ich sagte immer wieder nein, Gedichte sollen nicht aufgeführt werden, sie sollen mit den Augen gelesen werden, ich werde es nicht tun.

Du hast mich so oft gebeten, bis du schließlich geweint hast, und ich sagte stopp. Ich sagte, weißt du noch, wie du gesagt hast, du könntest dich verlieren, wenn du an meinem Busen weinst oder etwas Ähnliches, das eher jambisch als organisch war? Du hast geklungen wie ein Kerl in Strumpfhosen und mit Pfeil und Bogen. Du sagtest, ja, das bin ich. Aber erinnere dich nicht so an mich. Ich bin jetzt schon darüber hinaus, und es ist mir todpeinlich, dass ich es gesagt habe, danke. Ich sagte, sei still, und ich werde dir einen Vers vorlesen, und du sagtest, ich liebe dich, und ich sagte, halt den Mund. Aber ich weiß, dass du mich liebst. Und du weißt alles, ich habe es dir schon mal gesagt, okay, hör einfach zu, und ich werde es versuchen. Meine Stimme war anfänglich etwas holprig, aber ich las dir dein Gedicht vor.

Auf ein Wort hin, das dich kränkte oder schmerzte, hast du lauthals geschluchzt, und ich wartete und horchte, und dann versuchte ich, es besser zu machen. Schließlich stritten wir uns, doch wir teilten keine Schläge aus, wenn wir stritten. Es war eher ein Flehen und ein bisschen Geschrei. Am Ende lachte einer und putzte sich die Nase und dann Sex, aber in dieser Nacht ging es hin und her, bis ich auch weinte und sagte, dass es hier drei Uhr morgens war und ich die Zeitzone vergessen hatte und in welcher Sprache ich am Morgen Kaffee bestellen musste, in zwei Stunden stecke ich in einem Korsett, bitte, ich bitte dich, lass uns aufhören.

Als ich nach Hause zurückkehrte, wartete ein Brief auf mich. Der Anfang handelte von der Zukunft, die wir nicht hatten, ein kleines Mädchen, das unsere fiktive Tochter war, stellte mir Fragen.

Die zweite Hälfte war Bewusstseinsstrom. Du beschriebst alle möglichen Szenarien, ohne Rücksicht auf Zeit und Reihenfolge und all die Dinge, die mich jetzt quälen, und ja, ich habe ihn noch. Deine Spiralen ergaben durchaus einen Sinn. Der Brief endete

das ist mein wort dem mond entgegengeschrien und in die gosse gespuckt, hör zu, hör einfach der straße zu und dem himmel, und du wirst mich immer hören, weil ich dir ganz nah war. dich gehalten habe. gute nacht.

Lieber Poetry Man,

kaum war ich in meiner vorübergehenden Bleibe eingetroffen und hatte die Flecken auf dem Teppich gezählt, als mein Telefon klingelte. Ich dachte, es wäre Søren, und stürzte mich darauf. Ich erinnere mich genau an seine Worte. Er sagte, er würde jemanden mit einem Auto auftreiben und mich in einer Stunde abholen, dann würden wir »zum Starry Plough fahren, ein paar Bier trinken und meinem Freund beim Singen zuhören, damit du dich in ihn verlieben kannst«. Danach, sagte er, könnten wir alle unser Leben weiterleben.

Es waren nicht viele Leute da. Ich erinnere mich verschwommen an eine Dartscheibe, aber lebhaft an dich. Nie zuvor hatte ich so etwas gesehen, du bist tanzend über die Bühne gefegt, Kopf und Körper im Rhythmus zweier verschiedener, aber harmonischer Quellen verloren. Der Song war »Will It Go Round in Circles«, und du hast ihn in Stücke gerissen.

Als das Lied vorbei war, hast du einen Schluck Bier getrunken und dich auf den Rand der Bühne gesetzt. Du hast Søren zugewinkt, während ich mich darum bemühte, neutral dreinzublicken, weil du mir gefallen hast, und ich aus keinem erkennbaren Grund ein bisschen wütend war. Wütend ist das falsche Wort, aber ich fühlte mich, als ob ich dir gegen das Schienbein treten und dir anschließend Bananenkuchen backen wollte. Ich wollte dein Auto mit dem Schlüssel zerkratzen und dich zu Dim Sum einladen. Es waren Bewunderung, Leidenschaft und diese Stimme, die sich vermischten und mich so entwaffneten, dass ich am liebsten etwas zertrümmert und jemanden geküsst hätte.

Als ich dich nach der Show auf dem Parkplatz traf, sagte ich dir, wie sehr mir deine Version von »Feline« gefallen hatte. Du warst nett, ruhiger, als ich erwartet hatte. Es war dunkel, doch aus der Nähe waren deine Augen so seelenvoll wie deine Stimme. Es war das gewöhnliche Blau, das man tagsüber so oft sieht, aber nur selten in einem Paar Augen. Die Farbe erinnerte an schlichte Dinge – Uniformen und Knöpfe –, doch dass mich diese Farbe ansah, war neu für mich. Es war nicht so sehr eine Farbe als vielmehr eine Tageszeit.

Erinnerst du dich daran, dass wir am nächsten Wochenende ins Haus deiner Eltern in Berkeley gefahren sind und bis in die frühen Morgenstunden Musik gehört haben? Wir sprachen über Gedichte, ich kannte nicht viele Männer, die sich für H. D. und Carolyn Forché interessierten. In dieser Nacht setzte ich mich auf Sørens brennende Zigarette, ich meine, wie oder warum hat er sie dort liegen lassen, brennend? Ich weiß noch, wie sehr es geschmerzt hat und wie ich mich bemühte, mir nichts anmerken zu lassen, als wir uns auf der Couch küssten. Auf dem Nachhauseweg wollte ich anhalten und ein Pflaster kaufen, aber niemand hatte Geld.

Acht Jahre später bist du in Stadien aufgetreten, und ich konnte mir einen Erste-Hilfe-Kasten leisten. Ich kam vom Dreh eines Musikvideos nach Hause, und die meisten Mitglieder deiner Band waren mit dir in meinem Hotelzimmer und ließen sich vom Zimmerservice extrem teuren Champagner bringen. In dieser Nacht holten wir alle Süßigkeiten aus der Minibar, legten sie auf mein Bett im Peninsula Hotel und aßen sie systematisch auf, während du mir die Horrorgeschichten von dem Mädchen erzähltest, mit dem du zusammen warst. Ich habe dir geschworen, jemand Besseren für dich zu finden, als wir auf dem Einwickelpapier der Hershey-Riegel einschliefen. Fünf Jahre später, als ein Stück, in dem ich mitspielte, auf weitverbreiteten Hass stieß, hast du mich durch dein Hotelzimmer gejagt und mir laut eine vernichtende Kritik vorgelesen, während ich mir die Ohren zuhielt. »Wir müssen es entmystifizieren«, hast du gerufen, »es ist besser, wenn du es dir anhörst. Dieser Typ hasst dich so sehr, dass es schon wieder lustig ist!« Als ich später weinend auf der Couch saß, hast du mir die gemeinsten Angriffe auf deine Arbeit geschildert, damit ich mich besser fühlte. In deinem Wohnzimmer hätte ich beinahe jemanden geheiratet. Und ein paar Tage später habe ich es doch nicht getan.

Ich werde nicht vergessen, dass du es gespürt hast, als ich an diesem Abend in dem Restaurant kurz davor war, die Fassung zu verlieren, weil es mir nicht gutging. Komm, wir verschwinden hier, hast du gesagt, mich geschnappt und den ganzen Weg nach Hause gebracht. Vor allem jedoch sehe ich das schmale Treppenhaus zu der Wohnung vor mir, die du um die Ecke gemietet hast, als es mir nicht gutging. Du bist wirklich in die Nachbarschaft gezogen. Die nächsten Monate wärest du nicht da, sagtest du, aber du würdest zwischendurch immer mal wieder nach Hause kommen und wolltest in der Nähe sein, falls ich etwas brauchte.

Als du eingezogen bist, stand ich am Fuß der Treppe und wusste, dass ganz oben jemand war, der die endlosen Einzelteile seiner Stereoanlage, zahllose Ausgaben der Zeitschrift Playbill und teure Kochtöpfe hochgeschleppt hatte, um in meiner Nähe zu sein. Als ich oben ankam, hast du gesagt: »Habe ich dir jemals dieses Bootleg von Rickie Lee Jones gebrannt?« Du hast eine CD in der einen und die Speisekarte eines Lieferservices in der anderen Hand gehalten. Justin war da, beugte sich aus dem Fenster und rief dem Lieferanten zu: »Sind Sie von Cozy Soup and Burg? Nein, ich komme runter. Bleiben Sie da. Bitte.« Er zog den Kopf zurück und sah mich. »Hallo, Baby, kaum zu glauben, aber es schneit.«

»Toll«, sagte ich.

»Baby, ich weiß, du wirst behaupten, dass du keinen Hunger hast, aber wir haben für dich auch was bestellt«, sagte Justin und ging nach unten.

»Einen Schwarz-Weiß-Shake, stimmt's?«, hast du gesagt und einen Lautsprecher verrückt, damit ich mich darauf setzen konnte. »Ich weiß, was du willst.« Wir setzten uns neben das Fenster. Wir schauten auf den Park hinaus, und mir wurde klar, dass wir uns aus den Fenstern hätten zuwinken können, wenn dazwischen nicht ein kleines Gebäude gestanden hätte. Wir sahen dem Schneetreiben und den Leuten zu, die versuchten, die vereiste MacDougal entlangzugehen, ohne auszurutschen. Der Schnee war noch frisch, deswegen ärgerte sich niemand darüber. Wir saßen vor über zehn Jahren dort, hatten keine Ahnung, wo wir heute sein würden, doch wir begannen zu begreifen, dass man nichts vorhersagen kann. Wir lagen in schrecklich vieler Hinsicht unglaublich falsch, haben uns aber ganz gut geschlagen. Wir sehen noch immer zu, wie die Träume des anderen zerplatzen oder wahr werden. Und halten immer einen Stuhl frei.

Lieber Zerberus,

das ist ein Es-war-einmal, das zu oft passierte.

Diese grausige Geschichte erzähle ich euch dreien. Ihr wart die Schlimmsten, die ich Liebling genannt habe. Da seid ihr jetzt und duckt euch. Tja, *Konichiwa*! Erinnert ihr euch an mich?

Ich bin das Mädchen, das blöde im Wohnzimmer auf der Upper East Side saß, als mich einer von euch in den paar Sekunden, die es dauerte, bis seine Frau noch mehr Pistazien geholt hatte, an den Haaren von der Couch hochzerrte. Nicht wahr. Ich fuhr mit den Fingerspitzen über meinen Kopf, und sie waren blutig, und du hast geflüstert: »Halt bloß den Mund.« Nicht wahr.

Habt keine Angst. Das ist keine Anklage. Das hier richtet sich an euch, ja, aber auch an mich selbst, denn wer hat es mitgemacht?

Ich glaube nicht an ein Ende, sei es ein glückliches oder ein trauriges, deswegen besteht meine Beziehung zu euch bis heute weiter. Es ist eine Beziehung wie mit einem Paar Ski, das man nie wieder wird anschnallen müssen. Vielleicht bist du nie gern Ski gefahren, mochtest es aber, jemand zu sein, der sagen konnte: »Ich glaube, am Wochenende werde ich die Pisten unsicher machen!« Deswegen hast du weitergemacht, auch wenn es zu viel gekostet hat, den Abhang hinunterzufahren. Du hattest Windbrand. Für mich hat es nichts Merkwürdiges, diese Ski im Keller stehen zu lassen. Erinnerungen an miesere Zeiten. Wichtiger noch, sie erinnern mich daran, *dass ich nicht mehr Ski fahren muss.*

Bitte, wacht auf. Ich habe euch lang genug zugehört. Ich habe zugehört, bis ich dachte, dass das, was ihr sagt, einen Sinn ergibt, und das will viel heißen.

Heute kann ich alles tun. Ich habe fünf Jahrzehnte hinter mir, bin praktisch eine ältere Person, und ich mache euch zu:

Einem räudigen Hund mit drei Köpfen.

Ihr seid Zerberus, der Hund mit den drei Köpfen, der das Tor zur Hölle bewacht. Ich bin auch Teil der Geschichte! Ich kriege meinen eigenen Soundtrack von Disney, zu hören in einem Lautsprecher in eurer Nähe. Ihr werdet ihn hören, wann immer ein Kolibri auf mir landet oder ein Zwerg vorbeischwankt, hackedicht mit Jägermeister. Rufus Wainwright kann ihn singen, wenn er Bock hat.

Schmollt nicht. Ihr werdet trotzdem noch ein Rudel Fans haben. Ihr werdet den Frauen gefallen, die mit blumiger Handschrift an Häftlinge Briefe schreiben und unten *gute Arbeit!* oder *netter Versuch* ☺ anhängen. Die werden weiter anrufen.

Mach es dir bequem. Auf deinem antiken gynäkologischen Stuhl mit deinem Flachmann oder deiner Zigarre. Du wirst dich in einem der Köpfe des zornigen Hundes wiedererkennen. Bereit? Du hast mich misshandelt. Du weißt, wer du bist.

Es war einmal ein Mädchen, es war flippig und verträumt, mit Babyspeck und einem beweglichen Mund. Sie trieb sich im East Village herum und war eine Muse, die darauf wartete, entdeckt zu werden.

Sie war ich.

Eines Nachmittags blieb ich in der Spring Street stehen, um ein Soda zu trinken. Ich zog an meinem Tutu und blickte über die Straße auf eine abgestellte Couch. Da warst du und hast geblinzelt. Du hast nicht geknurrt. Du hast geschnüffelt und mich mit schräg gelegtem Kopf begrüßt, als ich mich neben dich kniete.

»O mein Gott!«, sagte ich. »Du bist so süß!«

Ich versuchte mit den Fingern durch dein Fell zu fahren, doch es war verfilzt. Du brauchtest jemanden. »Gehen wir zu mir«, sagtest du und legtest den Kopf in meinen Schoß. Mir schwindelte, und du sagtest:

Bitte, komm mit mir. Wenn du nicht bei mir bist,
muss ich die ganze Zeit an dich denken.

An diesem Abend zog ich in deinen Käfig. Es gab genug Platz für meine Gewohnheiten, worüber du dich gefreut hast. Ich stellte fest, dass ich dich zum Lachen bringen konnte. Manchmal funktionierten meine Possen auf der Straße, und das war am besten – du hast in einem hysterischen Lachanfall den Kopf zurückgeworfen, mich an dich gezogen und auf die Stirn geküsst. Wir sahen aus wie auf einem Schnappschuss aus der Boulevardpresse, und alle haben uns angestarrt. Ich kam mir berühmt vor. Dieses Mädchen hatte ich schon immer sein wollen! Das Mädchen mit dem Hund, der so vernarrt in sie war, dass den Passanten nur ein Blick auf uns reichte, um nach Hause zu gehen und eine Überdosis zu nehmen. Es war großartig; Gesichter aller Nationalitäten verschmolzen zu einer einzigen Maske des Versagens: *So werde ich nie geliebt werden,* schienen sie sich zu sagen, während du mit deinen Pfoten an mir scharrtest.

Eines Abends kamst du mit einem gelben Paar Socken für mich nach Hause, und ich zog sie an und tanzte damit herum, bis du gejault hast. Ich sei deine Liebste, hast du gesagt. Ich hatte viel Zeit zum Lesen, wenn du zu deiner Therapeutin gegangen bist, die mich insgeheim angerufen und daran erinnert hat, mehr Spaß in dein Leben zu bringen. »Lächeln ist ansteckend!«, sagte sie. »Sorgen Sie für S-P-A-S-S! Wenn Sie niedergeschlagen sind, wird es Ihnen nur schaden!« Ich sagte: »Sie können auf mich zählen, Doktor.« Und sie sagte: »Was?« und ich: »MACHE ICH, DOC!« Sie erinnerte mich daran, dass sie klinisch taub war und ich mehr zuhören als sprechen sollte.

Eines Abends riefst du mich ins Arbeitszimmer. Deine Augen waren aus Eis. Ich wollte steppen, aber du sagtest, Schatz, es ist ernst, und so stellte ich mich in die Ecke, während du meinen Anrufbeantworter abspieltest. Jede Menge Nachrichten von Hunden, unter anderem sogar »He, ich bin in der Stadt, ruf mich an« oder »He, mein Haus ist abgebrannt, ruf mich an« oder »Hier ist die Apotheke, Sie hatten angerufen, bitte melden Sie sich wieder«, jedes Mal hast du mich so lange angesehen und auf die Maschine gedeutet, bis ich sagte, »Die kannst du löschen«, und du hast auf den Knopf gedrückt, und wir standen da und horchten auf die Stimmen, die hoch und durcheinander klangen, als sie davonliefen. Ich fragte mich, warum alle gleich klangen, wenn man sie so schnell abspielte, ernst und etwas hysterisch, wie Zeichentrickmäuse, die eine Beerdigung planten. Als du damit fertig warst, hast du meinen Kopf getätschelt, und eine Sekunde bevor die Tür zuknallte, hast du gerufen: »Bis später!«

Ich ging ins Schlafzimmer. Meine Beine zitterten. Ich legte mich aufs Bett, flüsterte »Hilfe«. In letzter Zeit hatte ich im Stehen gebetet, bevor ich ins Bett ging. Es war keine Zeit mehr, sobald ich zu dir ins Bett gekrochen war. Dann war Gott schon zu beschäftigt. Gott hatte immer geschlossen.

Zwei Wochen später bist du zurückgekommen, und

ich versuchte, in deinem Gesicht zu lesen, aber du hast mich nicht angesehen. Wenn wir ausgingen, versuchte ich die Streitereien in den Kneipen zu schlichten und die Missverständnisse mit dem Tankwart auszuräumen. Ich kam in einem schicken neuen Outfit in dein Lieblingsrestaurant: schwarze Lederweste und enge senffarbene Reiterhosen. Auf die Pobacken waren Litzen aufgenäht wie runde Klammern, damit du wusstest, dass mein Arsch immer der Mittelpunkt eines Gedankens sein sollte. Das erschien mir schlau und S-P-A-S-S-I-G, aber du warst G-E-L-A-D-E-N und hast mich an den Haaren in die Toilette gezerrt, meine Nase gegen den Spiegel gedrückt und gesagt: »Du siehst aus wie ein Flittchen!« Ich sagte: »Au, meine Haare!« Und du belltest: »Schatz! Du musst aufhören, Streit zu provozieren.« Aber dann hast du die Hand in meine Hose geschoben und gesagt: »Versteh mich nicht falsch, du hast nie heißer ausgesehen, aber diese Hose ist unter deiner Würde.« Du hast sie heruntergezogen und hast von hinten deinen Schwanz in mich gerammt, als eine Frau aus einer Kabine kam und sagte: »He, sind Sie nicht *der* Hund?« Du hast geknurrt: »Lady, könnten wir bitte ungestört bleiben?« Und sie hat sich entschuldigt und ist hinausgeschlichen, während du dich herausgezogen und mir mit den Worten »Zieh dir was an« deinen Pullover zugeworfen hast. Ich starrte in den Toilettenspiegel, mit heruntergelassener Hose. Das könnte eigentlich ein tolles Spiel sein, wenn man es richtig spielt. Aber so war es nicht.

Ich kehrte an den Tisch zurück, an dem nur Männer saßen.

»Wollten meine Freundinnen nicht kommen?«, sagte ich, und du zeigtest auf die beiden Mädchen auf der Straße vor dem Restaurant. Sie hielten sich in den Armen und weinten. »Die Rothaarige mag keine Männer, das habe ich gespürt, und die Blonde war einfach total daneben.« Du hast die Schultern gezuckt.

Ich legte den Kopf auf die Tischplatte, die Augen auf Höhe des Tellers mit dem Olivenöl. Ich musste nicht aufschauen, ich wusste, dass die Mädels zurückkommen würden, und das taten sie, sie knieten sich neben deinen Stuhl und baten dich um Verzeihung. Ich sah deine Hand, die auf dem unteren Rücken einer meiner Freundinnen kleine Kreise zog. Mein Mund war trocken. Ich sagte, ich sei müde. Niemand hörte mich. Ich stand auf, um zu gehen. Niemand verabschiedete sich.

Ich ging nach Hause, zog die oberste Schublade aus deinem Schreibtisch heraus und trug sie ins Schlafzimmer. Ich warf sie aufs Bett und sah mir jeden Fetzen Papier an. Nach ungefähr vier Sekunden dachte ich, O, ich dachte, OJE, ich dachte, NA KLAR, ich dachte AU.

Ich fand einen Zettel von der Verkäuferin, die dir meine gelben Socken verkauft hat, mit der Bitte, sie zu waschen, weil sie »schmutzig« geworden waren, als sie sie dir in der Ankleidekabine vorgeführt hatte. Wie es schien, hattest du eine Dreizehnjährige kennengelernt? Der Anwalt ihrer Mutter schrieb von Komplikationen bei der Schönheitsoperation, die du für sie bezahlt hast, und ich fand Nacktbilder von ihr, auf denen sie einen ausgestopften Gorilla hielt. (Die Nacktbilder waren von der Mutter, nicht der Tochter.) Die Frau, die Hunde ausführte, schrieb liebevoll über eure Affäre (daraufhin hätte ich dich beinahe gemocht, weil sie einen verkümmerten Arm hatte, was dich wie einen auf Chancengleichheit bedachten Frauenhasser wirken ließ), ich fand Briefe von einem holländischen Mädchen, einem französischen Mädchen und von einem Mädchen aus Yucatán, wo du in der Woche zuvor gewesen warst, angeblich wegen einer Wohltätigkeitssache. Entzweigerissen waren die Fotos von dir und einem blonden Mädchen auf einem Floß in Norwegen.

Ich war zu erschöpft, um wütend zu werden, und so sehr ich es auch versuchte, ich brachte das Titellied von »It's a Small World« nicht mehr aus dem Kopf. Zumindest war ich jetzt von meiner Anhänglichkeit geheilt. Uff.

Du warst bei der Arbeit, als ich ging. Ich gebe zu, dass ich meinen grünen Pullover, den du so gern getragen hast, und meine Knoblauchpresse mitgenommen habe. Als ich zum Aufzug ging, ließ deine Putzfrau betrübt die Hände sinken und sagte:

O, nicht auch Sie. Ich habe gehofft, mit Ihnen wäre es anders, aber sie gehen immer heulend.

Jahre später standst du vor der Tür, Hund #2. Es wurde von deinem hündischen Ruf geflüstert, aber du warst zu gut, um wahr zu sein. Wir gingen abends aus, kamen nach Haus und fielen mit einem Eifer ins Bett, der uns beiden peinlich war, beide geschockt vom Trost der Haut.

Wir wickelten uns in Decken und schauten Looney Tunes. Wir aßen Sandwiches mit gebratenem Fisch und tranken Tequila, während wir unsere Füße in der Küchenspüle einweichten. Nach zwei Tagen sah das Bett wie ein Tatort aus, aber wir blieben liegen, bis einer von uns zum Zahnarzt oder als Geschworener ins Gericht musste. Ich war mit blauen Flecken und Zahnabdrücken übersät, und dein Rücken sah aus, als hätte dich ein Waschbär angefallen. Wenn ich döste, schriebst du mir Briefe, und ich erwachte von dem knisternden Geräusch, wenn ich den Kopf drehte, ein Umschlag unter dem Kopfkissen.

Dann kam dein Rudel in die Stadt.

Ein bisschen Zeit mit den Freunden sei angesagt, meintest du. Ich sagte, mach, dass du weg kommst, Tiger. Und du sagtest, warte nicht auf mich, und ich sagte, mache ich nicht, viel Vergnügen.

Am nächsten Tag schliefst du mittags noch. Ich hatte einen Mordshunger, aber du warst immer enttäuscht, wenn ich ohne dich aß, deswegen wartete ich auf dem Sitzsack, dachte an nichts und machte ein Fadenspiel.

Ich setzte mich aufrecht, als ich vom Bett her einen zischenden Laut hörte. Es klang, als würde ein Heizkörper aufgedreht, und deine Schultern zuckten. Entsetzt sank ich zurück. Der Kragen deines Bademantels schob sich nach unten, und eine weitere schwarze feuchte Hundeschnauze kam in Zeitlupe zum Vorschein, neue Hundeaugen und Hundeohren. Ich blinzelte wie verrückt. Ein zweiter Kopf lag auf deinem Kissen, und er gehörte dem räudigen Hund, dem ich Jahre zuvor entkommen war. Ihr setztet euch beide auf und saht mich an. Der neue Kopf grinste mich an und sank vornüber. Er hing hechelnd an dir.

War er dein Stellvertreter? Warst du nach einer durchzechten Nacht so fertig, dass du eine zweite Besetzung rufen musstest? Ich wollte nicht unhöflich sein, deswegen tat ich leichthin und ignorierte vorsätzlich den neuen Hundekopf.

»Habe ich was im Auge?«, fragte ich beiläufig.

»Komm her, ich habe keinen Röntgenblick«, sagtest du.

Ich riss die Augen auf.

»Alles in Ordnung. Ich sehe nichts.« Du legtest dich zurück und richtetest kommentarlos den neuen Kopf aus.

Ich wollte dich nicht anstarren, aber deine Augen waren verändert. Sie erinnerten mich an den Schaum, der nach einer Ölpest von der Flut angeschwemmt wird. Wasser vermischt mit etwas, das besser auf nichts Sauberes trifft. Du seufztest. Du sagtest, die vergangene Nacht sei ein Rückfall in die Ära gewesen, als du im Hades gearbeitet hast. »Das waren Zeiten.« Du seufztest.

»Das kann ich mir vorstellen!«, sagte ich und spürte meinen übersäuerten Magen. »Ich gehe in die Drogerie, brauchst du auch was?«

»Eine zweite Zahnbürste«, sagtest du. Ich blieb an der Tür stehen und drehte mich um. Du warst fast wieder eingeschlafen, doch eins der neuen Augen zwinkerte mir zu, und die neue Schnauze flüsterte dir etwas ins Ohr, woraufhin du in Tränen ausbrachst. Ich verstand nicht jedes Wort, aber du brabbeltest, dass wir nie etwas unternähmen, weil ich immer arbeiten müsse, und dass ich dich nicht genug respektieren würde. Der alte / neue Kopf flüsterte »Blas mir einen, Süße«, während du weintest. Ich versuchte dich zu beruhigen. Ich machte dir ein Sandwich mit gegrilltem Käse und massierte dir die Füße, bis du wieder eingeschlafen warst, beide Köpfe schnarchten im Gleichklang.

Am nächsten Tag führte ich dir meinen neuen Parka vor. »Wir fliegen nach Dubai!« Ich hüpfte auf und ab mit den Erste-Klasse-Tickets und dem Hotelprospekt in der Hand, in dem Fotos von der Indoor-Skischule waren. Ich hatte alles arrangiert. »Cool«, sagtest du.

Eine Woche nachdem wir wieder zurück waren, fingt ihr beide an zu schmollen. Ich suchte verzweifelt nach einer Lösung.

»Wer will auf einer Ranch Ferien machen?« Ich rannte mit Tüten voller Cowboystiefeln zu dir und warf mich auf deinen Schoß. Ich zeigte dir ein Foto von deinem ganz persönlichen Hengst, Digger. Ich hatte alles arrangiert. »Cool«, sagtest du.

Bei der Sicherheitskontrolle für den Rückflug wurdest du wehmütig. Dir fehlte Digger.

»Wer ist bereit für eine Woche mit heiligen Männern in Indien?« Der extra Kopf gähnte, aber du hast ihm eine geknallt und gesagt,

»Cool. Muss ich was beisteuern?«

»O. Hm. Du könntest dem Sherpa Trinkgeld geben.«

»Wie viel?«

»Das können wir auseinander klamüsern.«

»Cool. Kann meine Mutter mitkommen?«

Auf dem Rückflug von Indien hattest du einen Zusammenbruch und sagtest, mein Leben würde dich voll und ganz in Beschlag nehmen. »Ich muss zurück zu meinen Wurzeln«, sagtest du. »Ich möchte, dass meine Familie zu Besuch kommt.« Ich sagte, klar, aber es war eine Herausforderung. Dein Bruder kniff meiner Schwester auf dem Weg zum Kühlschrank in die Brustwarzen und deine Schwester saß furzend auf meinem Quilt aus dem Bürgerkrieg und nannte mich eine miese Feministin. Sie hatte recht, aber trotzdem. Deine Mutter sagte, meine Aura wäre weg und ich solle im Wandschrank auf und ab hüpfen, was ich tat, nur eine Ausrede, um meinen Kreislauf in Schwung zu bringen, weil du die Heizung abgestellt hattest. Du sagtest, du müsstest es kalt haben, um deine Bilder zu malen oder du würdest nie bis zur Kälte in deiner Seele vordringen. Ich erwiderte, ich wäre sicher, dass du selbst in einer Hitzewelle Zugang zu dieser Kälte hättest, und du sagtest, werde bloß nicht frech, und ich sagte, entschuldige, aber du hast seit Monaten nicht mehr gemalt, und ich habe blaue Finger. Eines Nachmittags schlich ich mich ins Wohnzimmer und drehte die Heizung auf, und extra Kopf hat mich verpetzt. Du bist in die Mitte des Zimmers gegangen und hast gepfiffen. Du hast in die Hände geklatscht und mit dem Fuß aufgestampft, und ich bin aufgesprungen und dachte, o cool, Square Dance! Du hattest jedoch kein Interesse am Tanzen, sondern hast eine Verordnung erlassen und gesagt:

Jeder hier sollte sich klarmachen, dass er sich unter meinem Dach befindet.

Das hat mich umgeworfen, weil ich es war, die den Scheck für dieses Dach ausstellte, der mein Bankkonto leer räumte.

Wer trägt die Hosen in dieser Familie? Wer arbeitet härter als ich?

Ich sagte, ich, ähm. Ich sagte, ich. Ich sagte, bitte verschwinde samt den Cousins im Gästezimmer. Du sagtest, ich gehe. Ich sagte, ja, ich habe dich darum gebeten. Du sagtest, ich gehe, und wenn ich einmal gegangen bin, komme ich nicht zurück, und ich sagte, ja, bitte, wenn du willst, tu so, als wäre es deine Idee, aber verschwinde.

Du sagtest, heißt das, dass ich nicht mit nach Hawaii kommen kann?

Die Jahre vergingen rasant, ich bekam zwei Kinder. Romantische Liebe fühlte sich vergleichsweise albern an. Ich wurde gebraucht.

Eines Abends machte ich Tee und ging in mein Zimmer, und da warst du. Du hast telefoniert, und als du mich sahst, hast du aufgeregt gewinkt. Du hast die Hand über das Mundstück gelegt und geflüstert: »Einen Moment, ich spreche gerade mit dem Präsidenten.« Du hast mir eine Kusshand zugeworfen.

»Wer bist du?«, fragte ich.

Du hieltst die Hand hoch und sagtest: »Noch fünf Sekunden, entschuldige.«

Ich trank einen Schluck Tee. Du kamst mir eindeutig bekannt vor, aber ich wusste nicht, woher. Du legtest auf und kamst zu mir.

»Ich bin jetzt ganz anders.«

»Als wann? Kenne ich dich?«, fragte ich.

Du hast mir einen Finger auf den Mund gelegt, damit ich still war, und gesagt: »Ich verspreche, nicht blöd zu sein.«

Da begann es mir zu dämmern. Du warst dieser Kerl. Jahrelang hast du dich immer wieder in meinem Privatleben herumgetrieben und mich getriezt. Ja! Der Kerl mit dem beeindruckenden Vokabular, der die Leute auf gemeinste Weise imitiert hat, bis sich keiner mehr halten konnte vor Lachen! Wir sind gemeinsam verreist, nicht wahr? Und dann warst du verschwunden. Dann sind wir noch mal gemeinsam verreist. Und wieder warst du verschwunden. Das meiste hatte ich verdrängt, aber jetzt warst du so nett.

Du hast einen Schmollmund gezogen und gesagt: »Ich glaube, das schaffen wir: heiraten, Kinder, alles. Für deinen Geburtstag habe ich eine Villa in Italien gemietet. Ich habe dafür geboten und sie bekommen. Fahren wir oder fahren wir nicht?«

»Ich glaube schon«, sagte ich.

Zwischen deinen Vorderzähnen steckte eine Linse. Du hast dich vorgeneigt und gesagt: »Das fühlt sich an wie zu Hause. Der Ort des Fleischlichen und Zuhause.«

Wie seltsam, dachte ich. Er klingt, als hätte jemand ihn geschrieben. Mit ihm wäre es, als hätte ich eine Armprothese, die ich nicht wirklich brauchte, einen Spielzeuggemüsegarten.

Wir ließen uns Zeit. Du schneitest hin und wieder rein, und du fügtest dich wunderbar in alles. Du warst dekorativ und konntest Backgammon spielen. Es fühlte sich erwachsen an, und du dachtest daran, Blumen mitzubringen und die Koffer zu tragen. Dann warst du wieder wochenlang verschwunden, aber daran war ich gewöhnt.

Es wurde Winter. Nach fünf Tagen Funkstille bist du

hereingestürzt. Du hast nach Gin gerochen und warst betrunken. Du hast den E-Mail-Account deiner Exfrau gehackt und herausgefunden, dass sie allen erzählte, du seist ein Hund und ich solle mir die Haare bürsten. Diesmal würdest du es nicht auf sich beruhen lassen, sagtest du. Mit schweißnassem Gesicht bist du ins Bad gestürmt, dein Hemd traf mich im Gesicht, nachdem du es dir vom Leib gerissen und weggeworfen hattest. Obwohl meine Sicht teilweise blockiert war, sah ich sie im Spiegel gegenüber dem Medizinschränkchen. Entsetzt wich ich zurück und wäre beinahe ohnmächtig geworden. Die zwei Hundeköpfe, von denen ich mich vor Jahren gelöst hatte, waren zurück. Sie hingen an deinen Schlüsselbeinen wie Schulterpolster mit Nasen. Ich verdrehte die Augen. Drei? Aber war das womöglich die Antwort? Mit der besseren Verteilung des Gewichts und der Symmetrie warst du vielleicht der Mann, auf den ich zählen konnte. Oder sollte ich die Polizei rufen? Ich verstand jetzt den Grund für die vielen Krawatten. Ich machte mir Sorgen, dass meine Kleinen aufwachen und dich so sehen würden, deswegen warf ich ein Handtuch über dich und führte dich zum Bett. Ich wollte dir die Hand auf die Stirn legen, um deine Temperatur zu fühlen, doch die anderen beiden Köpfe schnappten nach mir. Du hast die Augen aufgerissen, als hättest du dich an deinen Einsatz erinnert, mir die Zunge rausgestreckt und gesagt: »Ich würde gern sagen, dass mich alle Wege hartnäckig zu dir führen, aber du bist überhaupt nicht aktiv in sozialen

Netzwerken.« Du hast gerülpst. »Geh und bete, na los. Geh meditieren.«

»Bist du betrunken?«, fragte ich, aber du hast schon geschnarcht, während die anderen beiden Köpfe sich darüber beratschlagten, wie sie dir am besten die Eier lecken konnten. Ich ging entgeistert auf den Balkon hinaus. Mein Herz raste vor Schreck, doch während ich dasaß, bemerkte ich alle Hinweise, die ich ignoriert hatte. Die Myriaden Dinge, die ich ignoriert hatte. Ich erinnerte mich, wie schrecklich falsch es gewesen war, damals, Ungeheuer. Entschuldige, dass ich dir Vorwürfe mache, aber. Du hast es getan. Du hast beim Laser Tag geschummelt.

Ich habe darüber nachgedacht, und mir wurde kalt auf dem Balkon.

Plötzlich fiel mir Kopf #3 ein, der die Geburtstagsgeschenke, die ich für ihn hatte, auf mich warf, nachdem er das erste ausgepackt und festgestellt hatte, dass es nicht war, was er wollte, und sagte:

Hast du es überhaupt selbst gekauft oder einfach jemanden geschickt?

Das Bild von Kopf #1, der sich weigerte, mit meinen Eltern zu sprechen, weil sie keinen Champagner bestellt hatten, um auf unsere Verlobung anzustoßen, sie hatten uns nur umarmt und gratuliert, und er sagte:

Wie verdammt schwer kann es sein, eine Flasche zu bestellen, das Glas zu heben und etwas Nettes über mich zu sagen?

Und Kopf #2 erinnerte mich gelassen:

Wenn ich dir mit der Faust drohe, dann dreh dich um und geh, denn wenn ich anfange, dich zu schlagen, höre ich vielleicht nicht mehr auf.

Ich sagte:

Aber wohin soll ich das nächste Mal gehen? Ich wohne hier.

Und ein Kopf sagte:

Wenn ich noch länger auf der Couch sitzen bleibe, bringe ich vielleicht dich und anschließend mich um.

Ich wusste nicht, wer das war, dieser letzte Kopf. Ich sah das Gesicht und kannte den Namen, aber alles andere war zu schwer zu verstehen, vielleicht hatte ich nicht richtig gezählt, und es gab noch mehr. Vielleicht war das mein Problem - konnte ich nicht zählen? Warum sonst sollte ich mir das alles gefallen lassen? Warum habe ich nie das Tierheim angerufen? Ich sagte so viele Male, dass es mir leidtäte, bis ich es selbst glaubte, aber sollte es mir denn leidtun?

Ein Klingeln, du riefst mich an und sagtest: Ich brauche dich. Ich sagte, okay, aber du scheinst wirklich wütend auf mich zu sein. Du hast dich geräuspert und gesagt:

»Ja. Ich glaube, du kriegst meinen Zorn auf dich mit.«

Dann begann dein *J'accuse*-athon, deine Vorwürfe, weil ich zwei Jahre zuvor unhöflich zu einem Mann gewesen war. Du schriest mich so laut an, wie du schreien konntest, aber als ich, wie ich einen Mann anschreie. Du hast mich nachgeahmt, aber auf die Art der koreanischen Seifenoper, als hätte ich Schaum vorm Mund gehabt und ihm das Gesicht zerkratzt; ich nannte den Mann ein Arschloch und warf mit Dingen nach den Kellnern. DU MUSST ZU ALLEN FREUNDLICH SEIN, hast du immer wieder gesagt. Dann fielen alle Köpfe ein und griffen mich an. »Welcher ist das?«, sagte ich. »Moment, wer macht mir jetzt Vorwürfe? Ich kann sie nicht unterscheiden.«

»Du hast das Kindermädchen schrecklich behandelt!«, schriest du. Das arme Kindermädchen konnte die Massage gar nicht genießen, die ich für sie arrangiert hatte, weil meine Kinder so anspruchsvoll waren. Was machte es da schon, dass sie meine Minibar ausgeräumt hatte? »Das Kindermädchen verdient einen Drink am Ende des Tages!«, brülltest du.

»Hattest du nicht Sex mit dem Kindermädchen deines Kindes? Monatelang?«, fragte ich.

Schweigen.

»Das war was anderes. Ich war am Tiefpunkt meines Lebens.«

Dann zogst du über meine Kinder her. Wir seien ein Haufen Scheinheiliger, sagtest du, weil wir in die Kirche gingen und meditierten. Du sagtest, deine Kinder könnten nicht glauben, wie schrecklich meine Kinder wären, da wollte ich auflegen, aber du hast mich wieder nachgeäfft, und ich war fasziniert, weil mir klar wurde, wow, das klingt genau so wie die Imitation deiner Exfrau. *Ich höre die Vorschau*, dachte ich. Ich bin zu einer Anekdote geworden. Er probt es als Erstes mit mir. Ich würde auf einer Cocktailparty erzählt werden, zwischen Hauptgang und Dessert. Wie praktisch, dass du den gleichen Tonfall für mich und deine Exfrau benutztest, du konntest ein Medley aus uns machen.

Dann brülltest du, als ich, ein Wort, das ich nie benutzt habe und das meine Kinder nicht kennen.

Mein Magen verkrampfte sich, meine Augen traten aus den Höhlen, als säßen sie auf Sprungfedern.

In Gedanken stieß ich dich so heftig, dass du am Telefon au sagtest. Ich trat aufs Telefon und machte dir ein Ende, verließ deine Vorführung. Ich legte einfach auf, Hund, zum letzten Mal. Du hast mich davon geheilt, Potential zu überschätzen.

Bleibt zu erwähnen, dass der Sex mit dir so war, als würde ich Schneeengel unter einem Nashorn machen.

Bittersüß, meine Taube. Aber du musst gewusst haben, dass alles mal zu Ende geht. Es ist nicht meine Aufgabe, die Narben aus deiner Kindheit zu finden und glattzustreichen. Geh in die nächste Bibliothek und schau dir ein paar Folgen *Junge Schicksale* an. Geh in die Kirche. Mach einen Westerntanzkurs, was auch immer.

Du hast nicht damit gerechnet, dass ich die ganze Wahrheit sagen würde, nicht wahr? Niemand würde glauben, wie gemein du warst. Es hätte wie eine Fabel geklungen, die nur so wirkungsvoll ist wie ihre Moral, und davon habe ich eine in petto:

Sie erwachte in Brooklyn und streckte sich. Sie ging in den Laden, um Mandarinen und einen Atlas zu kaufen. Sie kehrte in dem ihr gemäßen Tempo nach Hause zurück und betrachtete ihre Geode. Sie drehte Citizen Cope laut und sprang auf dem Trampolin.

Schau sie dir an. Sie hat sich selbst gerettet.

Sie schrieb Geschichten, und wenn ihr die Worte fehlten, brachte ihr ihre Tochter welche, sorgfältig auf einen Zettel geschrieben. Ihr Sohn warf Gedichte über Hausdächer. Sie lachten so laut, dass die Nachbarn unter ihnen mit einem Besen gegen die Decke klopften. Krieger, alle drei.

Eines Abends sah sie einen Schatten im Fenster. Sie setzte die Brille auf und spähte hinaus. Kniete sich nieder.

Du warst es, Hund, und es ging dir elend. Du hast dich

im Kreis gedreht, auf die Seite geworfen und Rauch ausgeatmet. Die beiden extra Köpfe waren geschrumpft und versteckt in deinem Fell, das jetzt zottlig und grau war. O Gott, dachte sie, letztlich sind wir alle arme Hunde.

Sie rief nach dir, und du hast müde den Kopf gehoben und wieder zwischen deinen Pfoten abgelegt. Du hast dich geschämt und sie auch. Sie hatte genügend schlimme Dinge getan, um das Ungeheuer in der Geschichte eines anderen zu sein.

Sie fing an ganz leise zu singen, nur ein Hauch. Ihre Kleinen hörten sie irgendwo in ihren Träumen. Sie hat gesungen, bis du gleichmäßig geatmet hast. Du hast dich aufgesetzt und bist zu den Bäumen gegangen, und ihr Herz tat ein bisschen weh, als sie sah, dass du hinktest. Es war ein Schock zu sehen, wie alt und gebrochen du warst.

»Leg dich hin, Ungeheuer«, sagte sie leise, und du legtest dich hin. Nachdem du die Augen geschlossen hattest, hat sie tief eingeatmet und dir diese Geschichte erzählt. Sie dauerte so lange, bis ihre Augen schmale Bindestriche waren und ihr Hals steif. Doch sie wusste, dass du für immer davonkriechen würdest, nachdem du wieder erwacht wärst. Sie war ich, und ich bin jetzt älter, und ich bin fertig damit. Sowas von fertig.

O, du bist jetzt so winzig. Ich kann dich dort draußen kaum mehr sehen, Ungeheuer. Ich brauche dich nicht mehr. Glaub mir, wenn ich sage, dass ich für alles dankbar bin. Mein Ziel war utopisch, aber wahrhaftig. Schlaf gut, kleines Monster.

Lieber Rafiki Yangu,

was macht dich zu so einem glücklichen Menschen?

Du könntest wohl immer alle dazu bringen, zu dir auf die Tanzfläche zu kommen, auch wenn es gar keine Tanzfläche gibt.

Beim letzten Thanksgiving saßen wir alle um den kleinen Tisch im Wohnzimmer. Manche auf dem Boden, andere dichtgedrängt auf der Couch. Die Kinder durften lange aufbleiben. Du hast auf deiner Adungu gespielt, der handgefertigten ugandischen Bogenharfe. Angefangen hast du mit einem Lied auf Swahili, und du wolltest, dass Hunter mitsingt, weißt du noch? Er war zu bescheiden und wollte dich allein singen lassen, aber du hast sein Nein nicht akzeptiert. Du bist auf die Knie gegangen und hast ihn angefleht: »Siiiing was, Hun-ter, siiiing, mein Bruder …« Du hast dich über den Tisch, ganz nah zu seinem Gesicht geneigt, dein Gesang war nur noch ein Flüstern und wurde dann zu einem Heulen. Du hast diese eine Zeile – die Bitte mitzusingen – auf Swahili und dann auf Englisch intoniert, du hast dich auf den Boden gelegt und sie wie ein alter zerbrechlicher Mann gesungen, dann bist du aufgesprungen und hast sie funky wie James Brown geschmettert. Hunter hielt sich den Bauch vor Lachen, ihr hattet beide dem ugandischen Gin zugesprochen, ich werde nicht verraten, wie sehr. Das war der Höhepunkt der Party. Alle erwachten wieder zum Leben, obwohl sie von dem vielen Kuchen und den Thanksgiving-Haikus erschöpft waren.

Vielleicht hattest du schon immer etwas vom Rattenfänger von Hameln, jedenfalls nahm dein Leben eine Haarnadelkurve, als du noch sehr jung warst. Danach gab es vermutlich lange Zeit keine Partys. Du hattest viel zu tun.

Als du mitten in einem Gefecht deine Waffe wegwarfst, musstest du schnell agieren oder die Rebellenarmee, die dich entführt hatte, hätte dich erwischt. Sie hätten dich mit Sicherheit auf eine Weise getötet, die dich hätte wünschen lassen, nie geboren zu sein. Was sie geflüchteten Kindersoldaten antun, ist so unvorstellbar grausam, dass ich kaum glauben kann, dass ich unbehelligt atme, während so etwas woanders passiert. Ich kann diese Bilder nicht mit der Vorstellung eines gütigen Schöpfers vereinbaren, doch dein Glaube gerät nicht ins Wanken. Du glaubst an Gott.

Heute lebst du als freier Mann. »Freier Mann« mag ein relativer Ausdruck für manche Menschen sein, aber nicht für dich. Entführung, Gehirnwäsche und Folter und die gelungene Flucht. Du hast dich in einem Lieferwagen versteckt und gehofft, dass er dich in Sicherheit bringen würde, und als der Wagen überholt wird, reißen die Kanister mit Paraffin auf, hinter denen du dich versteckst, und das Wachs darin fügt dir so schwere Verbrennungen zu, dass deine Haut ausbleicht. Du bist entstellt, aber das geht vorüber, wichtiger ist, dass du auf der Flucht und frei bist. Du suchst einen entfernten Verwandten auf, der dich aufnimmt und dir eine Matte zum Schlafen gibt. Du hast ein Dach über dem Kopf, den du nachts nicht länger auf ein Gewehr betten musst. Du kannst arbeiten, und Arbeiten ist jetzt Freiheit, obwohl du für Almosen Eimer durch die Slums schleppst und das mehr Stunden am Tag, als die meisten Menschen wach sind. Dir die Finger wund zu arbeiten ist ein Privileg, denn du hast das unumschränkte Recht, sowohl Herr als auch Sklave zu sein, mit dem Geld kannst du wieder zur Schule gehen, und du machst einen Studienabschluss. Freiheit heißt, dein Diplom in der Hand zu halten.

Eines Morgens erwachst du und erfährst, dass deine Heimatstadt übernommen wurde. Menschen, die du kanntest, Jungen, mit denen du zur Schule gegangen bist, werden in Stücke gehackt und angezündet, verbrennen neben der Straße. Du hast bereits deinen geliebten Bruder verloren, und jetzt verstecken sich und fliehen noch mehr Kinder. Du hast eine Idee, die große Arbeit und

Verantwortung bedeutet, doch du zögerst nicht. Du wirst einen sicheren Ort für diese Kinder bauen, eine Schule, und du gibst auch nicht auf, als dir die Vernunft dazu rät.

Es war ein Zyklus von immer wieder gebundenen Händen, die du immer wieder befreien konntest. Dabei hast du dir eine enorme Spannweite zugelegt, dank der du dich über die Bitterkeit erheben konntest, in der du eigentlich hättest versinken müssen. Wenn dir heute wieder einmal die Hände gebunden sind, kommt es nicht als Überraschung und ist kein Hindernis. Wer braucht mehr als einen Kopf und Anstand, denkst du. Flügel.

Weißt du noch, als wir zusammen zu einem Konzert von Adam gegangen sind? Ich konnte nicht bleiben, weil ich am nächsten Morgen bei Tagesanbruch arbeiten musste. Dir dabei zuzusehen, wie du Musik live hörtest, war so rührend, dass ich geblieben wäre, aber du sagtest, nein, du musst zurück ins Hotel und schlafen.

Das Auto zu parken war einfach gewesen, aber wieder wegzufahren war schwierig. Drei Parkwächter standen daneben, jeder gab andere Anweisungen, und jedes Mal landeten wir an einer Stelle, von der wir rückwärts wieder wegfahren mussten. Als wir endlich aus dem Parkhaus fuhren, kamen die ersten Leute vom Konzert. Ich war nervös, aber irgendwann war ich wie hypnotisiert von dir. Du bist nicht in Panik geraten. Du schienst nicht einmal Frustration zu unterdrücken, du hast es einfach nicht an dich herangelassen. Jedes Mal, wenn wir wieder in einer Sackgasse steckten, wurdest du noch ruhiger, auch als die Parkwächter rundweg unhöflich zu dir waren. Deine Stimmung hat sich erst gewandelt, als wir auf der Straße waren. Du hast mir high-five gegeben und gelacht, das Radio laut gestellt und gesagt: »Okay, gib mir bitte eine Zigarette.«

Du erinnerst mich daran, wie schlimm die Dinge wirklich sein können, und du bist das strahlende Gesicht der Freude, wenn die Lage besser ist, als ich glaube. Je älter ich werde, umso faszinierender und aufregender finde ich Dinge, die mich bislang nicht interessiert haben. Ich bin sicher, dass ich in meinen Zwanzigern nie über die Maserung in einem hölzernen Türrahmen in laute Freudenrufe ausgebrochen bin oder mich gesetzt habe, um einen Baum zu betrachten. Ich hatte Angst, dass es im Alter weniger Spaß gibt, aber wenn ich daran denke, dass wir in zwanzig Jahren noch befreundet sind, auf der Veranda Kuchen essen, während ich dich und Hunter beim Rummikub schlage, dann weiß ich nicht. Für mich klingt das ziemlich aufregend.

Jemand hat dich nach unserer Beziehung gefragt. Du hast mir die Hand auf den Rücken gelegt und gesagt:

Sie und ich haben die gleiche Seele.

Mit ziemlicher Sicherheit bin ich dessen nicht würdig, aber da es mir schon zugesprochen wurde, ist es etwas, worum ich mich bemühen kann. Ich wünschte, ich könnte deine Schule ganz allein finanzieren, doch es lehrt mich Demut, dass du auf meine Hilfe vertraust. Ich weiß, dass du dich unserer Familie zugehörig fühlst, und das ist sowohl eine Ehre als auch ein unglaubliches Glück, denn wer sonst könnte mit meinen Kindern ein Fort aus Stöcken bauen, und wer sonst springt mit mir um Mitternacht in meinen Pool und sitzt dann mit mir auf der Terrasse, während die Grillen sich gegenseitig schikanieren und wir Platten auflegen. Über Familie und Theater reden. Roten Tee mit Honig trinken.

Eines Abends in Kalifornien standen wir auf der Terrasse und tranken Bier. Ich weiß, dass es Dinge gibt, an die du dich nicht gern erinnerst, aber ich wollte wissen, wie du damit fertig wirst und deine positive Einstellung beibehalten kannst. Ich fragte dich, ob du jemals zornig würdest, und du sagtest, o ja. »Wenn jemand ein Kind schlecht behandelt.« Ich fragte, ob das alles sei, und du sagtest: »Und dann noch wenn sich jemand in meinen Auftritt auf der Bühne einmischt.« Dann wollte ich wissen, was du tust, wenn du dich so mies fühlst, dass du glaubst, nicht mehr weiterzukönnen. Du schwiegst so lange, dass ich glaubte, du würdest nicht mehr antworten, doch dann sagtest du:

Ich gehe weit weg, vielleicht zu einer Wiese, wo es still ist.
Ich denke an Dinge, die ich im Leben getan habe und
die die Leute gut nennen. Ich erinnere mich daran, dass ich
Gutes getan habe.

Du hast mich zornig und schwach gesehen, und ich habe keine Angst, dass du mich richtest, aber ich habe mir Sorgen gemacht, dass du etwas so Ungeheuerliches tun würdest, dass ich dich aus meinem Leben werfen müsste. Das war ausschließlich die Folge davon, dass ich so hoch zu dir aufblickte, wohlwissend, dass du einen höheren Ort auf Erden einnimmst, als ich ihn je erreichen werde. Das war ein fataler Irrtum. Ich vergesse immer wieder, dass wir alle aus Äther und Instinkt bestehen. Uns allen fehlen Teile, und wir kreisen um denselben Mond.

Ich werde dich von diesem Sockel herunterholen und bitten, vor meinen Augen eine Dummheit zu begehen, damit wir den Schock menschlicher Fehlbarkeit hinter uns bringen. Ich freue mich auf diese Enttäuschung so wie auf das nächste Thanksgiving, das du jetzt immer mit uns feierst. Du kannst den Kindern dabei helfen, Holz für den Dankbarkeitsbaum zu suchen, und Hunter beim Zuschneiden des Papiers für die Haikus zur Hand gehen. Keine Schnitzeljagden mehr, versprochen. Das war Wahnsinn. Aber wenn wir eine Pause brauchen, dann wartet dein Gin, und wir können Tanzen und Singen verpflichtend einführen.

Lieber Feuerwehrmann,

wir sahen Sie, als wir über die Straße gingen. Sie waren mit Schmutz und weißem Staub bedeckt, der mit jedem schweren Schritt herunterrieselte. Mit diesen vielen Schutzschichten ragten Sie hoch auf wie ein müder Schneemann, der sich von einem apokalyptischen Winter nach Hause schleppte. Nach dem 11. September herrschte Aufregung in den Straßen von New York. Nach draußen zu gehen war, als ob man eine Comicwelt ohne Grau betrat. Es gab nur Horror und Helden.

Wir hatten Reisetaschen voller Stiefel mit Stahlkappen zu Ground Zero gebracht und gingen schweigend wieder nach Hause. Sie stapften in die entgegengesetzte Richtung, noch immer Überreste des World Trade Center am Körper. Manche Passanten hoben beifällig die Hand oder riefen aufmunternde Worte aus dem Wagenfenster, doch kein Fahrer hupte, und es war kein Gebrüll zu hören.

Am Abend wurde noch immer von einer Rettungsaktion gesprochen, alles stand still, manche schoben auf, worüber nachzudenken unerträglich war. Ich frage mich, wie lange Sie noch gegraben haben, nachdem Sie wussten, dass nur noch eingeschlossene Schreie zu finden waren. Ich stelle mir vor, dass Sie heute noch am Leben sind. Leben Sie noch? Vielleicht steigen Sie gerade aus einem Taxi oder spielen Fangen mit Ihrem Sohn. Schreiben ein Buch.

Über Sie: Sie waren nicht der einzige Feuerwehrmann, der mir im Gedächtnis geblieben ist. Sechs Jahre später nahm ich meinen dreijährigen Sohn auf den Arm und marschierte die Sixth Avenue entlang, überzeugt, dass ihn jemand in der Feuerwache 5 davon überzeugen konnte, dass das kleine Feuer, das er auf der anderen Straßenseite gesehen hatte, gelöscht war und ihn nicht verschlingen würde. Ritchie hatte Dienst, ich begrüßte ihn und fragte: »Ist das kleine Feuer in der MacDougal gelöscht?« Ich deutete auf meinen Sohn, der noch immer zitterte, und sagte lautlos: *Er hat Angst.* Ritchie schaute meinen Jungen unverwandt an und beruhigte ihn. Er brachte ihn zum Lachen und zeigte ihm, wie er das Feuer gelöscht hatte. Sind auch in Ihre Wache kleine Jungs gekommen? Und am nächsten Tag, als Sie bei einem Einsatz waren, mit ihrer Mutter und einer Packung Brownies zurückgekehrt? Und haben sie Ihnen eine Kreidezeichnung dagelassen wie mein Sohn, der noch Jahre danach, wann immer er ein Feuerwehrauto vorbeifahren hörte, aufmerksam schaute, ob er darin seinen Freund entdecken würde?

Sie haben nie ein Dankeschön oder Kekse bekommen. Ich kannte Ihren Namen nicht, und Ihr Gesicht würde ich nicht wiedererkennen, auch wenn ich nur drei zur Auswahl hätte, so dick war es mit Asche bedeckt, als ich Ihnen begegnete. Sie haben mir nicht einmal ins Gesicht geschaut, als ich über die Straße und Ihnen in die Arme lief, doch Sie haben mich gesehen, die Arme ausgebreitet und den Kopf gesenkt. Ihre Augen waren geschlossen, Sie haben weder geweint noch nicht geweint, und ich hielt Sie fest, während die Asche auf mich fiel wie Löwenzahnsamen. Ich habe mich auf die Zehenspitzen gestellt, um Ihnen etwas zuzuflüstern, und Sie haben genickt und geantwortet, als würden wir schon Stunden miteinander sprechen. Einem Zuschauer muss es unmöglich gewesen sein zu entscheiden, wer bei diesem Tanz wen führte, oder die Glocke zu hören, die nur in unseren Ohren läutete und uns sagte, wann es Zeit war, loszulassen.

Liebe NASA,

Entschuldige. Es tut mir leid, dass ich wiederholt behauptet habe, du seist ein massiver Missbrauch von Steuergeldern und im Grunde ein übergroßer Spielplatz für Leute, die gern Raumanzüge tragen. Selbstverständlich hast du meinetwegen den Start von Shuttles nicht aufgegeben, dennoch möchte ich mich entschuldigen. Ich habe nicht gewusst, wovon ich spreche.

Beschämend spät begann ich zu begreifen, was deine Forschung unmittelbar und mittelbar hervorgebracht hat: die Kunstherzpumpe, den Belag, der die Golden Gate Bridge bedeckt, die hydraulische Rettungsschere, mit der man Unfallopfer aus Autowracks bergen kann, und die unsichtbare Zahnspange, die Tom Cruise trug, als niemand wusste, dass mit seinen Zähnen etwas nicht stimmte. Die FDA verdankt dir den Rückgang von Salmonellenerkrankungen, und dankbar sein müssen auch alle, die die verkohlten römischen Manuskripte aus Urzeiten, A.D. lesen. Ebenso alle, die in Chicago mit dem Schulbus fahren.

NASA, für mich warst du ein Haufen Nerds, die von Fertiggerichten lebten und nach E.T. suchten, während auf der Welt Menschen verhungerten und sich keine medizinische Versorgung oder Bildung leisten konnten. Ich verstehe jetzt, dass das dumm war, Hunger und Analphabetentum sind nicht deine Schuld. In vielen Dingen bin ich begriffsstutzig, aber ich habe verstanden, dass

der Weltraum unglaublich poetisch ist.

Ernsthaft. Ich habe von Sternen gelesen, die durch Galaxien wandern. Manche kreisen mit ihrer hellen Seite um einen armen Planeten, der versucht, mit seinen Problemen fertigzuwerden. Diese immer gleich rotierenden Sterne weigern sich vehement, ihre dunkle, öde Seite, diesen Krempel in ihrem Kofferraum zu zeigen. Es ist die nüchternste Metapher, die ich mir vorstellen kann. Und der weiße Zwergstern, einst so unbeschwert, beginnt die Lebenskraft aus seinem kleinen blauen Gefährten zu saugen, die Folge ist gegenseitiger Diebstahl, bis sich eine Supernova bildet und alles zerstört, was ihnen einst gemeinsam war. Der weiße Zwerg humpelt weiter, funkelt kleinlaut, auf seinem Raumschild steht jetzt: »Hallo! Ich heiße Zombiestern! Ich kann euch was über Co-Abhängigkeit erzählen!«

An einem Weihnachten war ich unter einem Himmel

unterwegs, der nicht endete. Der nächtliche Anblick der Planeten war zum Weinen schön. Es war eine romantische Zeit, gleichmäßig geteilt; es wurden keine Punkte gezählt. Ich liebte jemanden, der mich auch liebte, das war alles. Wir reisten weit weg, wo Schnee lag, und die Berge vor unserem Hotelzimmer waren großartig und unbezwingbar. Sie wirkten wie eine angeklebte Kulisse, hinter der sich keine wirkliche Welt mehr befand. Manchmal frage ich mich, ob sie nur eine Finte waren, denn jeder Beweis, den ich für ihre Existenz habe, ist weniger als wertlos. Man kann sie für nichts einlösen, außer für eine weitere Schlacht. Den Anblick konnte ich nur angemessen würdigen, indem ich mich von einer Seite zur anderen drehte, um zu sehen, wo er anfing, aber vielleicht stand jemand dahinter und verschob ein Stück Landschaft, wann immer ich mich nach rechts oder links wandte? Sie war zweifellos zu schön und rein, um real zu sein, vielleicht hat sie jemand gemalt, ich weiß es nicht, aber es war Winter, und ich glaubte an diese Landschaft, weil ich ein Fan von Möglichkeiten bin.

An Heiligabend beschenkten wir uns gegenseitig, und ein Geschenk sollte etwas sein, was man nicht in Händen halten konnte. Ich hatte ein Gedicht für ihn, getippt auf schlichtem weißem Papier. Bevor er es las, wollte er mir mein Geschenk geben.

»Da, zieh das an, es ist draußen«, sagte er und legte mir seinen Mantel um die Schultern. Ich folgte ihm ins Freie. Es waren zehn Grad unter Null, und die Berge und der

Schnee waren vielleicht das Wunderbarste, was ich in meinem Leben sehen werde, aber oben? Der Himmel. Es ist sinnlos, eine Metapher dafür zu suchen.

Er sagte, schau nach oben, und deutete. Ich war nicht sicher, worauf. Er sagte: »Siehst du den mit dem Stiel? Okay, rechts davon?« Und dann sagte er: »Darunter sind drei in einer Reihe, einer ein bisschen abseits.« Ich sah es, und er sagte: »Die bilden, wenn man sie von hier sieht, ein M. Siehst du es?« Und ich sagte, ja, ich sehe es, und er sagte:

Sie werden immer da sein, so lange wir leben, und ich werde sie sehen, und das bist du über mir, wann immer ich hinaufschaue, immer.

Hättest du mir damals gesagt, was ich jetzt weiß, NASA, nämlich dass es nicht wirklich ein M ist? Hättest du gesagt, dass man die Dinge aus dem richtigen Winkel betrachten muss, um ihnen einen Namen zu geben? Ich bin froh, dass ich jetzt weiß, was es wirklich ist, und ich bin froh, dass ich es damals nicht wusste. Ich glaubte fest, dass er und ich auf dasselbe schauen. Jetzt weiß ich, was für eine Konstellation es tatsächlich ist, und sie ist nicht ich.

Ich weiß nicht, ob du dich hin- und hergerissen fühlst, wenn du den Ausdruck »neue Realität« hörst oder ob du dann am liebsten das Handtuch werfen würdest. Wenn einem klarwird, dass das einzig Verlässliche das Veränderliche und das ständige Wiederherstellen von Nähe ist, fragst du dich dann, *warum habe ich überhaupt angefangen zu suchen?* Wir müssen uns neu erzählen und neue Karten zeichnen.

Was in der Leere verpufft und dennoch hartnäckig existiert, ist die Frage, die ich mir beim Einschlafen stelle. Gibt es da etwas? Du musst eine Antwort darauf haben.

Selbstverständlich kennst du das Phänomen, das die Astronauten »Overview-Effekt« nennen: Der Anblick der Erde aus dem Weltraum führt zu einer spirituellen Veränderung. Offenbar ist der Anblick von dort draußen so erschütternd, dass die dazugehörige Euphorie einen für immer verändert, und das Hirn kämpft darum, mit dem, was es sieht, mitzuhalten.

Man kann sehen, wie die Nacht wie eine Welle über die Erde zieht. Ein ganzes Orchester von Aufbrüchen und Ankünften: Man stelle sich vor mitanzusehen, wie Iowa verschwindet, wenn es in der Dunkelheit versinkt, oder wie die Gewässer auf der Erde in einem Blau leuchten, dem sich unsere Kreide- und Buntstifte nur annähern können.

Ich frage mich, womit sie sich verbunden fühlen, wenn sie zwischen dort draußen und hier sind. Gibt es Geräusche? Mir gefällt die Vorstellung, unsere Galaxie aus großer Entfernung zu betrachten und dass Hören das Gleiche wie Erinnern ist. Gedächtnis und Phantasie könnten sich vermischen und als Klangwolken dahinziehen. Alles Harte, aller irdischer Schmerz könnte in

Millionen Meilen Entfernung abgeladen werden und wäre nützlich als Nahrung für die Konstellationen. Keine Scham, kein Bedürfnis, verstanden zu werden, nur ein Schweben, während man eine ganz andere, ewige Musik hört.

Jedenfalls habe ich mich getäuscht, was dich angeht. Ich höre jetzt mit nicht geringer Hochachtung zu, wenn du uns was zu erzählen hast. Danke, NASA, dass du Wache hältst, und für die Erkenntnis, dass unser Universum nie etwas anderes als lichtjahrneu ist. Ich würde es gern verstehen, und mich tröstet die Tatsache, dass ich es nicht kann. Das beweist nur, dass manche Dinge sich einem Verständnis verweigern. Wir können sie nicht wissen, und das hat etwas Hinreißendes, findest du nicht? Bist du glücklich, die Augen ständig auf den Himmel gerichtet? Du weißt so viel, zum Beispiel warum der Ozean nicht vom Himmel fällt, und dass es kein Kopfüber gibt. Es gibt kein Oben.

Lieber Taxifahrer,

ich glaube nicht, dass Sie mich richtig gesehen haben, als ich in Ihren Wagen stieg, sonst hätten Sie nicht mit mir gestritten. Das möchte ich gern glauben. Wenn Sie mich besser gesehen hätten, wären Sie nicht schockiert gewesen über die Art und Weise, wie ich Sie angeschrien, ja, angekeift habe.

Die Adresse war nicht kompliziert. Ich wollte, dass Sie mich zu einem ziemlich bekannten Platz bringen. Die genaue Adresse des Gebäudes zu nennen war ein Risiko, das Geduld erforderte, und ich hatte keine. An diesem Tag hatte ich einfach keine.

Ich musste zwanzig Blocks von meinem Haus entfernt etwas erledigen, das ungefähr vierzig Minuten dauern würde, aber ich war in letzter Zeit nicht viel aus dem Haus gegangen. Es kostete mich große Überwindung, den Mantel anzuziehen und das Haus zu verlassen. Ich wollte nicht gesehen werden. Ich schaute mich um, um mich zu vergewissern, dass mich niemand sah, und stieg an der Ecke in Ihr Taxi. Wie durch Zauberhand standen Sie dort und warteten auf mich, und das war nicht das Sinnvollste, was Sie an diesem Tag getan haben.

Sobald wir uns in den Verkehr eingereiht hatten, konnte ich Luft holen. Ich hing meinen Gedanken nach und passte nicht auf, nachdem ich Ihnen gesagt hatte, wohin ich wollte.

Ich weiß nicht, wie viel Zeit verging, es konnten nicht mehr als zehn Minuten gewesen sein, doch irgendwann schaute ich auf und sah, dass Sie offenbar in die falsche Richtung fuhren. Ich drehte mich um und blickte zu beiden Seiten hinter mich, um mich zu vergewissern, dass ich mich nicht täuschte. Ich blickte auf den Zettel in meiner Hand mit der Adresse und dem vereinbarten Termin, der in fünf Minuten war.

»Nein«, sagte ich. »Was tun Sie da? Das ist … nein. Sie fahren in die falsche Richtung. Warum tun Sie das?« Ich hielt den Zettel hoch, obwohl Sie ihn im Rückspiegel nicht lesen konnten. Sie haben mich nicht angesehen, sondern nach vorn gedeutet, als hätten Sie die richtige Entscheidung getroffen. Ich tippte mit dem Finger auf den Zettel, als wäre dort mein Ziel, nicht vor uns, dann ließ ich mich zurücksinken und schlug mit der Faust auf den Sitz, um nicht zu fluchen. Ich fluchte dennoch.

»Scheiße, verdammt nochmal. Hören Sie, warum? Warum zur Hölle – Nein! Wohin fahren Sie denn jetzt? Das ist auch falsch. Herrgott nochmal, das ist immer noch die falsche Richtung!« Ich wedelte mit dem Zettel herum, was mich auch nicht beruhigte.

»Miss, beschimpfen Sie mich nicht. Hören Sie?«

»Aber das ist die falsche Richtung, warum –«

»Miss, Sie müssen verdammt nochmal nicht fluchen. Ich bringe Sie hin. Miss, sehen Sie?« Sie nahmen jedes Mal, wenn Sie »Miss« sagten, beide Hände vom Lenkrad und drehten schließlich die Musik lauter, um mich zu übertönen, weswegen Sie schreien mussten, um gehört zu werden. Ich prallte gegen das Seitenfenster, als Sie eine Kehrtwende machten, woraufhin wir wieder in die falsche Richtung fuhren. Ich schlug mir ungläubig auf beide Wangen und begann, mit den Fäusten gegen die gläserne Trennwand hinter Ihrem Kopf zu trommeln.

»Sir. Kehren Sie VERDAMMTE SCHEISSE NOCHMAL UM. Das ist der falsche Weg, und ich sollte schon vor fünf Minuten angekommen sein. Ich kriege keine Luft mehr. Wirklich. Warten Sie. Wollen Sie mich verarschen mit dem Fenster? ES GEHT NICHT AUF. O MEIN GOTT. Sir. Ich muss vielleicht kotzen. Machen Sie das Scheißfenster auf, bevor ich kotzen muss. Nein, warten Sie. Nein, anhalten. Bitte. Ich bitte Sie anzuhalten, STOPP! Das war die Ninth Avenue, warum sind Sie da nicht abgebogen? Scheiße nochmal, warum nicht?«

»Miss, schreien Sie mich nicht an, ich bringe Sie hin!« Sie schrien jetzt so laut, dass Ihr Turban wackelte. Sie langten in das Handschuhfach und holten einen Stadtplan heraus.

»O Gott. Warten Sie. NEIN. Das, mein Freund, ist eine Karte der Vereinigten Staaten von Amerika. Die nützt uns nichts. O Gott. SIE SCHWACHKOPF, HERRGOTT. CHELSEA FINDEN SIE NICHT AUF EINER KARTE DER VEREINIGTEN STAATEN! Wer hat Ihnen die gegeben? Dieser Mensch hasst Sie, ist Ihnen das klar? Er ist Ihr Feind. Fahren Sie mich nach Hause.« Ich versuchte mich auf dem Rücksitz auszustrecken, setzte mich aber sofort wieder auf, weil mir schlecht wurde.

»Nein, ich fahre Sie nicht nach Hause, Miss, ich fahre Sie nach Chelsea.« Sie schlängelten sich durch den Verkehr, überfuhren eine rote Ampel und verpassten dabei knapp ein Mädchen mit einem Hund.

»Sie können nicht einfach STOPP … KLEINES MÄDCHEN UND HUND STOPP SIE MÜSSEN … heilige Mutter Gottes, ich habe Sie gebeten, mich nach Hause zu fahren. Kehren Sie um. Fahren Sie die FIFTH. Genau HIER. BIEGEN SIE RECHTS AB. HIER. ABBIEGEN. ABBIEGEN ABBIEGEN. BIEGEN SIE IN DIE FIFTH. VERDAMMTE SCHEISSE BIEGEN SIE IN DIE FIFTH. ABBIEGEN. Ja. Danke. Mein Gott. Jetzt rechts abbiegen. NEIN, das ist LINKS, und ich habe RECHTS gesagt, OKAY, jetzt halten Sie an. STOPP. HALTEN SIE IHR SCHEISSTAXI AN. STOPP!« Ich hatte die Tür geöffnet, als wir noch einen Block von meiner Wohnung entfernt waren, doch sie fiel wieder zu, als ich in meiner Tasche nach Geld kramte. Sie haben gemurrt, und Ihre Sitarmusik hat gedröhnt, und ich warf einen Zehn-Dollar-Schein auf den Vordersitz und rutschte ganz langsam zur Tür. Sie haben die Musik ausgeschaltet.

»Beeilen Sie sich. Machen Sie, dass Sie aus meinem Wagen rauskommen!«, haben Sie gerufen. Ich sagte:

Ich kann mich nicht beeilen.

»Raus! Ich fahre Sie nirgendwohin, Sie sind eine ganz schreckliche Person! Ich will Sie nicht.« Sie haben mit der Landkarte auf den Sitz geschlagen und damit herumgefuchtelt, um zu feiern, dass Sie mich los waren.

Ich war halb ausgestiegen, als ich innehielt. Ich drehte mich schwerfällig um und sagte heiser:

Niemand will mich.

Ich schrie, aber meine Stimme war hinüber, und ich brachte es kaum heraus.

Schauen Sie mich an.

Sie haben sich umgewandt und mich angesehen, ich glaube zum ersten Mal, weil Sie aufhörten, mit der Karte herumzufuchteln.

In diesem Augenblick ist mein Leben schlimmer als Ihres.

Ich heulte.

Ich bin allein. Schauen Sie, sehen Sie? Ich bin schwanger und allein. Sogar das Luftholen tut weh.

Sie hoben langsam die Hand an den Mund.

Ich versuche, darüber hinwegzukommen, aber ich bin jeden Tag und jeden Morgen allein, und niemand, nichts hilft mir, es tut mir leid, dass ich Sie angeschrien habe. Ich kann meine Schuhe nicht anziehen. Bitte, ich weiß, dass ich schrecklich bin, das haben Sie mir klargemacht, aber schauen Sie mich bitte an.

Schauen Sie mich an.

Ich schrie nicht mehr. Ich klang kleinlaut und wischte mir mit dem Handrücken über den Mund und überlegte, ob ich weiterreden sollte, und dann sagte ich:

Nein, tun Sie's nicht, wirklich, das müssen Sie nicht, warum sollten Sie?

Sie machten eine Geste. Ich wusste nicht, was sie bedeutete. Sie hoben beide Hände und ließen sie wieder auf den Schoß sinken, aber ich konnte sie nicht dechiffrieren, stieg aus und schloss behutsam die Wagentür, ging den Block entlang und warf den Zettel in einen Papierkorb.

Ich weiß nicht, was Sie dachten, ob Sie eine Tochter

oder eine Frau hatten, oder ob Sie meinten, dass mein kleines Drama ein Zuckerschlecken war verglichen mit Ihrem Leben. Ich möchte Ihnen gern sagen, dass mir klar ist, dass es möglicherweise so war. Ich weiß nicht, was Ihnen an diesem Morgen zugestoßen ist oder in diesem Jahr oder als Sie sechs waren. Ich kannte Ihre Tragödie oder Ihre Not nicht, und es war überaus unfair, mein Leben mit Ihrem zu vergleichen. Ich bin mir meines Glückes bewusst. Mein Leben ist leichter als das der meisten. Ich habe an Sie gedacht und weiß, dass Sie sich nicht an mich erinnern werden, aber es tut mir leid. Wirklich, ich werfe Ihnen nichts vor, außer dass Sie die Landkarte der Vereinigten Staaten von Amerika in Ihrem Wagen hatten, die so nützlich ist wie ein Walkie-Talkie im Erdgeschoss des Empire State Building. Der Rest war einfach eine unangenehme Taxifahrt, und die erlebt jeder New Yorker. Sie gehören zur Stadt.

Sie waren eine notwendige Erinnerung an das, was ich immer behaupte zu glauben, nämlich, dass man nie wissen kann, was einer anderen Person an einem Tag zugestoßen ist, weswegen man möglichst Nachsicht üben sollte. Doch da ich in meinen eigenen Schlingen gefangen war, hatte ich keine Nachsicht mit Ihnen. Heute ist mir klar, dass das, was ich durchgemacht habe, Teil meines Lebens war, ein Stück einer größeren Geschichte, die überwiegend wunderbar ist.

Also, Mr Taxifahrer, ich entschuldige mich für die Obszönitäten und die Schuldzuweisungen. Ich habe Ihren Turban aus den Fundamenten gerissen, und das war drastisch. Ich bleibe dabei, Ihre Musik klang in meinen Ohren, als würden einer Katze die Krallen gezogen, und Sie sollten nicht davon ausgehen, dass sie jeder in dieser Lautstärke verträgt. Das ist nur ein Vorschlag.

Ich hoffe, Sie haben jetzt GPS. Ich werde nie etwas über Ihr Leben erfahren. Ich frage mich ständig, wo die Obergrenze dessen ist, was wir von einem anderen Menschen wissen können. Diese kleine Szene von damals definiert weder für mich noch für Sie die gesamte Situation. Letztlich war sie viel schlimmer und viel besser, als ich willens bin zu verraten, was wahrscheinlich das Verräterischste ist, was ich sagen kann.

Lieber Pfleger,

ich hörte eine tiefe Stimme. Sie waren lange genug da, um eine langweilige Unterhaltung zu führen, und nachdem Sie versucht haben, mir mein Baby wegzunehmen, haben Sie sich vor meinen Augen aufgelöst, als ich nein sagte. Ich sagte nein, gehen Sie. Oder schlief lange genug, dass Sie gehen und wiederkommen konnten. Oder jemand anders. Ich weiß nicht genau, was ich gesehen habe, aber es ist immer wieder passiert.

Ich war so müde. Ich zitterte vor Erschöpfung, ich war blind vor Erschöpfung. Ich hatte einen Menschen herausgepresst. Aus einer Öffnung, von der ich bezweifle, dass sie als Rampe für die Menschheit konzipiert wurde. Wie kompakt der Mensch auch immer ist. Und vergessen wir Anästhesie, ich bekam noch nicht einmal ein Schmerzmittel. Ich erinnere mich, dass ich dachte: *Es sollte wahrscheinlich mehr schmerzen.* Das war es, was Sie am Hals hatten. Meine Schmerzgrenze war nicht auf der

Karte verzeichnet, die Sie in der Hand hielten, während Sie in meinem Gesichtsfeld verschwammen, misstönend riefen, ich solle das Baby abgeben, und mir versicherten, es wäre zu meinem eigenen Besten. Mir geht's gut, sagte ich, doch Sie tauchten wieder mit der blauen Duschkappe und den blauen Schuhen auf und wiederholten:

Geben Sie mir das Baby.
Geben Sie mir das Baby, es bleibt auf derselben Station.
Bei den anderen Babys.

Ich lag auf der Seite, um wachsam zu erscheinen. Wenn ich auf dem Rücken lag, schlief ich ein, und ich durfte nicht einschlafen, denn dann würden Sie mir mein Baby wegnehmen. Aufrecht stehen war keine Option. Zwei Mal war ich an diesem Tag aufgestanden, und beide Male hatte es einen Erguss zur Folge. Ein Freund stand mir beim ersten Mal im Weg, und seine untere Hälfte wurde nass. »Wow«, sagte er, »ich meine, das hat es seit *Free Willy* nicht mehr gegeben.« Es war genug, um ein Plastikschwimmbecken zu füllen. Ich hätte in meiner Nachgeburt Runden schwimmen können.

Ich ruhte mich nach der Geburt nicht aus. Ich aß. Das tat ich. Ich aß einen Big Mac, aber ich schlief nicht. Danach aß ich einen Viertelpfünder, zwei Scheiben Pizza, trank einen Schokomilchshake, schlief nicht, und zwei Stück Kuchen. Vielleicht drei. Es wurde Abend, später

Abend, und Ihr Antigone-Chor bestand darauf, dass es besser wäre, das Baby auf die Neugeborenenstation zu bringen. Damit ich schlief. Aber, sagte ich, mein Baby nicht anfassen. Ich egal, wie ich bin müde. Müde bin ich. Wie. Nein, sagte ich. Nicht anfassen, bitte gehen.

Sie murmelten, dass ich einen großen Fehler machen würde, aber wie Sie wollen, und ich dachte, warte.

Ja, ich bin's, die Frau, die sich besabbert, die auf der Seite liegt wie eine Odaliske mit einer kaputten Vagina. Ich rede mit Ihnen. Aus meinem Mund kommt nur »Gehen Sie bitte weg«, doch meine Augen erzählen den Rest, alles über eine Frau, die ihr Leben lang darauf gewartet hat. Die ein Baby wollte, seitdem sie alt genug war, eine Babypuppe zu halten. Sie war einst ein Baby, die ein Baby wollte, und jetzt ist sie, ich, ja, bin sehr müde und nicht mehr in der Lage, meine Reflexe zu kontrollieren. Was macht es schon aus, dass ich gerade leise gerülpst und mich deshalb angepinkelt habe? Ja, ich atme so laut durch den Mund, dass ich mit offenen Augen zu schnarchen scheine, und ich rieche. Ich stinke. Doch jenseits davon die gut verpackte Vollkommenheit im Kinderbettchen. Er vibriert vor Güte, und er gehört mir. Sie haben recht damit, dass ich einen großen Fehler mache, aber es ist mein Fehler. Und warten Sie nur. Das ist nichts. Ich werde der Kindererziehung womöglich eine neue ruinöse Wendung geben. Ich werde ihm zweifellos wiederholt Narben beibringen, so sehr ich mich auch bemühe, es nicht zu tun. Ich brauche keine Hilfe, ich bin vollständig dafür ausgerüstet, mein Kind ganz allein kaputtzumachen, und ich verspreche, ich fange sofort damit an. Auf der Stelle. *Aber auf meine ganz besondere Weise, die auf Ihre Beiträge nicht angewiesen ist.*

Wahrscheinlich haben Sie Ihre eigenen Babys. Vielleicht haben Sie sie nach der Geburt der Neugeborenenstation übergeben, weil Sie Ruhe wollten. Ich respektiere Ihre Entscheidung. Ich weiß nur einfach nicht, wie es auf der Neugeborenenstation zugeht, was er dort hören wird, oder ob er mich brauchen wird. Es ist durchaus möglich, dass ich, wäre mein Schambereich nicht mit siebzehn Maxibinden gepflastert, befände sich unter meinem Arsch nicht ein aufblasbarer Donut aus Plastik und würden meine Schamlippen nicht pendelnd vom Schauplatz der Schlacht hängen, empfindlich und zart wie halbgegessene Sashimi, wäre alles das nicht der Fall, und bestünde nicht die große Wahrscheinlichkeit, dass ich mich anpinkle oder ein Stück Kuchen erbreche, dann würde ich überlegen, ob ich nicht hinüberschlendere und mir die Neugeborenenstation ansehe. Aber das kann ich leider nicht, und das Risiko, dass er dort allein eine beschissene einsame erste Nacht auf Erden verbringt, kann ich nicht eingehen. Sie müssen das nicht verstehen. Ich liege hier in einem so kuriosen und mystischen Zustand, dass mir gleichgültig ist, was irgendjemand von mir denkt, vielleicht zum ersten Mal in meinem Leben. Mir liegt nur etwas an dem kleinen Körper in dem Babybettchen aus Plastik.

Wenn Sie den kleinen Jungen neben mir sehen, werden Sie bemerken, dass er kein gewöhnliches Kind ist, obwohl er auf vielfältige Weise erstaunlich und auffallend gewöhnlich ist. Seine Durchschnittlichkeit wird groß gefeiert werden von mir und auch seine Unterdurchschnittlichkeit. Er wird nicht springen können, bis er fast acht ist, er wird den Buchstaben R nicht aussprechen können, und er wird wie seine Mutter eine Phase durchmachen, in der er so schlimm stottert, dass er weinen wird. In vielem wird er nicht der Beste sein, doch seine Mittelmäßigkeit wird eine Erleichterung für mich sein, weil er den beneidenswerten Zustand des Normalen und die Aufregung, sich von haarsträubend zu adäquat zu verbessern, wird genießen können. Seine Durchschnittlichkeit wird mir auch erlauben, mich über seine Außergewöhnlichkeit zu wundern. Von der Schule wird er ein Heft mit Gedichten nach Hause bringen, seine Gedichte, eine unverständliche Ansammlung von gesprochenen Dialogen und Ausrufezeichen, doch eines Tages wird er Gedichte über Gedichte schreiben, die selbst Whitman zum Weinen gebracht hätten. Es wird viel Schwieriges und sogar Unerträgliches passieren, aber er wird regelmäßig mit einem Verständnis des Menschseins herausplatzen, das so unerschütterlich und tief ist, dass ich mich an das Baby erinnern werde, das mich in seinen ersten Momenten angeschaut hat. Er wird mit seinen Hausaufgaben kämpfen, bis er vor Verzweiflung das Papier zerreißt, doch dann werden ihm aus heiterem

Himmel volldurchdachte Ideen und erstaunliche Ausdrücke einfallen, die mit solcher Macht aus ihm drängen, dass er nicht aufhören kann zu schreiben, nicht überredet werden kann aufzuhören, und wenn er den Stift endlich weglegt, dann wird er am Finger eine kleine Blase haben. Ich kenne den Jungen, der sich diese Blase verdient hat, weil ich ihn in unserem ersten Hallo gesehen habe.

Wenn ich die Kraft habe, werde ich mich umdrehen und ihn wieder aus der Nähe betrachten. Ich werde dabei hoffentlich nicht auf den Klingelknopf drücken oder aus Versehen die Bettpfanne zu Boden werfen und entschuldige mich bereits im Voraus, wenn ich es doch tue, aber ich muss ihn wiedersehen; seine zu großen Füße, den Überbiss, die gefurchte Stirn, diesen Anti-Ausdruck, der durch nichts zu erschüttern ist. Das Ewige in seinen stahlgrauen Augen scheint schon immer zu existieren, und fängt doch gerade erst an. Ich bin sehr sicher, dass man das heilig nennt.

Ich werde nicht viel zu sagen haben. Das meiste wurde im ersten Augenblick gesagt, als wir ganz still waren. Er schwamm durch die Luft zu mir, und da war nichts.

Es war wirklich nichts zwischen uns. Kein Raum.

Vermutlich war es der erste Augenblick, in dem ich durch und durch lebendig war, denn ich versank zu tief darin, um ihn jemals beschreiben zu können. Es gab nichts anzuschauen, weil ich zu beschäftigt war mit Sehen, und ich wurde wieder zur Anfängerin. Werde es immer sein, weil sich kein Augenblick mit deinem Kind wiederholt wie ein Sonnenuntergang oder eine Passage in einem Buch. Echtzeit mit ihnen ist die eigentliche Zeit, glaube ich. Der Rest ist nur ein Wetterbericht.

Heute Morgen, bevor ich ins Krankenhaus kam und er geboren wurde, schrieb ich in das gelbe Notizbuch, in das ich meine Gedanken für ihn notierte. Ich schrieb:

Du bist unterwegs, ich wollte nur sagen, oh, wow, gerade hast du wieder an die Tür geklopft, das heißt, du wirst bald da sein, soll ich dir eine gute Reise wünschen?

Ich schlug das Buch zu und setzte mich aufs Bett, wartete auf den Schmerz, der zugleich eine zerreißende Ekstase war. Ich legte die Hände auf den Bauch und ging geradewegs darauf zu. Es war die Art Schmerz, mit der ich fertig werde, und als es vorüber war, neigte ich mich mit einem lauten Seufzer vor und kritzelte wieder etwas in das Buch. Ich schrieb:

Hoffentlich werde ich mich dir gegenüber anständig verhalten.

Und:

Bitte, lass uns einander mögen.

Ich muss etwas klarstellen, damit Sie nicht auf falsche Ideen kommen. Meine eigene Mutter. Sie kam ins College, um mich in einem Stück zu sehen, und strahlte mich den ganzen Tag im Hintergrund an, um mich nicht abzulenken oder die Aufmerksamkeit auf sich zu ziehen. Sie wartete, und wann immer ich vorbeikam, lächelte sie mich an und klimperte mit den Wimpern, was mich beruhigte. Als ich um Mitternacht schluchzend in ihr Hotelzimmer stürmte, setzte sie sich auf und legte beunruhigt die Hand aufs Herz, ihre Frisur geschützt von einer seidenen Schlafhaube. »Was ist los, Liebes, was ist los?«, flüsterte sie, um meinen Vater nicht zu wecken, der bereits halb angezogen war in der Annahme, dass es eine Bombendrohung gebe oder ein Tornado im Anzug sei. »Liebes, was ist?«, sagte sie, tätschelte das Bett, zu bescheiden, um in ihrem Nachthemd aufzustehen.

»Es tut mir so leid, Mutter. Ich bin schrecklich. Alles Gute zum Geburtstag. Ich hab's vergessen.« Ich legte den Kopf an ihre Schulter und weinte. Sie lachte nur und streichelte mich.

»Ach, Liebes, nein. Es war so viel los bei dir, wein nicht.«

Meine Mutter fordert nichts. Meine Mutter flucht nie und spricht nie schlecht über andere, außer indem sie vorsichtig die Augen verdreht. Sie machte mir, als sie mich mit meinem neugeborenen Sohn sah, das schönste Kompliment, das ich je bekommen habe. Sie sagte:

Du bist die beste Mutter.

Liebes, du bist besser als ich.

Du solltest noch sechs Kinder kriegen.

Wie auch immer, damit kann ich es nicht aufnehmen. Sie ließ alle ihre Kinder das Nest verlassen, ohne dass es dabei auch nur einen Augenblick um sie ging, und ich habe keine Ahnung, wie sie diese Abschiede hinter sich brachte.

Sie sehen also, Sir, ich weiß, für was für eine Mutter Sie mich womöglich halten, weil ich das Baby nicht hergeben will. Sie denken wahrscheinlich, ich gehöre zu der Sorte, die ihre Kinder erstickt. Wirklich, das sollten Sie nicht glauben. Ich bin mir seit dem ersten Hallo des unvermeidlichen Auf Wiedersehens bewusst, das folgen wird. Das eigentlich sofort beginnt. Wenn schon nichts anderes, dann ist es mein Job, uns beide auf diesen Abschied vorzubereiten. Ich wünsche ihm so sehr, dass er seine Freiheit feiern kann. Ein bisschen Herzschmerz, wenn ich ihn im College oder wo auch immer zurücklasse, aber ich hoffe, dass er sich an den moralischen Imperativ hält und Spaß hat, ohne dabei an seine Mutter zu denken. Ich werde das Auf Wiedersehen im Spiegel geübt haben, tagelang meditiert haben, bevor es soweit ist, und ich werde ihm den Moment schenken, in dem er ein bisschen traurig sein und *mich dann völlig vergessen wird.*

Und ich bin schlau! Ich werde Hilfsmittel haben! Die Filme, die wir machen werden, die Horrorfilme und Musikvideos, die Familienfilme, die länger dauern, als es die höflichste Person ertragen kann, wie er in seinem Kinderstuhl im Bad sitzt, während ich den Shimmy tanze und dann so tue, als würde ich etwas ins Waschbecken spucken, während er vor Lachen kreischt, als wäre ich Chaplin, genug, um eine ganze Speicherkarte zu füllen, oder den Film, wie wir mit einem Wohnmobil übers Land fahren, und er vorn sitzt mit einem Zitroneneis in der Hand und versucht die Lkw-Fahrer dazu zu bringen, zu hupen, indem er ihnen in seinen Shorts zuwinkt, ohne Hemd, seine Haut perfekt und rein wie das Lächeln, das er der Kamera schenkt, weil ein Lkw-Fahrer zurückwinkt. Und ich werde die ruhigen Filme anschauen von uns drei, als wir unsere Monet-Tage veranstalteten, billige Blumen in die volle Badewanne warfen und Lebensmittelfarbe neben sie tropfen ließen, dann setzten wir uns auf den Boden und malten die Blumen, die zwischen den Farbwirbeln trieben, oder die Bilder vom Strand in Malibu, wo er seiner Schwester zum ersten Mal den Ozean zeigte; ich kann die vielen Post-its lesen, die er auf meinen Schreibtisch geklebt hat, auf denen »Ich liebe dich, Mom« steht. »Aber ich liebe dich.« »Das tue ich.« »Das ist es, ich liebe dich, Mutter.« Ich werde die Erinnerungen an ihn haben, wie er sich um jede alte Person auf der Straße sorgt, die allein unterwegs ist. Wie er weißhaarigen Frauen über die Straße hilft oder wie er morgens so vielen Leuten die Tür zur Schule aufhält, dass ich mir Sorgen mache, er selbst würde nie mehr durch die Tür gehen, oder an damals, als er Mary-Louise sagte, Marla-wiis, Mar-la schön, das ist es, Mommy, ich werde dich Mar-la schön nennen. So werde ich dich immer nennen, bis meine Knochen Luft sind.

Ich werde mich daran erinnern, dass ich eindöste, schon fast träumte, und dann erschrocken aufwachte, weil er flüsterte, bitte, sing mir was vor, Mom. An all das werde ich mich erinnern, wenn er fort ist. Wenn ich die beste Mutter aller Zeiten bin, dann werde ich glücklich sein, wenn die Tage vergehen und er vergisst, mich anzurufen, und dann wird er doch anrufen und erklären, dass er nicht angerufen hat, weil er etwas Schönes getan hat, und wie meine eigene Mutter, werde ich mich freuen, es zu hören, was immer es ist, und dass er nicht angerufen hat, werde ich mit keinem Wort erwähnen. Um all das werde ich mich bemühen. Es wird eine große Anstrengung werden, aber es ist möglich. Ich kann mir vorstellen, es richtig zu machen.

Schauen Sie ihn nur an. Haben Sie schon jemals? Ich kann es fast nicht glauben. Er ist mein Ein und Alles. Er ist mein Immer und Danach. Es tut mir leid, Sir. Es mag die beste Lösung sein, aber nein, Sie kriegen das Baby heute Nacht nicht. Er ist jetzt mein Job, der beste, den ich je hatte, bei weitem der beste, und ich werde ihn machen, bis ich umfalle, auf meine Weise, und ich sage nein.

Ich habe ihn noch nicht einmal gehört. Den Klang, der mich glücklich machen wird, geboren zu sein, den Klang, aus dem ich Kraft schöpfen werde, wenn ich keine Luft mehr kriege und nicht mehr denken kann, wenn ich verliere oder versage, den Klang einer kleinen Stimme, die nach mir sucht, oder fragt, wenn ich da bin, um sich meiner zu vergewissern, den Klang von

Mommy?

Ich verdiene es. Es wird mich größer, heiterer, besser machen. Die Prioritäten in die richtige Reihenfolge bringen.

Lieber Geschichtenerzähler,

ich habe das Gefühl, dass ich dreißig Freunde verloren habe, indem ich dich verlor. Es ist, als wäre eine ganze Region ausgelöscht worden: Yoda, Hercules, der Weihnachtsmann und die Vogelscheuche, Atticus Finch. Du warst die lebende Version von allen.

Du hast zu mir gesagt:

Wage es ja nicht, das aufzugeben, du darfst dir das von niemandem wegnehmen lassen.

Und:

Alles, was wir uns je gegenseitig schulden, ist die Wahrheit.

Du bist so hoch geflogen und das so regelmäßig, während wir anderen so erdgebunden sind.

Wir haben uns schon alles erzählt. Ich muss dir nicht

schreiben, ich wollte dich nur hier in diesem Buch sehen, obwohl ich dich nicht in Worte fassen kann. Du bist etwas Unübersetzbares.

Ich kann mir kein Leben nach dem Tod vorstellen, in dem du nicht Leben und Tod beschreibst. Ich kann es kaum erwarten, das alles zu hören. Wie alle deine Geschichten wird sie wachsen, je länger ich darüber nachdenke. Ich nehme an, am Ende steht der Sinn des Lebens? Wenn du ihn enthüllst, wird er bestimmt etwas Größeres und phänomenal Schöneres sein als schlichtes menschliches Glück. Die Geschichte wird fortgesetzt werden. Wie du.

Lieber Onkel,

ich wäre nie darauf gekommen. Ich habe nicht darüber nachgedacht oder mir die Opferbereitschaft von jemandem wie dir ausgemalt, bis ich deinen Namen auf dem Dokument sah. Dort stand »Vormund«. Geschockt von dem Wort, las ich weiter und sah »Geschwister«, vier weitere Namen, die ich nicht aussprechen konnte, und ich musste mich setzen und meine Vorstellungen überdenken. Meine potentielle Tochter hatte eine Familie? Wer davon lebte noch? Und was machte das aus mir? Ich konnte mir nur vorstellen, dass sie mich eines Tages zurückweisen würde, sobald sie begriffen hätte, dass ich nur eine zweite Chance war, versorgt zu werden, eine weiße Frau aus dem Westen, die nicht Amharisch sprach und kein Fladenbrot machen konnte. Mein Traum war ein auf einem Feld gefundenes, vor einer Tür abgelegtes oder vom Himmel gefallenes Baby, nicht ein kleines Mädchen, das auf den Arm genommen und geliebt worden war. Einen Namen und einen Rang in der Reihe der Kinder hatte. Ich sah ein Baby vor mir, dessen Mutter nicht für es sorgen konnte, aber mir war nicht klargewesen, dass ich mir nie die Frau oder die Familie hatte vorstellen wollen. Ich nahm an, dass sich das kleine Mädchen verzweifelt nach meinen Armen sehnte, doch deine Arme haben sie vor mir gehalten.

Du hast sie zum Waisenhaus getragen. Ein Jahr nachdem dein Bruder gestorben war und sechs Monate nach dem Tod seiner Frau. Mit ihr auf der Hüfte bist du gegangen, bis dich nach Stunden jemand mitgenommen und zu dem kleinen gemauerten Gebäude gefahren hat, das mit Stacheldraht gesichert und von Männern in Uniform geschützt wurde. Man wird nicht mehr erfahren können, wem genau du sie übergeben hast, als ihre Haut ein letztes Mal deine streifte, deine letzten Worte sind nicht bekannt, auch nicht, ob sie vielleicht ihr Weinen übertönten. Ich bin sicher, dass deine Nichte geweint hat. Ich besitze die Fotos, die sofort nach deinem Aufbruch gemacht wurden, und ihre Tränen waren noch nicht versiegt oder getrocknet. Ich weiß, wie es klingt, wenn sie weint, denn als ich in das Waisenhaus ging, hörte ich eine einzige Stimme wehklagen, mit einer Hoffnungslosigkeit, wie man sie eigentlich nur von Erwachsenen kennt, von jemandem, der nicht damit rechnet, gerettet zu werden.

Ich hörte das Schreien und folgte ihm trotz meiner schweren Taschen die Treppe hinauf, und als ich im Flur an einer Frau vorbeikam, deutete sie in Richtung des Lärms und murmelte etwas, das ich nur dank des Tonfalls verstand. Es war mein Baby, das da weinte. Sie hatten sie in ein Zimmer gebracht, wo sie auf mich warten sollte, statt sie bei den anderen Babys zu lassen, und sie war allein und hatte Angst. Ihr Heulen klang so ungläubig, und sie beruhigte sich so rasch, als ich mich vor sie kniete, dass ich überzeugt war, sie glaubte, ein drittes Mal verlassen zu werden. So wie ich meine Tochter jetzt kenne, weiß, wer sie ist, weiß ich auch, dass die Tränen auf dem Foto und der Ausdruck völliger Ungläubigkeit auf ihrem Gesicht Beweise dafür sind, wie viel du ihr bedeutet hast. Hätte sie dir nicht vertraut und dich gebraucht, wäre sie leicht abzulenken gewesen, nachdem du gegangen warst – und ich habe die Schwestern im Waisenhaus gesehen, wie sie ein Ballett der Beschwichtigung tanzten. Ich frage mich, was du zu ihr gesagt hast, als du sie aus der Hütte brachtest, oder wohin sie dachte, dass du mit ihr gehen würdest, als du aufbrachst zu einem Ort, der so weit entfernt war, dass ich mich beschweren würde, müsste ich mit dem Auto dorthin fahren. Du wolltest, dass sie eine Chance hat, und hast sie weggegeben in dem Glauben, sie würde sie bekommen.

Als ich dich traf, saßen wir in einem Hof und sprachen mit Hilfe eines Dolmetschers miteinander. Du hattest deine Kinder mitgebracht, ihre Cousinen und Cousins. Es wäre einfacher für dich gewesen, die Reise allein zu machen statt mit vier Kindern, drei davon noch nicht einmal zehn Jahre alt. Auf irgendeine Weise schien dahinter deine Absicht zu stehen, dass unser Treffen sie beruhigte.

Als wir uns unter einem Baum gegenüber saßen, bemerkte ich eins der vielen Dinge an diesem Tag, die mich über den Grad meiner Empfindlichkeit nachdenken ließen. Als Erstes waren wir beide gleichermaßen verwirrt: Auch du hattest überhaupt nicht an mich gedacht. Das heißt, du hast nie darüber nachgedacht, wer ich bin. Du wandtest dich an den Dolmetscher und fragtest:

Wo ist ihr Mann?

Du hieltst hinter mir nach dem Vater Ausschau, den es in deiner Vorstellung geben musste. Er übersetzte deine Frage, und mein Mund wurde trocken. Ich ging rasch mein Leben während der letzten vier Jahre durch und fühlte mich schrecklich erfolglos. Ich sagte:

Ich weiß nicht. Ich meine, ich habe keinen. Mann.

Ich versuchte, freundlich dreinzublicken und wie jemand, dem du ein Menschenleben anvertrauen würdest, die kleine Tochter deines Bruders. Deine Hände lagen in deinem Schoß, die Kinder saßen neben dir, stocksteif vor Angst, jemandem zu begegnen, der nur aussehen konnte wie gerade einem Raumschiff entstiegen. Ihr habt alle fünf den Dolmetscher angesehen und mir dann immer längere Blicke zugeworfen, aber als ich das Fotoalbum nahm, das ich mitgebracht hatte, um euch zu zeigen, wo sie wohnen und schlafen und spielen würde, mieden die Kinder wieder meinen Blick. Ich nahm ihre Cousine mit auf den Mars, wo es so fremde Dinge wie Betten mit Laken, Spielsachen und Teppiche gab. Das Kinderbett mit einem Mobile aus Kühen darüber musste wie ein Bild von Escher wirken, obwohl sie nie Malfarben gesehen hatten, und Papier war äußerst rar.

Die Agentur hatte mir geraten, meine Fragen an dich vorzubereiten, denn es würde überwältigend werden, und ich hatte drei. Die letzte Frage bestand eigentlich aus zwei Teilen, und beide so bewegend, dass mir nahezu die Stimme versagte, als ich dich nach deinen größten Hoffnungen für sie und nach deiner größten Angst fragte.

Ich hoffe, dass man sich gut um sie kümmern wird,
dass sie in die Schule gehen und eines Tages etwas aus
ihr werden wird, vielleicht eine Ärztin.

Ich habe Angst, dass sie Gott nicht kennenlernen wird.

Es gibt so viele Adjektive, um die materiell weniger Glücklichen zu beschreiben, Worte, die Privilegierte benutzen, um sie zu etwas Edlem zu weihen. Worte wie *stolz* oder *anmutig*. »Sie sind so ein elegantes Volk.« »Die Frauen haben eine königliche Haltung.« Es klingt nie richtig. Nachdem du mich zu der Hütte gebracht hattest, in der meine Tochter geboren worden war, und mich den

Menschen in deinem Dorf vorgestellt hattest, und ich alles gesehen hatte, was es zu sehen gab, kam ich mir vor, als würde ich über jeglichem Urteil über meine und deine Realität schweben, ohne irgendwo landen zu können. Keine der Familien, die ich kennenlernte, war intakt, alle hatten Kinder, einen Elternteil oder einen Partner verloren. Es gab von nichts genug für alle. Ein Übermaß gab es nur in den Kategorien des Leidens oder der Todesarten. Ich hatte nicht das Gefühl, dass sie mir distanziert begegneten, alle lächelten und gaben mir die Hand. Ich kam mir dumm vor, weil mich die Dunkelheit in deiner Hütte beunruhigte, die mich sofort beim Betreten verschluckte, obwohl es später Morgen war. Natürlich wusste ich, dass es keine Elektrizität gab, sondern nur das Licht, das durch das Strohdach sickerte. Ich wusste es, aber ich konnte es nicht fassen, bis ich neben dir in der Hütte stand und auf das Nichts starrte und sich meine Augen an die Nacht gewöhnt hatten. Da ist nichts, absolut nichts. Als du auf die verschiedenen Ecken der Hütte deutetest, den Teil, wo die Kühe schlafen, oder die Stelle, wo deine zwölfköpfige Familie isst, wenn es etwas zu essen gibt, oder wo ihr schlaft, sah ich absolut nichts. Du hast deine Lage nicht kommentiert, und dadurch wirktest du sechs Meter groß. Ich hätte es nie erfahren, wenn ich nicht dort gewesen wäre und du mir nicht gezeigt hättest, wie das Leben auf einem anderen Planeten ist, auf dem nicht geklagt oder Enttäuschung gezeigt wird.

Du warst freundlich. Ich will es nicht messen oder beschreiben für jemanden, der nicht gesehen hat, wie weit du läufst oder was du zu essen hast oder wo du betest. Es käme mir geschmacklos vor, genauer zu beschreiben, womit du dich auseinandersetzen musst. Ich habe dein Leben gesehen, das in jeder augenscheinlichen Beziehung weniger als glücklich ist, aber gesegnet auf eine Weise, die ich nicht verstehen kann. Ich glaube nicht, dass es dir gefallen würde, als etwas anderes beschrieben zu werden als ein Mann, der Gott liebt und versucht, gut zu sein. Ich denke, ich weiß, was Göttlichkeit ist, denn du hast sie mir gezeigt, als ich sagte, ich würde hoffentlich mit meinem Sohn zurückkommen können, und du erwidert hast:

Du musst, denn wir sind jetzt alle eine Familie.

Ich war auf neue Weise sprachlos, als du mir das überwältigendste Geschenk gemacht hast, das ich je bekommen habe, und dich dafür bedankt hast. Was kann ich dazu sagen, es gibt nichts dazu zu sagen. »O nein, ich danke *dir.*« Es gibt nichts als Gemeinsamkeit. Nur Demut und das deutliche Bewusstsein, dass ich diesem Geschenk nie werde gerecht werden können, aber dass ich jeden Morgen mit diesem Wunder aufwachen und es mit aller Kraft versuchen werde.

Lieber Rettungsanker,

an dem Tag, als du meine Freundin geheiratet hast, fuhr ich vor dem Hotel vor und sah dich, wie du jemandem den Weg zur Rezeption zeigtest.

Ich winkte und öffnete das Fenster, und du kamst mit einem breiten Grinsen im Gesicht zu mir. Du schobst deine ein Meter neunzig Gestalt durchs Fenster, um mich auf die Wange zu küssen, und ich fragte, wie geht es ihr, wo ist sie, und du hast gelächelt, als du eine Hand in die Luft hobst, die andere auf dein Herz legtest und sagtest: »Du wirst es nicht glauben, aber sie ist da drin und weint. Den ganzen Tag, ungefähr so« – du zogst mit einem langen Finger Tränenspuren über dein Gesicht und blicktest gequält drein – »sie weint nur.«

Auch ich legte die Hand aufs Herz, als du ihre Qualen nachahmtest. Du strahltest beim Gedanken an deine schöne Braut, die am Morgen ihrer Hochzeit Tränen vergoss.

Ich fragte, ob ich zu ihr gehen könne, und du sagtest: »Machst du Witze? Sie will dich unbedingt sehen. Bei deinem Anblick wird sie erst recht losheulen und wahrscheinlich ohnmächtig werden. Es ist episch, ich meine, reiner Tschechow. Sie ist einfach unglaublich.«

Ich schloss das Fenster, und du machtest einen eleganten Schritt und winktest mir mit ungeheuchelter Heiterkeit nach. Ich dachte, wow, so etwas habe ich noch nie gesehen, einen Mann, der die ungehemmte Zurschaustellung von Gefühlen bei einer Frau schön findet. Du wusstest, dass die Tränen nicht dir galten; du hast nur ein paar Tanzschritte in der Einfahrt gemacht und akzeptiert, dass du jemanden heiraten würdest, der vor Gefühlen überfloss und zu ehrlich war, um es zu verbergen.

Die Hochzeit war schön und schlicht bis auf einen Augenblick. Deine Braut stand vor dem Gang, der aus knapp fünf Metern Gras bestand und zu dir führte. Mit Tränen in den Augen, blieb sie stehen. Wir alle wandten uns ihr zu und rechneten damit, dass sie an uns vorbeirauschen würde, aber sie stand stocksteif da und schaute uns an. Es ist der Moment, in dem sich alle an der Schönheit der Frau erfreuen, Anmut in sie projizieren, auch wenn davon nicht so viel vorhanden ist, doch meiner Freundin ging es nicht um diesen Auftritt. Sie schlich die ersten Reihen entlang, bis sie die Seele jeder Person, die Zeuge eures Schwurs werden sollte, ausgelotet hatte. Ihr Ausdruck war bestimmt, und ihr Blick suchte inniglich die Anwesenden ab, ihre Miene von einer schmerzhaften Aufrichtigkeit. Wenn ein Teil von mir woanders gewesen war, dann wurde ich auf der Stelle in die Gegenwart zurückkatapultiert; sie wollte nichts von dem Moment versäumen, von dem die meisten später behaupten, sie würden sich nicht daran erinnern.

Eines Abends, neun Jahre nach der Hochzeit, rief ich dich an. Ich weiß nicht mehr, ob ich jemanden brauchte, der mir zuhörte oder jemanden, der mit mir sprach. Nachdem meine Kinder schliefen, stand ich in diesem Monat Abend für Abend draußen in der Kälte. Manchmal rief ich Freunde an, nur um wieder aufzulegen, bevor sie abnahmen. Ich glaubte, dass niemand mich jammern hören wollte, und ich hatte nichts Großartiges zu berichten.

Ich stand auf dem winzigen Balkon der absurd überteuerten Wohnung, in der ich zur Untermiete wohnte. Ich schaute auf die Lichter im Battery Park. Ich konnte in die Wohnungen von Leuten auf der anderen Straßenseite sehen, die den Weihnachtsbaum schmückten oder auf der Couch saßen und gemeinsam fernsahen. Ich dachte an all die Wohnungen, in denen ich gelebt hatte, es waren zu viele, um sie zu zählen, und irgendwann früher wäre mir diese Wohnung wie ein Palast erschienen. Ich nahm das Telefon in die andere Hand, damit ich die eine in der Tasche wieder aufwärmen konnte. Ich wählte deine Nummer. Meine Nase war so kalt, dass ich sie immer wieder massieren musste, um die Spitze zu fühlen. Du nahmst ab.

Ich sagte, ich wolle einfach nur reden. Du sagtest, super. Ich höre.

Ich sagte, meine Kinder würden schlafen, und heute Abend hätte ich nur darauf gewartet, dass sie einschliefen, damit ich etwas trinken könnte.

Du sagtest, okay.

Du sagtest, und sonst?

Ich sagte, na ja, ich habe nie viel getrunken, reicht das nicht, und du sagtest, ich weiß nicht.

Ich sagte, hier, wo ich sitze, ist es zu dunkel. Ich hasse mein Leben, und dafür gibt es Gründe. Ich kann mich nicht überwinden, manche Gründe auszusprechen, andere schon, und ich begann sie aufzulisten. Während ich mir zuhörte, wurde mir von ihrem zusammengenommenen Gewicht schlecht. Weil ich mich jemandem öffnete, fühlte ich mich aufgeregt, aber es war nicht sehr angenehm. Seit Tagen hatte ich nicht mehr wirklich mit einem Erwachsenen gesprochen, und ich war besorgt, dass ich Umschweife machte.

Ich sagte, ich muss es schaffen, ich bin Mutter, so ist es nicht gut genug, und du sagtest, okay, gut genug wofür? Ich sagte, für meine Kinder. Du sagtest, du bist eine tolle Mutter. Ich sagte, heute Morgen war ich es nicht, und du sagtest:

Du führst sehr gute Argumente gegen dich an, du klingst unglaublich überzeugend.

Ich fragte, wie meinst du das, und du sagtest, ich habe gerade gehört, wie du dir den Prozess machst und mir versicherst, dass du dich einer Menge Vergehen schuldig gemacht hast. Es klingt, als würdest du ein Drehbuch vorlesen, das du geschrieben hast. Verstehst du? Und ich sagte, ja, aber ich habe keinen neuen Stoff.

Wie kriege ich mich wieder auf die Reihe?, fragte ich. Wir redeten eine ganze Weile, während die Freiheitsstatue leuchtete und mich daran erinnerte, warum die Wohnung so teuer war.

Es ist riskant, jemanden in einem derartigen Zustand anzurufen. Als ich das Dorf meiner Tochter in Äthiopien verließ, musste ich mit jemandem sprechen. Die Erfahrung war so erschütternd gewesen, dass ich mir wie unter Drogen vorkam, meine Gedanken drehten sich im Kreis, als ich mir alles immer wieder vergegenwärtigte, und ich lehnte den Kopf an das Autofenster und bat anzuhalten, damit ich mir eine Telefonkarte kaufen und nach Amerika telefonieren konnte. Als sich mein Vater meldete, redete ich einfach drauflos. Ich habe nur ein paar Minuten, sagte ich, und er rief meiner Mutter zu, sie solle am anderen Apparat mithören. Und wie wunderbar sie zuhörten. Meine Mutter mit ihrem leisen Staunen und mein Vater, der so präsent war, ich wünschte, es gäbe ein Wort für unglaublich präsent; kein Smalltalk, keine oberflächlichen Ausrufe. Bei jedem Schweigen wusste ich, dass er verstanden hatte. Ich wusste, wie er dreinblickte, nachdem wir aufgelegt hatten. Er würde am Abend im Bett liegen und an nichts anderes denken. Es klingt wie eine Nichtigkeit, aber während dieses Gesprächs war meine Verbundenheit mit ihm unermesslich. Ich wusste, dass ich nach den Erlebnissen an diesem Tag nie wieder dieselbe sein würde, und ich brauchte eine besondere Art des Zuhörens, und er gab sie mir. Er war hellwach und folgte mir, seine Stimme voller Emotionen. Ich war nicht allein, während ich auf der unbefestigten Straße in Afrika stand und die Meerkatzen über meinem Kopf durch die Bäume sprangen.

Ich erinnere mich an deine Stimme in jener Nacht. Sie klang so vernünftig und männlich, und ich brauchte die Stimme eines Mannes. Du hast zwei Dinge gesagt, du sagtest: »Du musst dir eine Auszeit nehmen, nur einen Tag, geht das?« Ich sagte, dass ich es versuchen wolle, und du sagtest, ja, versuch es. Dann hast du mich um einen Gefallen gebeten, ich sollte ein paar Dinge aufschreiben, die gut waren, und dir die Notizen schicken. Du sagtest, dass du das jeden Morgen vor dem Aufstehen tun würdest, »die Spinnennetze wegputzen« und dich von Groll befreien. Kriege beenden, die du kämpfen wolltest, vor allem gegen dich selbst. Ich fragte, wie ist es möglich, dass manche Menschen sich das antun, und du sagtest, he, kaum ist ein halber Tag vergangen, würde ich mir am liebsten die Birne wegpusten. Mich im Auto von einer Brücke stürzen. Ich schmecke die Bitterkeit, die sich auf meine Zunge legt, und dann fühle ich mich ausgebrannt und vom Pech verfolgt. Ich will etwas in Stücke schlagen, sagtest du, aber dann frage ich mich:

Was kann ich tun? Wie kann ich jemandem oder diesem Augenblick zu Diensten sein, wie kann ich helfen?

Du sagtest, Himmel nochmal, wer kennt keinen Selbsthass? Du musst ihn rauslassen, selbst im Scherz. Wenn du ihn unterdrückst, wirst du später explodieren, und wer weiß nicht, wie sich echte Hoffnungslosigkeit anfühlt? Zum Teufel mit jedem, der das nicht versteht, sagtest du, jeder fühlt sich mal schlecht.

Ich glaube, du weißt nicht wirklich, was für ein toller Mann du bist. Ich weiß, was du im Laufe eines Tages alles tust, und bin schwer beeindruckt. Du bist ein guter Ehemann und Vater, und du bist kein Egoist, was ziemlich selten ist. Obwohl du nicht damit hausieren gehst, weiß ich, wie ehrenwert du bist. Du fingst in dem Alter an, gegen die Selbstzerstörung zu kämpfen, in dem die meisten Kerle sich begeistert darauf stürzen. Es klingt, als hättest du als Kind hinter dich gebracht, was viele Leute ihr Leben lang als Ausrede benutzen. Wie eine Du-kommst-aus-dem-Gefängnis-frei-Karte ziehen sie die Tatsache aus dem Ärmel, dass sie dies haben ertragen müssen oder von jenem nicht genug bekommen haben. Bei dir jedoch fällt das Fehlen von Schuldzuweisungen auf.

Ich sagte, okay, jetzt, wo ich die Hässlichkeit in mir vor dir ausgebreitet habe, wirst du nie wieder einen schmutzigen Gedanken an mich verschwenden, und du sagtest, vergiss es, ich habe gerade jetzt einen. Ich fragte nach meiner Freundin, wie geht es ihr, ich wünschte, ich könnte sie mal besuchen; ich vermisse sie. Du sagtest, weißt du, was? Diese Frau? Sie würde sich für dich schlagen. Sie liebt dich sehr, und das tue ich auch, das zumindest spricht für dich.

Ich bedankte mich und sagte, ich werde versuchen, es nicht zu tun, aber wenn ich muss, kann ich dich dann –

Und ich musste das Wort nicht aussprechen, du sagtest, ja, bitte, ruf an, das hilft mir sogar. Es ist gut für mich. Ruf an. Ich sagte okay. Ich mag es nicht, wenn ich nichts Positives zu sagen habe, und du sagtest »Fuck, ich hoffe, das gilt nicht für mich, denn wenn ich dich anrufe und nur eine Nachricht hinterlasse wie he, ich bin's, ich hasse mich gerade wahnsinnig, was wirst du dann tun? Auflegen und sagen, was für ein Weichei?« Ich sagte, also bitte, und du sagtest, das habe ich auch nicht geglaubt, jetzt geh und schreib die Liste. Ich sagte, danke, wirklich, ich ruf dich bald wieder an, und du sagtest, schlaf gut, ich lasse mein Telefon eingeschaltet.

Lieber Nachbar,

»Also, ich nehme das Ding.«

»Die Bienenwabe?«

»Klar, die Wabe.«

»Wie groß ist so ein Ding?«, frage ich dich.

Du hältst die rauen Arbeiterhände ungefähr zwanzig Zentimeter auseinander. »Ich tauche sie in den Honig. Ich halte die Wabe hoch, damit sie mich finden.«

»Wow. Okay. Und dann … was?«

Wir sitzen auf meiner überdachten Veranda. Du schaust an dem Baum vorbei zum Steinbruch.

»Ich folge der Arbeiterin, und manchmal mache ich ein kleines Feuer.«

»Womit? Wie groß?«

»Streichhölzern, egal, nur … ein kleines Feuer. Die Biene fliegt vom Rauch weg und zu ihrem Stock.« Du zuckst die Schultern. »Manchmal stäube ich ein bisschen Mehl auf sie, dann sind sie leichter zu sehen.«

»Okay. Dann was? Fängst du sie?«

»Die Arbeiterin? Nein, warte.« Du hältst einen Finger hoch. »Ich folge dem Rauch, denn die Biene fliegt in direkter Linie, und ich folge ihr.«

Ich schlage auf das Kissen auf der Liege, auf der ich sitze. »Wirklich? Du folgst ihr? Wohin?« Ich lache, weil ich kaum glauben kann, dass du das alles tust und auch noch weißt, wie es zu tun ist. Auch du lachst. Du neigst dich vor, schlägst dir mit der Faust aufs Knie und lachst so heftig, dass du kurz deinen Hut abnehmen musst. Du legst die Hand auf den Bauch und holst tief Luft.

»Ah, Himmel, die Arbeiterin.« Ich kichere immer noch ein bisschen. »Hör auf«, sagst du, »sonst fang ich auch wieder an. Jedenfalls saugt die Biene den Honig, und ich folge ihr eine Weile, bis ich sie nicht mehr sehe. Ich markiere die Stelle, komme zurück und mache das Ganze noch mal. Kannst du dir das vorstellen? Ich muss dir wie ein richtiger Simpel vorkommen.«

»Überhaupt nicht«, sage ich und schüttle verwundert den Kopf. »Du bist wie ein verrückter Grizzly Adams. Und wie endet die Geschichte?«

»Das hängt ganz davon ab, also, es ist …« Du hältst inne und siehst mich an, als würde ich dir leidtun, weil ich zuhören muss. »Willst du das wirklich hören?«

»Aber klar«, sage ich. »Das ist besser als *Vom Winde verweht*, ich bin total fasziniert.«

Du nimmst erneut den Hut ab und reibst dir die Augen. Du bist seit vier Uhr früh auf den Beinen und hast alle Tiere gefüttert. Und warst schon in der Stadt, um deine Baustellen zu kontrollieren.

»Ah, es kann nicht so interessant sein, du willst nur höflich sein«, sagst du.

Ich strecke dir die Zunge raus und sage, mach schon, erzähl weiter, was passiert mit der Biiiiiene.

»Also gut, letzte Woche«, du senkst die Stimme zu einem Flüstern, »bin ich in einem verlassenen Haus gelandet, weil das Nest in der Mauer war!« Du endest mit einem Schrei, als wäre die Mauer die Pointe, und auch ich lache, obwohl ich nicht weiß, warum.

Ich lasse mir die ganze Geschichte erzählen; wie du das Haus gefunden hast und wie die Besitzer reagiert haben, als du ihnen erzählt hast, dass du nicht das Haus, sondern nur die eine Mauer kaufen willst. Du hast sie selbst eingerissen und darin insgesamt ungefähr dreißig Pfund wilden Honig gefunden. Richtigen wilden Honig, nicht den, den man im Laden kaufen kann, auf dem zwar »wilder Honig« steht, der aber keiner ist.

»Ich hab ihnen auch ein Glas gegeben, den Besitzern, und sie waren überglücklich.« Du trinkst einen Schluck Kaffee.

»Wow«, sage ich. »Du bist wirklich jenseits von Gut und Böse.« Du zuckst die Schultern. »Soll ich ihn aufwärmen?« Ich deute auf den Kaffee.

»Nein, alles gut, aber ich nehme noch eins von denen, wenn du noch welche hast.« Du hältst den letzten Bissen eines Muffins hoch, ein bisschen verlegen, und ich springe auf und bedeute dir, mit der Geschichte zu warten, bis ich wieder zurück bin. Ich mache drei Schritte, kehre um und nehme deine Kaffeetasse. »Ich bringe dir frischen«, sage ich. »Möchtest du Marmelade?«

»Nee. Dein Muffin hat keine Marmelade nötig, Mädchen.« Du berührst das große eiserne Kruzifix auf der Bank neben dir. »Das ist wirklich schön«, sagst du mehr zu dem Kreuz als zu mir.

Ich gehe in die Küche und schäume Milch. Durch das riesige Fenster meiner Küche sehe ich Bäume vor dem Himmel in Schattierungen von Grün, die ich vor vier Jahren überhaupt nicht wahrgenommen hätte. Du hast uns die Namen der Bäume beigebracht und meinen Kindern zur Belohnung einen Dollar gezahlt, wenn sie sie sich richtig gemerkt haben. Das ist nur ein Kapitel des Landlebens, das du für uns aufgeschlagen hast. Unsere Indexseiten waren überwiegend leer gewesen.

»O, danke«, sagst du, als ich dir den dampfenden Muffin reiche, den ich aufgewärmt habe. »Schau dir das an. Du verwöhnst mich. Das verdiene ich nicht.«

»Da sind Melasse und Mandelmehl drin«, sage ich und wünschte, wir könnten dich so verwöhnen wie du uns. Wie versuchen, dich nicht ständig anzurufen, aber der Kamin, die Riesenameisen, ein verdächtiger Insektenstich; es passieren so viele Dinge, von denen ich keine Ahnung habe, und du sprichst die Sprachen der Bäume und Insekten fließend. Holz. Du gibst mir nie das Gefühl, dass wir lästig sind, und das liegt auch an deiner

Frau, die uns in unserem gemeinsamen Garten zur Begrüßung umarmt oder uns von eurer Tür aus zuwinkt. Sie unterbricht ein Gespräch und kommt mit ihrem glänzenden, dicken roten Haar und der ewigen Kaffeetasse zu uns: »Ich habe gehört, es gibt Probleme mit eurer Spüle?« Oder: »Hast du den Knoblauch gefunden, den wir in der Scheune gelassen haben?« Sie weiß, dass das Landleben aus zahllosen beweglichen Teilen besteht, die in Ordnung gehalten werden müssen. Sie erzählt mir von den Büchern, die sie liest, und ich gebe ihr einen Apfelkuchen, wenn sie uns das Mohnbrot bringt, das ihre Tochter gerade gebacken hat. »Noch warm!«, sagt sie. »Du kannst dir gar nicht vorstellen, wie gut es schmeckt, du wirst nie mehr was anderes essen wollen.«

Wenn dein Teich zugefroren ist, ziehen wir uns warm an, und die Kinder laufen Schlittschuh. Dein Sohn bringt ihnen Eishockey bei, und du legst dich vor das Netz, um den Puck aufzufangen. Im Tipi machen wir ein Lagerfeuer, das so fürchterlich raucht, dass deiner Frau und mir die Augen tränen. Die Kinder rösten Marshmallows und bleiben zu lange auf. Wenn ich später nachsehe, ob sie schlafen, hat eins noch einen Marshmallowstreifen auf dem Kinn.

»Die Zeit hier werden sie nie vergessen«, sagst du, und ich weiß, dass du recht hast. Manchmal sorge ich mich, dass wir wie die Bienen sind, von denen du mir erzählst. Die Kinder schwärmen immer um dich herum, ein beständiges Summen. »Kannst du den Schlitten an den Quad hängen und uns ziehen?« Oder: »Kannst du in den Teich springen?«

Du machst jedes Jahr kiloweise wilden Honig und erntest ihn selbst, obwohl du allergisch gegen Bienen bist. »Ach, ich ziehe einfach einen Schutzanzug an«, sagst du. Die wilden Bienenstöcke aufzuspüren braucht Geduld. Der Prozess dauert Tage, in denen du die Arbeiterin erst köderst und sie dann etappenweise jeweils nur etwa sechs Meter weit verfolgst.

»Wenn ich das Nest aufgespürt habe, finde ich die Königin. Sie ist leicht zu erkennen, weil sie so groß ist wie du und zu einer anderen Musik tanzt. Als ob sie Jazz hört, während die Arbeiterinnen sich Heavy Metal reinziehen.« Du lachst und schüttelst den Kopf. »Ziemlich einfältig, was? Das tun sie jetzt schon seit Jahrtausenden.«

»Du spürst also den Baum mit dem Nest auf, und was tust du dann?«, frage ich. »Fällst du ihn?«

»Nein, ich markiere ihn nur.« Du gestikulierst, als würdest du deine Initialen in einen Baum ritzen. »Dann gehört er mir.« Wieder zuckst du die Schultern.

»Und das ist alles?« Ich frage mich, wie du es schaffst, den Überblick über alle deine Bäume zu behalten.

»Das ist alles, sonst passiert nichts weiter. Ich war nur geduldig genug, den Baum zu finden. Der Honig bleibt drin. Mehr ist es nicht. Ich finde die Stille und mache etwas bis zum Ende. Ich und die Bäume.«

»Okay«, sage ich und versuche mir vorzustellen, wie

ich selbst so viel Zeit damit verbringe, etwas zu suchen, nur um es mit meinen Zeichen zu versehen, wenn ich es gefunden habe. Diesen Augenblick in ein Stück Rinde zu ritzen, über die eines Tages jemand mit dem Finger fahren und sich fragen wird, wer ich war.

Wenn meine Freunde zu Besuch kommen, sind sie ziemlich verblüfft. Sie finden es toll, dass deine Freunde kommen und gehen, wie zum Beispiel Onkel Charlie mit seinen vielen Geschichten, der nicht dein Onkel ist, und Papa Bob mit seiner unerschöpflichen Energie, der nicht dein Papa ist.

»Meine Güte«, sagte meine Freundin Debra, »das ist wie eine große Familie. Vielleicht kannst du Cousine Zsa Zsa sein.« Sie fuhr mit der Hand über die Mauer deines Rübenkellers und staunte, dass du ihn selbst gebaut hast mit Eisen- und Ziegelresten von einer Baustelle. Niemand kann glauben, dass du alles selbst machst und Menschen hilfst, die du gerade erst kennengelernt hast. Wenn du zur Begrüßung vorbeischaust, bringst du ihr Flaschen voll Ahornsirup mit und kleine Tüten mit Knoblauch aus dem Garten. Es ist immer Weihnachten, sagst du.

Ich backe gerade Kekse und höre dein Klopfen beinahe nicht. Als ich zur Fliegengittertür gehe, sehe ich dich auf der anderen Seite mit einer fast zwei Meter langen schwarzen Schlange stehen.

»Schau, was ich gefunden habe«, sagst du und hältst

die Schlange am Hals hoch. »Ich bin die Stufen raufgestiegen, und da war sie, unterwegs zu dir.«

Ich schreie. Du hast meine Schlange oder vielmehr die Schlange gefangen, die ich gesehen habe, und jetzt ist sie deine Gefangene.

»Bist du auch ein Schlangenbeschwörer?«, frage ich.

»Halt.« Du scheuchst mich davon, aber wie jeder Mann freust du dich, gefangen zu haben, was du gejagt hast, und wie bestimmte Frauen freue ich mich für den Mann, dass er etwas am Nacken gepackt hat, was mich verletzen wollte.

Ich gehe hinaus und berühre die Schlange. Sie ist so schwarz, dass sie im Licht grün schimmert. Aus der Nähe sehe ich, dass sie gelbe Flecken hat. »Ist sie nicht eine Schönheit?«, sagst du.

»Das ist sie«, sage ich. »Woher wusstest du, dass sie zu uns wollte?« Gestern hat dich die Babysitterin gerufen, weil wir die Schlange in der Einfahrt entdeckt haben. Das Mädchen wurde kreidebleich und stellte sich vor mich, als ich die Schlange fotografieren wollte. Ich wollte nachschauen, ob sie giftig war, doch das Mädchen schrie wie verrückt, zerrte an mir und stammelte: »Manche Schlangen können fliegen! Wirklich, ich bin ganz sicher, dass manche fliegen können! In dein Gesicht!«

Du warst sofort da auf deinem Quad und mit einem Gewehr. Bereit, die fliegende Schlange zu erlegen, die die Babysitterin vermutlich mit dem Cartoon-Eichhörnchen verwechselt hat, denn wie du klarstelltest, fliegen Schlangen nicht. Die Schlange war mittlerweile verschwunden, aber du kamst am nächsten Tag wieder, du wusstest nicht wirklich, warum, aber da war sie. Du musst auf ihre Frequenz eingestellt gewesen sein, die mein Funkgerät nicht empfängt.

»Manchmal habe ich so ein Gefühl«, sagst du achselzuckend, eine bewundernswerte Geste, wenn jemand eine fast zwei Meter lange Schlange in der Hand hält. Mir geht durch den Kopf, dass du im Leben genug durchgemacht hast, um dich von einer Schlange nicht aus der Fassung bringen zu lassen. Als dein zweijähriger Sohn ertrunken ist, warst du niedergeschmettert genug, um dem Teufel die Hand zu schütteln, sagst du, und an diesen Punkt willst du nie wieder zurückkehren. Im Vergleich dazu muss eine Schlange lächerlich erscheinen.

»Ist sie giftig?«, frage ich. Machtlos in deinem Griff, blickt sie ein bisschen verzweifelt drein, als wäre sie willens, einen Deal einzugehen.

»Nee, sie hat Angst vor dir. Klar würde sie angreifen, aber nur wenn sie sich bedroht fühlt. Und sie ist wichtig für die Umwelt. Frisst die Mäuse. Hör mal, du solltest dir überlegen, den Ahorn da zu fällen. Wenn ein Sturm kommt, fällt er dir aufs Dach.«

Ich betrachte den Baum. Er gibt nicht mehr viel Sirup, aber ich möchte ihn nur ungern fällen.

»Werden wir in diesem Jahr am Valentinstag zapfen?«, frage ich.

»Ja«, sagst du. »Machst du wieder meine Assistentin?«

Ich nicke. »Ich hänge für mein Leben gern die Eimer auf«, sage ich. Das Geräusch, wie der Sirup *plopp-plopp* und *plink-plink* tropft, ist ein orchestrales Trommeln, das mich beruhigt. Es ist wie eine seltsame Meditation, dazusitzen und zu horchen. An dem Tag, als du mir gezeigt hast, wie man den Eimer aufhängt und den Ahorn anbohrt, hast du gewartet, bis du die perfekte Stelle gefunden hattest. Ich musste mich setzen und die Augen schließen. Die Klänge von etwas Süßem, das aus den Bäumen sickerte und auf jahrhundertealtes Blech fiel, umgaben mich.

»Das ist eine Musik, die du in der Stadt nicht hörst«, sagtest du. Nach ein paar Minuten öffnete ich die Augen und hielt den Daumen hoch. Die Sonne kam hinter den Wolken hervor, und du hast aufgeschaut. »Und jetzt noch was«, hast du gesagt, mich am Kinn gefasst und mein Gesicht in die Sonne gedreht. »Mach die Augen wieder zu.« Ich gehorchte, und du hast gefragt: »Spürst du das? Spürst du die Wärme auf deinem Gesicht?« Ich bejahte, und du sagtest:

Das ist die Hand Gottes, die dich berührt.

Wahrscheinlich werden wir diesen Winter mehrere Hundert Eimer aufhängen. Letztes Jahr habe ich zu viel Zeit damit verbracht, für alle Mittagessen zu kochen und den Kindern die Schneestiefel an- und auszuziehen. Dieses Jahr will ich es nicht versäumen. Wir fahren mit deinem

Lieferwagen herum, zapfen die Bäume von Leuten an, die es nicht selbst machen können. Wir fahren mit offenen Fenstern und hören The Bridge auf Sirius XM, während die Eimer gegen die Seiten des Wagens stoßen. Ich komme erschöpft nach Hause und fühle mich wie eine richtige Pionierin, wie jemand, der Butter stampfen kann.

Jetzt sehe ich dir zu, wie du in deinen Wagen steigst. Du winkst, bedankst dich über den Motorenlärm hinweg für den Morgen und sagst:

Ich lerne so viel, wenn du zuhörst, danke.

Ich winke und gehe auf die Veranda. Ich schaue über den Bach zu der Stelle, an der meine neue Scheune stehen wird. Ich zähle die Zuckerahornbäume in meinem Garten und sehe zu, wie du kleiner wirst, während du langsam den Hügel hinunterfährst, mit einer Hand lenkst, während die andere die lange schwarze Schlange aus dem offenen Fenster hält.

Lieber Gem,

du hast so ein süßes Gesicht. Wenn du am Hemd meines Sohns knabberst oder mich durch das Stallfenster anschaust, dann ist dein Dauerlächeln so himmlisch, dass ich auf die Knie gehe und dir um den Hals falle. Ich tätschle deinen riesigen Fellbauch, und Staubwolken lösen sich von deinem grauen Pelz. Als du klein warst, konnte ich dich in den Armen halten, aber jetzt müssen meine Tochter und ich dich mit all unserer Kraft in den Stall schieben.

Du musst wissen, dass ich nur aufgrund meiner Loyalität dir gegenüber willens war, einen weiteren Ziegenbock zu kastrieren.

Es war kein Aufstand gegen die Gonaden. Meine Bereitschaft, Bullys Hoden abzuschneiden, basierte auf meinem Instinkt, dich zu schützen, also machte ich mich ans Werk.

Ich möchte klarstellen: Bully tat nur, was die Biologie

von ihm forderte. Wenn ein Ziegenbock feststellt, dass sein Skrotum gut durchblutet ist, rammt er Bäume, Silos, die Frau von UPS. Bully hatte seine Hörner noch, und er hatte ein Paar, das wirklich Schaden anrichten konnte, ganz zu schweigen davon, dass er ein Zuchtbock war. Kurz nachdem wir ihn in die Herde gebracht hatten, kamen drei kleine Zicklein auf die Welt. Ich weiß, dass du keinen Anteil daran hattest, Gem, da du weder Hörner noch einen Hodensack hast und nicht unbedingt schöne Momente allein mit Peaches oder Melissa verbringen willst. Der Pferch hätte für Bully ebenso gut eine Bar mit freien Drinks sein können, in der sieben Tage die Woche vierundzwanzig Stunden lang eine Commodores Coverband spielte. Er stolzierte herum und meckerte vor sich hin. Er hielt lange Siestas und furzte dabei, als wäre er knapp an einer geothermalen Quelle vorbeigeschrappt. Seine Vibes zeugten gleichermaßen von gerechtfertigten Ansprüchen und Missverständnissen, und er hinterließ einen Pferch mitgenommener Damen, die sich aneinanderdrückten und ihre Geschlechtsteile leckten. Die Mädels wirkten sowohl befriedigt als auch bedürftig, als wollten sie sich öffnen, brauchten aber eine Therapie. Das mitanzusehen war schmerzhaft. Ich ging in den Pferch, und sie keuchten und sahen aus, als hätten sie ihre Futterration für eine Tube Vionell eingetauscht.

Bully, ich will es dir ganz unverblümt sagen. Ich habe gesehen, wie du diese Ziegendamen von hier bis Xanadu durchgerammelt hast, und manchmal warst du nicht einmal in der Stimmung dazu. Als du dir Diana Ross vorgenommen hast, hast du dich von einem Streifenhörnchen ablenken lassen. Du hast dich umgeschaut, als wolltest du sagen:

Ist das alles?

Gem, du weißt, dass ich deine Bedürfnisse im Auge hatte, als ich Bully kastrieren wollte. Er hatte große schwingende Eier und spitze Hörner. Er hat dich mit diesen Hörnern angegriffen, Gem, du Gentlemanbock, und da habe ich einen Schlussstrich gezogen.

Ich werde deinen Anblick nicht vergessen, Gemini, wie du an diesem Morgen um die Ecke bogst, als ich vom Eiersammeln aus dem Stall kam. Dein blutiges Gesicht zu sehen, verletzt von den Hörnern deines Ziegenbruders, war zu viel. Als Bully kurz darauf angetrottet kam, seine Augen kalt und tot, wischte ich noch das Blut von deinem Bart.

Er stand da wie Caligula beim Morden.

Blutige Hautfetzen hingen an seinen Hörnern und fielen auf ein Huhn, das zu fliehen versuchte, indem es hektisch in den Pferch mit den Ferkeln sprang. Darauf folgte eine grausige Horrorvorführung von *Schweinchen Babe in der großen Stadt.* Ich lief zu meinem Nachbarn und gestikulierte wild, dass er seine Säge abstellen sollte, und er blickte betroffen drein, als ich ihm vom Angriff auf dich, Gem, erzählte. Er marschierte in seine Scheune und holte die Kastrationszange, und wir riefen seinen Arbeiter Louis zu Hilfe.

Nun, ich habe ein Ziegenmädchen auf dem Boden festgehalten, um ihre Hörner zu kappen oder sie vor einer Geburt um ihre Weichteile herum zu scheren. Es ist nicht einfach. Man bräuchte zwei Paar Hände dafür, außer man bindet sie an einen Pfosten, aber Bully festzuhalten war etwas ganz anderes. Ich musste mich auf ihn setzen. Ich saß auf Bully und schlug auf ihn ein, während mein Nachbar ihn an den Hörnern packte und Louis auf dem Boden lag und beide Arme um seine Hinterbeine schlang. Und das alles nur, um ihn in den Pferch zu zerren, wo wir uns den nächsten Schritt überlegen wollten.

Gem, vielleicht ist es eine Projektion meinerseits, aber da hast du gemeckert, und Bully schien dir zu antworten. Er blieb reglos stehen, nichts rührte sich außer dem blutigen Gewebe, das an seinen Hörnern schwang.

Was hast du zu ihm gesagt, Gem? Hast du gesagt: »Bruder, du brauchst keine Eier, um ein Mann zu sein?« Was immer es war, Bully hörte es. Er schaute zu den von Fliegen umschwirrten Ziegenmädchen auf den Heuballen, wohl wissend, dass er zu ihnen laufen und sie ausnahmslos alle bumsen sollte. Er war der Aufgabe nicht gewachsen, denn er sah sich zu mir um mit einer jämmerlichen Miene, die besagte:

Lady, ich bin echt bereit dafür, mir das vom Hals schaffen zu lassen.

Mein Nachbar schaute mich an, und wir dachten das Gleiche. Er nahm die Zange und kappte Bullys Hörner. Das war das lauteste und verrückteste Erlebnis meines gesamten Lebens als Erwachsene, blutig und irre. Deinem Freund Bully blieben noch ein paar Jahre für die Ziegenliebe, aber er konnte dir nichts mehr anhaben, Gem. Er war ausreichend zur Ruhe gebracht.

Letzte Woche mussten wir Bully in den Pferch neben den Schweinen umsiedeln, da die Damen wieder guter Hoffnung sind. Du bist bei ihnen, Gem, passt auf die zukünftigen Mamas auf, und niemand wäre für den Job geeigneter als du. Als lieben Großvaterbock, so sehe ich dich. Du warst nicht dafür bestimmt, ein Babyvater zu sein oder ein Casanova, und das hat ganz und gar nichts Schändliches.

Lieber kleiner Uhu,

du bist noch nichts, auf die absolut beste Weise, und ich bin deine Augen, weil deine sich noch nicht geöffnet haben. Du kennst noch nicht einmal Luft! Oder die Farbe Lila! Oder Schnee. Oder deine Mutter, die meine Freundin ist! Deine Mutter, die bereit ist, dich ausschlüpfen zu lassen. Peinlichkeiten sind Jahre entfernt. Ebenso Süßigkeiten und Küsse. Falken, Pointen und Bedauern sind noch weiter weg, gewisse Seelenqualen, die es hoffentlich nie geben wird.

Ich sage dir das jetzt schon: Stärke ist ein Mythos. Es ist nicht, was es ist, wenn es aussieht, als ob es wäre, was es ist. Für gewöhnlich ist es, was es ist, wenn es wie etwas anderes aussieht. Es braucht Mut, zuzugeben, dass man versteinert ist und trotzdem unermüdlich weiterzukämpfen. O, und »einfach«? Auch ein Schwindel. Wenn es existieren würde, würde man es verkaufen für das Gleiche, das man selbst dafür investiert hat – nichts! Ha!

Sammle Sturheit, Scharfsinn und Snickers. Misstraue schändlichen Vergnügungen. Am besten ist es, die Schleusen zu öffnen und Vergnügen über dich strömen zu lassen, bis du darin schwimmst, ohne dich auch nur ein bisschen schuldig zu fühlen. Bewahre dir die Schuldgefühle auf, wenn du Klatsch verbreitet oder deine Kinder enttäuscht hast. Sei verlegen, weil du Proust nicht gelesen oder deinen Wagen im richtigen Moment nicht angeboten hast, oder deine Niere. Lüge nicht. Lügen lässt deine Seele langsam »verblühen«, außer du musst wirklich und wahrhaft lügen, in diesem Fall LÜGE, DASS SICH DIE BALKEN BIEGEN, lüge, bis deine Nase so lang ist, dass sie den Boden berührt, wenn du beschämt den Kopf senkst und um Vergebung bittest.

Es ist schrecklich nützlich, zu erkennen, wo du Mängel aufweist in deiner Beziehung zu anderen. Akzeptiere es und feiere es sogar, denn Neid vergiftet, du wirst Sodbrennen davon bekommen und seltsam und durchdringend riechen. Ich glaube, du wirst wissen, wenn es so weit ist, wegen Colorado, den Beatles und dem rechten Weg. Hinsichtlich der Geheimhaltung deiner guten Werke und des Gebens, wenn du nicht genug für dich selbst hast. Ich weiß, du wirst finden und gefunden werden.

Und ich weiß, dass du kommen wirst. Jeden Augenblick! Ich stehe neben deiner Mutter auf ihrem Gebärbett! Aber heiliger Moses, was höre ich da von jenseits des behelfsmäßigen Powerdocks? Ich erkenne das Lied bei den ersten Tönen, und wow. Nein, das kann ich nicht zulassen. Ich kann nicht mit mir leben, wenn dieses Lied, das in deinen Kreißsaal sickert wie atomarer Abfall, weitergespielt wird. Ich streite mit mir, ob ich diesen Kaiserschnitt unterbrechen soll, da die Gebärmutter meiner lieben Freundin von Hand zu Hand gereicht wird wie ein Frisbee in einer Partie Ultimate. Sie liegt glückselig da mit einer blauen Duschkappe, ist sich dessen nicht bewusst, aber so wahr mir Gott helfe, das Lied wird noch immer gespielt, und du wirst gleich kommen, *in dein einziges Leben*, und bevor ich daneben stehe und dich als Erstes »XXX ist ein XX« hören lasse, soll mich lieber der Affe lausen. Plötzlich sehe ich vor mir, wie du es hörst, dich an der Nabelschnur festhältst und in den Bauch zurückhangelst, traumatisiert, deswegen frage ich höflich, aber bestimmt den Krankenpfleger, bitte, Sir, mir ist klar, dass Sie Wichtigeres zu tun haben, aber es ist so etwas wie ein moralischer Imperativ, dass ich die Fernbedienung für den iPod habe. Es tut mir sehr leid, aber dieses Lied ist des Moments unwürdig, also sterilisieren Sie dieses Ding ruhig weiter, aber könnten Sie bitte deuten? Pfleger deutet darauf! Ich stürze mich auf die Fernbedienung, wechsle heroisch im allerletzten Augenblick das Lied, und wenn das nicht Bob Marley ist! Nur Sonnenschein und wilde Freude kommt heraus, und dann … Viel Gemurmel und Anweisungen dort drüben, wo die Ärzte bei deiner Mutter sind, und dann geht alles ganz schnell! Du bist gefunden!

Wie eine königliche Hoheit wirst du emporgehalten in einem Moment, in dem man einfach nur hinschauen muss. Du bist da. Für uns alle, um über dich zu staunen und für dich zu träumen. Wenn ich dich ansehe, noch tropfend und schwimmend, ist es nicht Liebe, was ich empfinde, sondern etwas Höheres.

Ich gehe, wohin sie dich gelegt haben, um dich zu vermessen, und dein Vater ist da. Er steht leicht schwankend vor dir, Hände hinter dem Rücken, keinen halben Meter von dir entfernt. Er berührt dich nicht, macht nicht einmal Anstalten dazu, und ich sehe seine Augen tiefer in den Höhlen versinken. Er weiß, dass wir alle diesen Augenblick versäumen, in dem er schwebt. Vor einer Stunde, bevor sie uns in den Kreißsaal ließen, als wir im Flur standen, sagte er:

Das ist mein viertes Kind, und das, dieses kleine Etwas …

Dann machte er eine Geste, als würde er alles auf der Erde halbieren, als wollte er sagen: das ist wichtig, und das ist Chaos, und er sagte:

Das jetzt, das ist das einzige Mal, dass ich ganz und gar da bin und kein Teil von mir zeitreisen muss.

Jetzt sehe ich ihn vor dir stehen, er berührt dich immer noch nicht. Ich sehe ihn außerhalb seiner Zeitmaschine, verbunden mit dem Unmittelbaren und Ewigen von dir, mehr Schwerkraft braucht er nicht.

Dann reicht er dich mir, kleiner Uhu. Ich halte dich. Ich halte alles Neue und Uralte. Ich trage dich zu deiner Mutter. Sie nimmt dich. Ich sitze. Ich schaue zu.

Lieber Doktor,

als ich zu Ihnen kam, war ich halb bewusstlos. Kaum hatte der Schock eingesetzt, wurde ich schon von Ihnen gerettet dank Ihres enormen Wissens, das ich nie werde fassen können. Ich bin überzeugt, dass ich nicht die einfachste medizinische Strategie verstehen würde, auch wenn Mr Rogers sie mir erklären würde.

Ich ging ins Bett und fühlte mich elend. Um zwei Uhr morgens erwachte ich und verspürte einen so großen Druck auf meiner linken Seite, dass ich die Hand auf den Mund legte, um einen Schrei zu unterdrücken. Ich suchte im Internet nach »starken Schmerzen auf der linken Seite« und las, dass man nur beunruhigt sein sollte, wenn man Blut spuckte, und als wäre es das Stichwort, hustete ich etwas aus, das zu salzig war, um Speichel zu sein. Ich ging zum Waschbecken, und was ich ausspuckte, war blassrosa, und ich hielt es für höchstens blutig. Ich wollte mich wieder ins Bett legen, aber mein Mund füllte sich mit Blut, und dreimal innerhalb der nächsten zwanzig Minuten musste ich ausspucken, und die Farbe wurde von rosa Limonade zu Rote Bete. Das Kindermädchen ging ans Telefon, aber ich erinnere mich an kaum etwas, bis sie kam. Ich wand mich, und mein Sohn bat sie, den Notarzt zu rufen, und meine entsetzte Tochter rollte sich am Ende meines Betts zusammen. Als die Sanitäter mein Schlafzimmer betraten, standen die Kinder auf. Mein Sohn legte den Arm um seine Schwester. Er neigte sich vor in meine Richtung, als wollte er den Bug eines Schiffes dekorieren. Er strebte mit seiner ganzen Kraft zu mir, während sie so tief in sich hineinkroch, dass ihre Miene teilnahmslos gewirkt hätte, hätte sie nicht die Zähne zusammengebissen. Ihr Blick forderte offenkundig, dass ich sie nicht verlasse, *trau dich bloß nicht, ich werde dich nicht gehen lassen*, sagte er, und dabei blinzelte sie heftig. Ich nahm den Eindruck mit, dass sie um meinetwillen versuchten auszusehen wie ihre eigene Vorstellung pflichtbewusster Kinder. Gleichgültig, wie weit ich versank, ich sah sie auf diese Weise vor mir stehen. Das Bild zitterte ein bisschen, als würde ich durch den Sucher einer Kamera schauen.

Wie Sie wissen, war ich nicht mehr ganz da. Empfinden die Menschen Dankbarkeit dafür, dass sie fast gestorben wären? Ich fühlte mich merkwürdig privilegiert, obwohl ich alle ihrer Wege gehen sah, während ich zwangsweise zurückgehalten wurde.

Seit Wochen fühlte ich mich unwohl, aber der Arzt sagte, es sei nur eine Erkältung, deswegen machte ich weiter, doch nachts kroch ein Entsetzen über meinen Nacken und meine Arme. Es war ein erschreckender, ahnungsvoller Gedanke, eine Stimme, die sagte, dass ich nicht wirklich in Sicherheit war. Diese Stimme klang so makaber, dass ich die Augen verdrehte, aber wenn ich allein war oder irgendwo, wo Stille an mir nagte, begann ich tatsächlich zu zittern. Ich machte mir Sorgen. Ich ignorierte es. Streichelte den Hund. Rauchte eine Zigarette.

An diesem Samstag fühlte ich mich gut. Ich ging nach oben, setzte mich aufs Bett und bemerkte, dass ich schnell atmete.

Ich zog die Schuhe aus, schaute zu dem Stuhl in der Ecke und überlegte, ob ich ihn woanders hinstellen sollte. Ich zuckte grundlos die Achseln.

Mir gegenüber hing ein Spiegel, und ich sah mein Spiegelbild und mochte es nicht. Irgendetwas stimmte damit nicht. Es gab nichts zu tun, als die Dinge zu benennen: braunes Haar - stimmt, schwarze Jacke - stimmt, gequälte Miene - stimmt, aber ich verstand nicht, wie mein Name zu dem Gesicht passen sollte, das mich anstarrte. Ich dachte daran, wie es war, als ich den Spiegel gekauft hatte, ich sah mich selbst Jahre zuvor in Vintage-Boots, wie ich über eine Antiquitätenmesse in einem anderen Land ging. Wer war das? Warum erzählte ich etwas von Pfirsichen und Champagner? War ich das in der Erinnerung, oder war das hier ich, und warum hatte ich das Gefühl, dass beide todgeweiht waren? Mir wurde eiskalt. Etwas stürzte auf mich ein, aber ich kann nicht beschreiben, wie es ist, wenn einen plötzlich die Erfahrungen des ganzen Lebens einholen. Ich sah mich mit neun und dreizehn und mit neununddreißig und fünfzig; all das drang in meinen Körper ein, und ich fühlte mich betrunken. Es passierte beim Einatmen, und ich war gleichzeitig beschwingt und versteinert, als ich ausatmete.

Mein Kopf begann langsam zu nicken als Antwort auf die Frage, von der ich nicht gewusst hatte, dass ich sie stellte, und sie lautete, *was, wenn ich sterbe, es kommt mir so vor.*

Ich wandte mich vom Spiegel ab, mein Kopf sagte nein und nickte. Das fühlt sich schrecklich an, also nein. Ich schaute wieder auf und sah meine lautlose Weigerung im Spiegel.

Du kommst nicht mehr dazu, deinen Schreibtisch aufzuräumen. Du kommst nicht mehr dazu, jemandem zu sagen, dass April dein Lieblingsmonat ist. Es kann jeden Tag passieren. Der Bruch ist vollkommen und raubt einem jegliche Autonomie, das ist klar, aber man begreift es erst so richtig, wenn man die Geräusche der Maschinen und die Stimmen hört, die einen am Leben erhalten, und sich dann die Abwesenheit dieser Geräusche vorstellt, die ganz umstandslos aufhören können.

Als ich im Krankenhaus erwachte, wo es beinahe passiert wäre, sah ich das Zimmer so, wie es ausgesehen hätte, wenn ich darin gestorben wäre. Ich lag da und horchte auf das Schwappen der Sauerstofftanks, das Piepen und Ticken, und stellte mir vor, wie dieses Orchester der Maschinen plötzlich aufhörte und alle hinausgingen. Ich sah den grellbeleuchteten Flur, in dem meine Freunde stehen würden, während Sie ihnen erklären würden, was passiert war. Ich kannte das Gesicht von mindestens einem der Männer, der meine Leiche in einen Sack gelegt und den Reißverschluss geschlossen hätte, und ich sah es vor mir, wie der Sack durch die Hintertür des Krankenhauses hinausgetragen wurde. Meine Freundin Nikki trug ihr blaues T-Shirt mit dem Pfeil darauf, als sie alles stehen und liegen und ihre Kinder allein ließ und zum Flughafen fuhr. Ich sah das Bild, wie sie in demselben T-Shirt nach Hause zurückkehrte. In meinen Gedanken war jede Szene mit den notwendigen Requisiten und der richtigen Kleidung ausgestattet, so dass ich den Eindruck hatte, als wäre ich etwas entkommen, in dem ich schon mittendrin gesteckt hatte. Die Phantasie hört abrupt an dem Punkt auf, als meinen Kindern erklärt wird, dass das letzte Mal, als sie mich gesehen haben, tatsächlich das letzte Mal gewesen war. Die Szene mit ihnen, als ich mit dem Krankenwagen weggebracht wurde, als sie so tapfer dastanden, muss mit ihnen in meinem Schlafzimmer enden.

Sich ein schlechtes Ende vorzustellen reduziert ein Leben auf nichts weiter als die unerbittliche Geschwindigkeit, die man funktionierenden Organen abverlangt. Wie ist es in dem Zimmer, wenn alles abgeschaltet ist? Ist es, als würde man einen Lichtschalter umlegen, das heißt nichts weiter als eine Unterbrechung des Stroms? Nach dem Ausschalten kleben immer noch Photonen für eine strittige Zeitspanne an den Wänden, nachdem uns das Gehirn sagt, dass es dunkel ist, und was, wenn wir auf diese Weise noch da sind, auf den Oberflächen in einem Zwischenstadium? Das könnte zutreffen, wenn wir nichts weiter sind als zukünftige Beete für Veilchen und Maulwürfe. Wohin ging ich, als ich in den Schockzustand geriet und Unsinn faselte? Ich spürte, wie ich mich verkrampfte, und kehrte lang genug zurück, um zu sehen, wie das Kindermädchen die Hand vor den Mund schlug und weinte. Ich bemühte mich, den Kopf zu heben und zu sagen: »Mach dir bitte keine Sorgen, ich zittere immer so, wenn ich Angst habe.« Ich fragte später danach, aber alle, die im Zimmer gewesen waren, erklärten, dass ich nicht Englisch gesprochen hätte. Unverständliche Laute kamen aus meinem Mund. Metabolische Enzephalopathie ist der Fachbegriff, den ich immer wieder hörte.

Meine Freundin wohnte neben dem World Trade Center, und ich telefonierte mit ihr, während sie Menschen springen sah, so nahe, dass sie die Farben ihrer Socken erkennen konnte. Ihr Mann drängte sie, vom Fenster wegzugehen. Warum tust du dir das an?, fragte er. Sie sagte:

Jemand muss ihnen zusehen.

Sie glaubte, sie allein zu lassen, wenn sie wegginge, und deswegen blieb sie, hielt sie mit ihren Blicken fest und sprach mit ihnen. Ich frage mich, wann sie tatsächlich gestorben sind. Wünschen wir nicht alle, dass sie tot waren, bevor sie auf dem Asphalt aufprallten mit einer Wucht, die Comics vorbehalten sein sollte? Dass ihr Herz diese Wucht nicht ertrug und sie mit einem glückseligen Gefühl des Fliegens starben? Gab es ein Zwischenstadium, oder hingen ihre Qualen und unausgesprochenen Abschiedsworte wie eine Wolke in der Luft wie in einem Comic, unsichtbar für alle, die ihre zerschmetterten Körper auf dem Beton liegen sahen und sich abwenden mussten?

Ich spürte ein halb geöffnetes Fenster, das mich ansaugte, und das war kein abstrakter Gedanke. Ich hörte hässliche Worte, die schlechte Nachrichten bedeuteten. Sie fielen von den Lippen Ihrer Krankenschwestern, mit leisem Nachdruck: septischer Schock, Ischämie, Zyanose. Irgendwann waren mindestens neun Personen in meinem Zimmer, und alle bewegten sich so schnell. Ich kam halbwegs zu mir und wurde nach meinen »nächsten Angehörigen« gefragt und wer »im Falle eines Falles« zu verständigen war. Ich fragte wiederholt, warum ich nicht selbst anrufen konnte. Irgendwo ist mein Handy, murmelte ich. Ich musste die Zustimmung zu einer Prozedur unterschreiben, die potentiell meine Lunge punktieren konnte. Ich hörte die Oberschwester rufen: »Ich mache das auf die altmodische Weise, erzählen Sie mir nichts von Fieber senken, holen Sie mir verdammt nochmal Eis, ich mache es selbst.« Mehr Gesichter tauchten auf. Einer Ihrer Assistenzärzte sagte »Sie werden gleich etwas spüren«, als er ein Skalpell nahm und in meinen Oberschenkel schnitt, um eine Femoralispunktion vorzubereiten. Als er mich zusammenflickte, flüsterte ich: Werde ich wieder gesund? Mehr zu sich selbst als zu mir sagte er:

Wir tun unser Bestes, versprochen.

Spät am nächsten Tag kamen Sie in mein Zimmer. Alle mussten einen Mundschutz tragen, und niemand durfte mich berühren, aber ein paar meiner Freunde waren da. Sie und ein paar Kollegen wollten etwas trinken gehen, um zu feiern, dass ich überlebt hatte. Ich sah, wie meine Freundin Nikki ein langes Gesicht machte, als Sie das sagten. Es wurde immer realer, dass ich tatsächlich bereits halbtot gewesen war.

Ich schob die Sauerstoffmaske beiseite, doch Sie bedeuteten mir, sie sofort wieder aufzusetzen. »Wohin gehen Sie?«, fragte ich.

»In eine Bar gleich um die Ecke.«

Joan, die Nachtschwester, kam herein. »Schaut euch

das an, pures Gold, was habe ich gesagt!«, sagte sie, hielt meinen Katheterbeutel hoch und streckte eine Faust gen Himmel.

»Pures Gold fällt einem zwangsläufig ein, wenn man an deinen Urin denkt«, sagte Adam, seine Stimme gedämpft vom Mundschutz. »Und von deinem Speichel fang ich gar nicht erst an.«

Ich wurde Zeuge, wie Menschen versuchten, ein Leben zu retten. Ich spürte, wie meines entglitt und erst protestierend und dann willig zurückkehrte. Aus einem völlig anderen Blickwinkel heraus konnte ich die Länge eines Todeskampfes ins Verhältnis zu dem unendlichen Fragezeichen setzen. Am besten war, dass ich eine kleine, aber ausgeprägte Kategorie an negativen Gedanken aufgeben musste, als mir klarwurde, dass ich nicht die Kraft hatte, alles festzuhalten, und deswegen etwas loslassen musste. Ich weiß nicht, wo die Existenz zu verorten ist oder woran sie gerade noch hängt, und Doktor, vielleicht wissen Sie es auch nicht, aber eins kann ich Ihnen sagen, ich empfinde Demut ob der zweiten Chance. Ich weiß nicht, was der Tod ist, doch was er nicht ist, das weiß ich ganz genau. Er ist es nicht, wenn meine Tochter sich weigert, ein Paar Schuhe anzuprobieren, während der Verkäufer mich tadelt, weil ich ihr die falschen Einlagen gekauft habe, und ich wütend das Geschäft verlasse, als meine Tochter sagt: »Du sollst wissen, dass ich hundert Prozent auf deiner Seite bin. Kann ich heute meinen ersten Kaffee trinken?« Er ist es auch nicht, wenn unsere Hündin eine Packung Kaugummi aus meiner Tasche holt und sie kaut, dann auf das dazugehörige Papier pinkelt und anschließend auf meinen Schoß klettert und mich vergessen lässt, dass ich sie hasse. Er ist es nicht, wenn der Türgriff zu meinem Büro, wo sich mein einziger Schlüsselbund befindet, unter meiner Hand abbricht, und mir dann einfällt, dass das Klagen auf hohem Niveau ist. Er ist es nicht, wenn man zu viel zu tun hat und am liebsten schreien würde, und Schreien ist er auch nicht. Vielleicht ist er ein Gedicht, aber nicht wenn ich dasitze und zuhöre, wie mein Sohn es vorliest, oder wenn er dem Schauspieler mit der kleinsten Rolle stehend Beifall klatscht, oder meine Tochter zugibt, gelogen zu haben, und dann ein Rad schlägt. Er ist es nicht, wenn ich eine E-Mail in gebrochenem Englisch von meiner Nichte bekomme und ich mich nicht darum schere, dass sie politisch nicht korrekt ist, weil ich so lachen muss, dass mir die Tränen übers Gesicht laufen. Er ist nicht die *Antiques Roadshow* nach sechsmaligem Sex auf sich auflösenden Laken. Er ist es nicht, wenn ich nachts auf den Atem meiner Kinder höre, denn das reicht aus, damit mein Herz weiter Blut pumpen will. Mein Herz war nicht das einzige, das Sie gerettet haben, und gewiss hätten meine Kinder den Verlust ihrer Mutter als Antrieb für ein höheres Ziel im Leben nutzen können. Oder vielleicht hätten sie so großen Schaden genommen, dass sie ihn nie überwunden hätten. Dank Ihnen muss ich weder das eine noch das andere Szenario miterleben. Ich muss nicht auf einer Wolke sitzen und mit Gott darum streiten, ob er mich intervenieren lässt, oder ob ich mich eine Ewigkeit danach sehnen muss, zumindest der bebende Sonnenstrahl zu werden, der ihnen eines Morgens ins Gesicht scheint, wenn sie mit fünfundzwanzig aus dem Bett aufstehen.

Wie mein Freund Pater Bob sagt, ist Medizin bisweilen mehr Kunst als Wissenschaft. Ich glaube, die besten Ärzte sind eine besondere Kategorie von Künstlern und haben den Instinkt eines Schöpfers, können etwas auf die Leinwand werfen und daran weiterarbeiten, was letztlich Göttlichkeit ist und die Fähigkeit zu beurteilen, welche Farben gut miteinander verlaufen.

Es war zu furchterregend, mich den Hinweisen meines Körpers, dass ich entsetzlich vergänglich bin, zu stellen. Ich frage mich, wie oft wir darauf gestoßen werden, uns jedoch abwenden. Wir finden einen Ort, wo wir alles lagern, oder wir geben es ab an jemand anderen und sagen, da, organisier das für mich, ich ertrage es nicht. Es wäre unheimlich, wenn diese Warnungen irgendwo zurückblieben, ihr Klang: *Lauf nach Hause. Mach die Tür nicht auf. Verlasse ihn sofort.* Was, wenn sie überdauern würden?

Wenn ich nur wüsste, was »überdauern« bedeutet. »Es gibt kein jetzt«, sagte mein Vater und klopfte mit dem Gehstock beim Wort *jetzt* auf den Boden. »Kaum hat man das Wort gesagt, ist es schon Vergangenheit. Wann ist jetzt? Es gibt keins.«

Das ist der einzige Augenblick, und er ist schon vorbei. Das Einzige, was die Zeit in der Schwebe hält, sind Kinder und Reisen übers Land. Nicht einmal alle Sterne bewegen sich noch, seit Lichtjahren nicht mehr; nur wir sind hier, wir sterben so langsam, wie es uns möglich ist.

Lieber Traummann,

ich habe einen Preis gewonnen. Der Preis besteht aus einer Reise durch unsere Galaxie mit Aufenthalten auf bewohnbaren Planeten. Einzige Bedingung: Ich muss einen Mann mitbringen.

Unser Raumschiff ist ausgestattet mit übergroßen Sofas und fünfzehn Meter breiten Fenstern, damit wir die Erde aus allen Winkeln sehen können. Es gibt exquisiten Käse und seltene Weine, die du kennst, weil du Appetit auf Seltenes hast.

Der Mann, den ich mitnehme, bist du, Traummann.

Du bist unwahrscheinlich groß. Deine Größe berauscht mich. Deine Größe hat fast etwas Lächerliches. Wenn ich wieder herunterkomme, nachdem ich mich auf die Zehenspitzen gestellt habe, um dich zu küssen, muss ich gähnen wegen der Höhenanpassung. Wenn du einen Flur entlanggehst, streift dein Kopf die Decke, und du machst eine schwungvolle Bewegung, die nichts Exzentrisches hat. Deinen Umhang und deine Krone hast du aus reiner Freundlichkeit zu Hause gelassen. Dein Zepter hast du im Taxi vergessen, weil du zerstreut bist, ja, aber zuinnerst möchtest du nicht, dass andere sich unbedeutend fühlen.

Andere sind unbedeutend.

Du winkst mit der Hand, um etwas abzuweisen, das dir missfällt, und es läuft darauf hinaus, dass ein anderer Mann mit einem Maschinengewehr feuert.

Du brauchst kein Maschinengewehr.

Du bist so groß, dass ich, hätte ich je unter dir gelegen (völlig unverständlich, dass ich es nicht getan habe) (aber jetzt kann ich es tun, weil du mit mir zum Mond fliegst) (in meiner Phantasie bereisen wir den Weltraum und unsere inneren Landschaften), mich dort hätte verstecken können.

Im Raumschiff befindet sich dein Pulitzer-Preis, und ich nehme ihn manchmal in die Hand und tue so, als wäre er meiner. Das bringt dich zum Lachen. Auch alle deine Bücher haben wir dabei, und du wirst mir deine Gedichte vorlesen, ohne müde zu werden. Wenn du schläfst, halte ich mir deine Bücher vors Gesicht, mit offenem Mund; mein Atem saugt etwas von deinem Genie in meine Lunge. Anschließend atme ich Gedichte auf Papier aus, und wenn ich sie laut vorlese, wirst du sagen:

Das finde ich wirklich vielversprechend.

Ich küsse dich und bringe dir ein Glas Wein. Ich sage dir, wie gut du aussiehst und wie groß du bist, und küsse dich wieder leidenschaftlich und ziehe dir die Kleider aus. Dein Körper ist vierzig Jahre alt, dann siebzig und dann fünfzig. Mein Körper ist fünfunddreißig Jahre alt und dann siebzig, und anschließend sind wir so alt, wie wir wirklich sind, und beschließen, dass die Realität das einzig Wahre ist.

Das wird der beste Moment sein, aber ich werde ihn nicht verderben, indem ich es dir vorher erzähle. Du wirst schon sehen.

Lieber Notfallkontakt,

»Sei still. Das glaube ich nicht!«

»Ich habe ihn nicht gesehen«, sagte ich.

»Unmöglich! Echt. Ich klemme sofort deinen Morphintropf ab«, sagtest du.

»Wirklich, ich schwöre es. Wer spielt mit?«

»Bette Davis, und sie, also. Ach, Himmel. Im Grunde wird sie in ein Sanatorium geschickt, weil sie zusammengewachsene Augenbrauen hat.« Du lachst. Wahrscheinlich in Erinnerung an die Brauen.

»Wegen der zusammengewachsenen Brauen war sie labil?«

»Nein, aber am Anfang – entschuldige, aber ich kann immer noch nicht glauben, dass du *Reise aus der Vergangenheit* nicht gesehen hast – hat sie zusammengewachsene Augenbrauen, und sie wird in ein Sanatorium geschickt. Am Ende des Films hat sie keine zusammengewachsenen Augenbrauen mehr, aber eigentlich war alles in Ordnung mit ihr. Wirklich. Hör mal, sobald du aus dem Krankenhaus raus bist, schauen wir den Film zusammen an.«

»Ich möchte die Brauen sehen«, sage ich und stehe langsam auf. »Soll ich ein paar Schritte gehen? Ich glaube, ich sollte den Korridor entlanggehen.«

Ich nehme deinen Arm, und wir gehen bis zum Ende des Krankenhausflügels. Heute trägst du eine leichte Baumwollhose und ein makellos weißes Hemd. Selbst für einen Modedesigner siehst du todschick aus.

»Es ist kühl draußen. Wir müssen dich einhüllen«, sagst du und legst mir ein zweites Krankenhausnachthemd um die Schultern. Ich stehe fügsam da, während du es arrangierst, die Bänder in einem asymmetrischen Winkel bindest, so dass das Hemd wie ein Schultertuch über meinen Rücken hängt. »Nein. Das sieht zu sehr nach Premiere in der Met aus. Warte.« Du nimmst das Hemd, verdrehst es, legst es mir um den Hals, so dass die Bänder über meinen Rücken baumeln. »Eine Kapuze! Aber … ein bisschen Yohji Yamamoto. Warte.« Du nimmst es, hältst es dir an und überlegst.

»Wie wäre es verkehrt herum?«, sage ich. Die Schwester geht vorbei und fragt, ob sie die Bettwäsche wechseln kann. »Natürlich, danke«, sage ich und stecke einen Fuß in einen Ärmel des Hemds, das du mir hinhältst, damit ich es anziehen kann wie Shorts. Die Schwester schaut uns zu. »Sehr kreativ«, sagt sie und nickt. »Was immer nötig ist«, sagst du. »Und alles kann falsch herum getragen werden. Schau!« Du musterst mich zufrieden, als ich versuche, wie auf dem Laufsteg zu stolzieren. »Trainingsanzug! Sehr Marisa Berenson ungefähr 1973. Wenn er nur aus dunkelblauem Jersey wäre, dazu ein Schlapphut und eine Kette als Gürtel.«

Zum ersten Mal hast du mich in ein Kleid gesteckt, als ich ungefähr vierundzwanzig war. Es war mein erstes wichtiges Kleid, und ich hatte keine Ahnung, wie man ein wichtiges Kleid fand und wie es aussehen sollte. Ich trug meistens Elastan und Leder mit Kampfstiefeln, und genau das hatte ich an, als ich den Laden betrat, in dem du gearbeitet hast. Du hast die perfekte Robe für mich gefunden und hast es damals, als wir noch keine Freunde waren, so ernst genommen wie heute, fünfundzwanzig Jahre und zahllose Kleider später. Viele schicke Leute kamen in dein Geschäft, aber du hast mich mit der gleichen Aufmerksamkeit bedacht wie sie. Dir ist es wichtiger, dass sich eine Frau hübsch fühlt, als selbst Komplimente für ihr Aussehen zu bekommen, doch deine Kreativität ist erstaunlich. Mehr als einmal bist du mit einem Stapel Kleider gekommen und hast gesagt: »Ich habe die mitgebracht, sie werden dir gefallen, aber. Ich hatte was vor Augen. Ich habe geträumt, dass du das trägst.« Und du hältst eine umwerfende Kreation hoch, die du um drei Uhr morgens entworfen hast.

Flotter Designer, flott mit dem flotten Comeback, inmitten aller Flottheit wird deine Menschlichkeit leicht unterschätzt. Nur damit du es weißt, ich hab's kapiert. Du spendest Geld und Zeit, wenn keiner hinsieht, und versäumst es nie, eine freundliche handgeschriebene Nachricht zu schicken. Und ich habe die Handtaschen gesehen, die du meiner Tochter zugesteckt hast, als du ihr dein Atelier gezeigt hast. Erwischt. Ich habe mehr gesehen, als dir wahrscheinlich klar ist.

Ich weiß nicht, wie es kam, dass du im Krankenhaus aufgetaucht bist, als ich dort lag, aber du hast mehrfach einen ganzen Tag mit mir verbracht. Beim ersten Mal war ich außer Lebensgefahr. Ich war noch unter Quarantäne, und du standest da mit einem Mundschutz, mehrere Haarspangen und Haarreifen in der Hand. Die Schwester kam herein und fragte zum wiederholten Mal nach einem Notfallkontakt. Sie war bereits drei Mal dagewesen, und ich hatte ihr nie jemanden nennen können. Meine Verwandten waren zu weit weg, Freunde waren beschäftigt und hatten eigene Kinder, und mitten in der Nacht wollte ich niemanden belästigen.

»Kann ich Ihnen später jemand nennen?«, fragte ich.

»Klappe. Setz mich ein«, hast du gesagt und sie zurück ins Zimmer gewinkt. »Im Ernst, hör auf damit. Was mache ich denn sonst um zwei Uhr morgens? Ich bin der Notfallkontakt.« Und dann schlugst du bei jedem Wort karatemäßig mit einer Hand auf die andere. »Ende. Der. Debatte.«

»Aber …«, setzte ich an.

»Nichts aber. Hör zu. Ernsthaft. Es reicht.«

Hätte ich die Kraft gehabt, hätte ich geweint. Vielleicht habe ich sogar ein wenig geweint, ich erinnere mich nur verschwommen an diesen Tag, aber daran erinnere ich mich und ich weiß, dass ich auf dich zählen kann, nachdem ich dich einmal um elf Uhr abends angerufen und gesagt habe: »Hallo, ich habe beschlossen, doch zu den Emmys zu gehen. Kannst du mir ein Kleid machen?« Oder: »Hallo, ich glaube, ich werde nächsten Samstag heiraten. Hast du noch das rosa Ding, das ich noch nicht mal anprobiert habe?«

Du bist auf alles vorbereitet und ehrlich und erreichst deine Ziele. Nach unserem kleinen *Fluchtprojekt* den Krankenhausflur entlang war ich erschöpft, und als du gingst, war ich schon fast eingeschlafen, aber ich hörte dich im Flur noch mit der Schwester sprechen.

»Die Vitalfunktionen sind gecheckt, der Arzt hat gesagt, sie müssen heute nicht mehr kontrolliert werden, und die Medikamente hat sie um neun genommen, also lassen Sie sie bitte schlafen. Im Ernst, nicht nötig, sie alle zwei Stunden grundlos zu wecken, lassen wir die Frau einfach durchschlafen.«

»Sind Sie ihr Mann?«, fragte die Schwester.

»Was immer, klar, Freund, Mann, lassen Sie sie einfach schlafen.«

Ich dachte an die Wunschliste für Weihnachten, die ich einen Monat zuvor geschrieben hatte. Dinge, die ich gern hätte, von welchem willigen Weihnachtsmann auch immer. In Gedanken nahm ich einen Stift und strich zufrieden einen Wunsch weit oben auf der Liste durch:

~~5. NOTFALLKONTAKT~~

Lieber Mann, der in Zukunft meine Tochter lieben wird,

tauche vor allen Dingen spät auf der Bildfläche auf. Vielleicht ist es besser, wenn sie zunächst ein bisschen vom Gegenteil von dir kennenlernt und sich in deinen Armen erst entspannt, wenn sie sicher ist, dass du hinter deinem ursprünglich gezeigten Gesicht kein anderes, gruseliges verbirgst.

Verbirg kein anderes Gesicht. Ja. Das wäre mir wirklich lieber.

Schwing dich spät herab, aber nicht so spät, dass sie es nicht glauben wird, wenn du behauptest, du willst sie trunken machen vor Glück.

Mach sie trunken vor Glück.

Mach sie unglücklich. Sei egoistisch. Eine Weile lang. Lange genug, dass sie wirklich leidet. Wenn sie die Nase voll hat vom Leiden, das sie nur mitfühlender machen wird, sieh zu, wie sie aufsteigt wie die letzte Welle des Meeres und dich mit ihrem Schweigen erschlägt. Beachte, wie dieses Schweigen dich attackieren wird, wenn sie dir erklärt, dass sie genug hat und du dich ändern musst. Du wirst sehen, wie sich ihr Mund bewegt, und die Worte wiedererkennen, die Sätze bilden mit der Bedeutung: »Verschwinde auf der Stelle, oder ich verlasse dich.« Doch was ist mit der Stille, die droht, ewig zu dauern, wenn du dich nicht fügst? Sie ist so viel lauter als ihre Worte. Sie wird weder weinen noch bitten. Sie wird wissen, dass sie auch allein mächtig und vollkommen ist, dass sie dich nicht braucht. Die Bestimmtheit ihrer Worte wird dir Angst machen. Du wirst dich für sie verändern, weil dir klar wird, dass es niemanden gibt, für den sich eine Veränderung mehr lohnen würde.

Sage ihr, dass sie schön ist, in jeder neuen Sprache, die du erfinden kannst. Sei vorsichtig mit Metaphern, denn sie wird ihrer vielleicht überdrüssig sein, weil ihre Mutter sie überstrapaziert haben wird, weswegen sie womöglich immun sein wird gegen Poesie.

Erinnere sie an Poesie.

Wenn sie dir Kinder geschenkt hat, erinnere dich selbst jeden Tag an das zweite, dritte, vierte, fünfte Wort dieses Satzes.

Wenn du sie auf irreparable Weise verletzt, werde ich Leute ausschicken, die dich ebenfalls verletzen, es tut mir leid, aber so muss es sein. Ja, vielleicht hattest du eine schwierige Kindheit, aber bitte gestatte, dass ich mich vorstelle: Hallo, ich bin die Frau, der das scheißegal ist.

Mach ihr morgens etwas Warmes zu trinken und lass ihr Zeit, bis sie sprechen will; stürz dich nur mit einer Umarmung oder einem Edelstein auf sie. Mit Wiesenblumen. Einem Liebesbrief. Yeats.

Streite nicht in der Öffentlichkeit mit ihr. Auch nicht vor dem Hund. Ihr elegantes Auftreten sollte nie kompromittiert werden. Das hat etwas mit Loyalität zu tun, ich weiß nicht genau, auf welche Weise, aber es ist so. Sprich nur in den höchsten Tönen über sie, auch an den Tagen, an denen du dich über sie ärgerst. Übertreibe! Du hast dir das schönste Mädchen der Welt geangelt. Lass zu viele Menschen wissen, wie stolz du auf sie bist, so dass auch sie Wind davon bekommt und stolz ist, sie selbst zu sein.

Nimm ihre Hand. Bemerke, dass sie ein Kunstwerk ist.

Sei ihrem Bruder ein Freund. Sei ihm ein Bruder. Hilf ihm, wenn er Hilfe braucht, und gib ihm die Gelegenheit, dir zu helfen. Ruf ihn grundlos an, und schau mit ihr bei ihm vorbei auch an Tagen, an denen dir nicht danach ist, nur um sicher zu gehen, dass sie einander verbunden sind und sich vertrauen.

Wenn ihr Bruder eine Geschichte über mich erzählt, in der ich als besonders nervig dastehe, dann bitte, mach dich ruhig lustig. Sie sollen Trost in der Tatsache finden, dass sie eine Mutter haben, die nur ihnen gehört, und eine Kindheit, so wild und einzigartig, wie sie beide es sind. Es ist mir ein Bedürfnis, dass sie einander haben. Viel mehr wünsche ich mir nicht. Meine Brüder haben mich beschützt und verteidigt, und das wird sie auch brauchen. Sollte jemand ihre Ehre beleidigen oder sie bedrohen, wird ihr Bruder in den Ring steigen, und du wirst ihn dort hoffentlich nicht allein lassen. Ich habe bereits erlebt, wie er das tut, und es erfüllt mich mit Stolz, auch wenn es dabei gegen mich ging. Mein Bruder begleitete mich zur Bushaltestelle, als er erfuhr, dass ich aufgrund meiner großen Unbeliebtheit nie einen Sitzplatz im Bus bekam. Er stand da, die Arme verschränkt, als würde er alle anderen davon abhalten, den Rest ihres Lebens zu betreten, wenn sie nicht seinem Wunsch nachkamen, mich respektvoll zu behandeln. Er sagte kein Wort, sondern starrte nur jedes Kind an der Straßenecke an und versprach ihnen, dass ihre Zukunft fragwürdig wäre, außer sie begriffen. Alle Gespräche verstummten. Ein Kind warf einem anderen heimlich einen Blick zu, und er wirbelte herum und sah, wie sie sich angesichts seiner Drohung ungläubig anschauten.

Versucht's nur,

sagte sein Blick. Und:

Glaubt ja nicht, dass ich es nicht wahrmache.

Der Bus fuhr vor. Ich stellte mich an und schaute zu ihm, wie er immer noch dastand bebend vor kaum bezwungenem Zorn. Ich übermittelte ihm meine Dankbarkeit. Sein Blick antwortete:

So wenig braucht es.

Ich wusste, wie wenig, aber es tat gut, es zu sehen. Unnötig, zu erwähnen, dass ich einen Sitzplatz bekam. Ich entdeckte eine andere Variante davon bei meinem anderen Bruder an dem Tag, als mein Sohn geboren wurde und er ins Krankenhaus kam und alle hinauskomplimentierte, die nicht dorthin gehörten, damit ich mich ausruhen konnte. Er nahm meinen Sohn auf den Arm und las ihm vor. Er las *Pu der Bär*, Ginsbergs »Geheul«, E. E. Cummings. Er sang »New York, New York« als sein erstes Schlaflied. Die beiden zusammen auf dem Stuhl gehören zu den Dingen, zu denen ich am Ende meines Lebens in Gedanken zurückkehren werde, wenn es mir gestattet wird.

Sorge dafür, dass du ihre Onkel und ihren Bruder so gut kennst, dass sie eifersüchtig wäre, wenn es sie nicht so glücklich machen würde. Wenn sie Gefahr läuft, den Geburtstag ihres Bruders zu vergessen, erinnere sie daran und lade ihn im Zweifelsfall ein. Wohin auch immer. In vielerlei Hinsicht ist er für sie wichtiger als du, und ich weiß, das wirst du verstehen. Ich verlange zugegebenermaßen viel von dir, aber vergiss nicht:

Du hast bereits den Hauptgewinn.

Herzlichen Glückwunsch. Wirklich. Sie geht jetzt noch in die Schule und behauptet fest, dass sie nie heiraten wird, aber insgeheim hoffe ich, dass sie und ihr Bruder etwas von meinen Eltern haben, das überdauert und sie tröstet. Etwas, das von seinem eigenen Mond erhellt wird.

Sei ihrer würdig. Gott segne dich dafür, dass dir die Richtige aufgefallen ist.

Lieber Austernsammler,

o, Sie haben ja keine Ahnung.

Sagen wir einfach, dass wir es beide eilig hatten. Das ist keine Mutmaßung meinerseits. Ein Austernsammler kann an der nordwestlichen Pazifikküste unmöglich überleben, wenn er auch nur ein bisschen langsam ist. Die meisten von euch machen diesen harten Job seit Jahren, doch die Männer, die jung anfangen, sind schon erschöpft, während sie noch ihre ersten Fanggebiete in der Gezeitenzone absuchen.

Rohe Austern sind nicht billig, aber wenn man diese himmlische Schlüpfrigkeit zurückverfolgt zu dem Augenblick, in dem sie gepflückt wurden, stößt man auf einen unterbezahlten Jemand, der sie gepflückt hat. Aber bitte, ich will nicht nahelegen, dass Ihre Arbeit ein niederer Job ist. Ich finde, dass Sie mindestens ebenso viel verdienen sollten wie ein Gynäkologe, der weniger Zeit als Sie damit verbringt, sich vorzuneigen und mit Gummihandschuhen an den Händen in salzige Tiefen zu greifen. Sie verbrauchen wahrscheinlich zwei Paar dieser Handschuhe pro Woche, nicht nur um sich vor der kalten Gischt zu schützen, sondern auch an Handgelenken und Unterarmen vor den Schnitten der Zange, die Ihre Ernte aus dem Meer bricht. Ihr Rücken muss schmerzen nach dem stundenlangen Vorbeugen, während Sie durch den Schlamm waten, der bis zu Ihren Knien reichen kann. Der Korb mit den Mollusken, die eine erste Verabredung so denkwürdig machen können, wiegt bis zu dreißig Kilo. Das fordert vermutlich einen hohen Preis von Ihrem Körper.

Ich frage mich, ob Sie das Meer nicht satthaben. Jeden Abend schleppen Sie das Geräusch der Wellen mit ins Bett, in das Sie leicht wie ein Astronaut fallen, kaum dass Ihre Knöchel nicht mehr von nasser Erde und Seetang gefesselt sind.

Ich habe versucht, mir Ihr Gesicht vorzustellen, wenn ich Ihnen unsere Geschichte erzähle. Dass wir uns nie begegnet sind und dass ich viele Schalen von Ihnen zu Hause sammle. Ich male mir aus, wie ich an den Strand gehe und warte, bis Sie mich sehen. Ich spiele dieses Band wieder und wieder ab, ohne Ton, unsere Stimmen übertönt vom unablässigen Applaus des Ozeans. Ich erzähle Ihnen alles zu emotional und abstrakt für jemanden, den ich nicht kenne, dennoch verstehen Sie. Sie verstehen alles.

Als sie kamen, um die Leiche meines Vaters abzuholen, blieb meine Mutter in der Wohnung. Oder sie trieb vielmehr in einem Nichtzustand dahin, so geschockt und unglücklich, dass sie nicht mitgezählt werden konnte. Zwei Männer trugen seine Leiche auf einer Bahre hinaus, und wir vier Kinder folgten ihr den Korridor entlang. Wieder einmal liefen wir hinter unserem Vater her, doch dieses Mal ging er nicht mit Wollmütze und Stock voran. Als sich die Tür des Aufzugs schloss, stellten wir uns direkt neben seine Leiche, die mit einem weißen Tuch bedeckt war. Wir blickten einander nicht an, standen stramm. Aufgeplustert und ohne zu blinzeln; ein Parlament der Eulen, die Wache hielten, bis wir in der Garage waren, von wo seine Leiche an einen anderen Ort gefahren würde.

Als sie die Hecktür des Leichenwagens öffneten, zeigte ihnen meine Schwester ein großes Foto, das sie in der Hand verborgen gehalten hatte. In einer inspirierten Geste hielt sie den beiden Männern das Bild meines Vaters hin und sagte:

Das war er, damit Sie wissen, wen Sie mit dem Wagen wegbringen, das ist nicht nur eine Leiche. Damit Sie wissen, wen wir zurücklassen, wenn wir uns umdrehen und gehen.

Sie wollte den Satz beenden, der mit »Er war …« begann, schaffte es aber nicht. Und es war auch nicht nötig. Ihre Unfähigkeit, den Satz zu beenden, und die Röte in ihrem

Gesicht, als sie nach Worten suchte, die seiner würdig waren, reichten aus, damit die Männer verstanden. Einer berührte sie am Arm. Nachdem sie das Foto angesehen hatten, schüttelten meine Brüder ihnen die Hand, und sie sagten leise, dass sie sich an sein Gesicht erinnern würden, und dankten uns, dass wir es ihnen gezeigt hatten. Sie waren sehr mitfühlend. Es war kaum zu glauben, dass sie nicht zum ersten Mal die Leiche eines Vaters wegbrachten und vier erwachsene Kinder in der Garage stehen ließen. Wäre es der vierte Vater an diesem Tag gewesen, hätten sie einen Orden verdient, so höflich und respektvoll waren sie.

Als sie die Türen des Wagens schlossen, der die Leiche meines Vaters wegbringen sollte, wusste ich, dass ein Teil von ihm da drin war, in einem Leichensack unter einem Tuch. Den nahmen sie mit. Ich stellte mir vor, wie das Geräusch des Türenschließens in dem Sack klingen würde. Das Geräusch, das er in dem Sack hören würde, war zu schrecklich, und er war allein. Er würde nicht wissen, wohin sie ihn brachten, und am schlimmsten war, erklärte ich, als ich versuchte, in den Wagen zu kriechen, mich ungelenk hineinzuzwängen, am schlimmsten war, rief ich:

Mein Vater hat Angst vor der Dunkelheit.
Bitte, lassen Sie ihn nicht allein fahren.
Es ist zu dunkel darin.
Das mag er nicht.

Sie zerrten mich von seiner Leiche weg. Ich sagte, dass ich ganz still sein würde, wenn sie mich bitte mit ihm fahren lassen würden, aber niemand ließ mich, und die Türen wurden geschlossen. Meine Schwester wollte mich in die Arme nehmen, aber ich stieß sie aus dem Weg, nicht einmal die Kränkung in ihrem Gesicht konnte mich zurückhalten, als ich dem Wagen nachlief, ich rannte die Ausfahrt hinaus ins grausame Tageslicht. Ich war wie ein unterirdisches Geschöpf, es war zu hell draußen, und der Wagen fuhr zielstrebig und langsam über den Parkplatz, so wie man mit einer toten Person fährt, aber ich konnte ihn nicht einholen. Er bog auf die Straße, und ich heulte und bat, er möge zurückkommen, bis ich stehen blieb und beide Hände gegen die Sonne vors Gesicht schlug. In mir schluchzte jemand, dem ich gehörte, ich wollte nur noch dieses Schluchzen sein. Ich konnte nirgendwohin. Ich hatte keinen Einfluss auf mich. Ich schaffte kleine Schritte, aber jede Richtung war schlecht. Es ging nicht vorwärts. Rechts war ich ohne Vater als meinem ewigen Helden und links auch. Ich drehte mich in einem ungeschickten Walzer in diesem grauenhaften Sonnenlicht, das offenbar nicht wusste, auf wen es nie wieder scheinen würde. Ich drehte mich hilflos im Kreis auf dem einzigen Stück Erde, das mich ohne ihn kannte, heulte in meine Hände und kreiste mechanisch wie die Figuren in den Musikdosen, die er so sehr geliebt hatte, die sich bis zur Dissonanz erschöpfen, bis jemand den Deckel schließt.

Auf den Fotos ist der Nebel im Sund so dicht, dass Ihr Arbeitstag aussieht wie ein immerwährendes Jüngstes Gericht. Sind Sie daran gewöhnt? Schauen Sie jemals auf in Erwartung eines überirdischen Wesens, das durch den Hintergrund fliegt? Wie meine Schwester damals wünschte ich, ich könnte ein Foto meines Vaters für Sie hervorholen. Ich würde Ihnen das zeigen, auf dem er Ihre Austern isst, während mein Bruder und ich vor ihm auf dem Couchtisch sitzen. Auf dem Foto wirken wir heiter. Wir geben unserem Vater genau das, was er wollte, und es war das letzte Mal. Sie auf dieses Tablett zu legen war gleichbedeutend gewesen mit dem Start einer Raumfähre. Ich begriff plötzlich, dass sie nicht etwas waren, was man einfach so holte.

Ich muss Ihnen erklären, warum ich mich so bemühte, sie aufzutreiben. Warum ich alle anrief außer der Handelskammer und für zwei Dutzend Austern mit was für einer Soße auch immer alles getan hätte. Würden Sie einen anderen Teil der Geschichte kennen, würden Sie dann annehmen, dass ich aus Gewohnheit so gehandelt habe? Dass ich noch immer das kleine Mädchen war, dessen Aufgabe im Leben darin bestand, seinen Vater vor Enttäuschungen zu schützen? Das ist nicht das Bild, von dem ich möchte, dass Sie es sehen.

Mein Vater war Soldat. Ich nehme an, dass Sie wissen, was Isolation ist. Nach den Paraden und dem Champagner mussten Männer, die aus dem Zweiten Weltkrieg zurückgekehrt waren, innere Kriege ausfechten. Mein

Vater fand einen Weg weiterzuleben, doch fünf Jahre später kämpfte er erneut, im Koreakrieg. Wenn es auch nur entfernt sinnvoll ist, die Hölle in verschiedene Ebenen einzuteilen, dann waren die Kämpfe in Korea verheerender. Die Bedingungen waren unvorstellbar. Korea war überwiegend Chaos und Blutbad; im Gesicht von eisigem Wind und blutigen Körperteilen von Kameraden getroffen zu werden waren Erlebnisse, die er nach Hause mitgenommen hat, und meine Mutter erwachte nachts von seinen Schreien, als er sie noch einmal durchlebte.

Obwohl er seine Anfänge miterlebte, bedeutete der Vietnamkrieg das Ende seiner Soldatenlaufbahn. Er sah genug von dem Krieg, den er ablehnte, um die Armee zu verlassen. Er war fast fünfundvierzig Jahre alt und hatte drei Kriege überlebt; seitdem er neunzehn gewesen war, hatte er immer wieder gekämpft, und in den Leichensäcken aus diesem Krieg lagen Soldaten, die kaum älter waren als sein ältester Sohn. Er schied aus der Armee aus und arbeitete als Manager in einer Bank. Wir zogen in einen Vorort in der Hoffnung, dass er zum Abendessen immer zu Hause war und nie wieder eine Waffe in die Hand nehmen musste. Zum ersten Mal lebte ich nicht auf einem Armeestützpunkt. Wir hatten einen Hund und eine Schaukel am Ende einer Sackgasse, in der Kinder auf dem Fahrrad fuhren und in der Abenddämmerung Statue spielten.

Es bot sich ihm die Gelegenheit, Friedensrichter für den Bezirk zu werden. Er nahm an in der Überzeugung, dass er für die Arbeit im öffentlichen Dienst besser geeignet war als für die kleinlichen Machenschaften einer Bank, doch er stellte bald fest, dass diese Stelle ein noch korrupteres Gelände war. Nach seiner Zeit in der Armee wurde deutlich, dass er nicht in eine Welt passte, in der Verantwortung etwas war, vor dem man sich drückte, und in der Regeln existierten, um sie zu verbiegen. Er weigerte sich, Politiker zu spielen, und seine Moral war nicht elastisch. Es war ihm gleichgültig, wer man war, er verteilte keine Gefälligkeiten.

Einer meiner Brüder hatte einen Freund, der oft tagelang bei uns wohnte. Er war wie eine brillante Hippie-Version von Eddie Haskell und ein anerkannter Bestandteil unserer Familie. Eines Abends waren dieser Freund und meine Schwester, beide Teenager, in seinem VW-Käfer unterwegs, um meinen Bruder zu treffen, als sie das Blaulicht eines Streifenwagens hinter sich sahen. Er hatte eine kleine Menge Marihuana im Auto, geriet in Panik und sagte zu meiner Schwester, sie solle es loswerden, und sie, immer fügsam, begann den Inhalt des Handschuhfachs aus dem Fenster zu werfen, ohne daran zu denken, dass der Polizist das verdächtig finden könnte. Kaum hatte sie seinen kleinen Vorrat gefunden, hielt sie ihre Handtasche für das beste Versteck. Niemand würde doch in ihre Tasche schauen? In diesem Augenblick tauchte der Polizist neben ihrem Fenster auf und fand den kleinen Haufen, den sie geschaffen hatte: eine noch nasse Männerbadehose, ein paar Bob-Dylan-

Kassetten und einen Plastikbecher. Er richtete den Schein seiner Taschenlampe auf die beiden, der übertroffen wurde von der strahlenden Schönheit meiner Schwester, die gewinnend lächelte, während sie ihre Tasche so fest hielt, dass ihre Knöchel weiß waren. Der Polizist erklärte, seine Absicht sei es, sie in Kenntnis zu setzen, dass sie mit einem kaputten Rücklicht fuhren, doch er müsse vielleicht einen Blick in ihre Tasche werfen, wenn sie so gut wäre und sie ihm reichen würde. Sie wurden erwischt. Schließlich kam ans Licht, dass das schöne Mädchen auf dem Vordersitz die Tochter des Friedensrichters war und der große langhaarige Junge ein guter Freund. Der Polizist wusste, dass in dieser Situation von ihm erwartet wurde, die beiden Minderjährigen nach Hause zu bringen. Er war schlau genug, die Tochter des Friedensrichters nicht in Handschellen auf dem Rücksitz des Streifenwagens zum Revier zu fahren, dennoch war es eine unangenehme Situation. Mein Vater spielte an unserem Esstisch Karten mit dem Polizeichef, als es an der Tür läutete. Er öffnete und sah den Polizisten, hinter dem die beiden Teenager standen. Der Mann schilderte nervös, was vorgefallen war, und sagte, dass er es für das Beste gehalten habe, sie nach Hause zu bringen, wo mein Vater die Sache in die Hand nehmen könne. Mein Vater stand still da, nickte und sagte in aller Ruhe:

Ja, danke. Buchten Sie sie ein.

Und schlug ihnen allen die Tür vor der Nase zu.

Er wurde der krummen Touren überdrüssig, der Lokalpolitiker und ihrer Frauen, die Gefälligkeiten erwarteten, die ihm sein Gewissen verbot. Er wurde regelmäßig nachts geweckt, um Leute für tot zu erklären, da »Leichenbeschauer des Bezirks« zu seinen Pflichten gehörte. Er verbrachte viele Nächte damit, vor toten Jugendlichen zu stehen, die betrunken einen Autounfall verursacht hatten, oder vor Frauen, die von ihren gewalttätigen Männern erstochen worden waren. Der Tribut, den er zahlen musste, war zu hoch, und als ihm ein weniger anstrengender Job angeboten wurde, nahm er ihn an. Bedauerlicherweise war dieser neue Job an einen Bauunternehmer gebunden, der dem früheren Richter grollte, weil der sich geweigert hatte, das Schmiergeld für zu schnelles Autofahren anzunehmen. Der Mann zog an einem Faden, der meinen Vater die Stelle kostete. Falls er meinen Vater hatte bestrafen wollen, war er erfolgreicher, als er es sich in seinen kühnsten Träumen hatte vorstellen können.

Mein Vater war zwei Jahre arbeitslos. Er wurde verbittert und paranoid, verbrachte die Tage mit Zeitunglesen und vergeblicher Arbeitssuche. Zu viel freie Zeit ist tödlich für Veteranen mit posttraumatischem Stresssyndrom, er kam sich vor, als würde er wieder in einem Schützenloch liegen und um Tageslicht beten. Es gab nichts, was ihn von einem brennenden Gefühl des Versagens ablenken konnte. Um die Familie ernähren zu können, verkauften meine Eltern was immer möglich war, sie nahmen Hypotheken auf und refinanzierten, belasteten jede Kreditkarte bis zum Limit. War sein Zorn zuvor unvorhersehbar gewesen, dann war er jetzt pathologisch.

Wenn sein Zorn ausbrach, zog ich ihn am Arm, flehte ihn an »Schrei nicht, Daddy, bitte, schrei nicht«. Ich stellte mich vor ihn oder nahm seine Hand und zwang ihn, sich umzudrehen und mich anzusehen. Manchmal starrte er in einer Art Blackout an mir vorbei, doch wenn er mich hörte, kehrte er zu uns zurück wie ein Schlafwandler, der nicht wusste, wo er war. Ich sah, wie Verwirrung und Scham von ihm Besitz ergriffen, und das war fast noch schlimmer. Die Scham brachte ihn dazu, sich zu hassen. Dann sah er rot. Wir mussten mitten beim Essen in einem Restaurant aufstehen und hinausmarschieren, während er jemanden anschrie und uns alle anstarrten. Ich dirigierte ihn wieder auf die Straße, wenn er angehalten hatte, um auszusteigen und auf die Motorhaube zu schlagen, zu fluchen und jedes Familienmitglied in einen anderen Zustand der Benommenheit zu versetzen. Ich drängte ihn fort von entsetzten Ladenbesitzern, während er brüllte oder jemanden gar körperlich anging. Ein Stuhl krachte auf den Esszimmertisch und Glas zerbrach, Essen flog durch die Luft. Ich hörte einen bekannten Refrain, und mein Gesicht wurde heiß, mir wurde schwindlig, als ich ihn sagen hörte:

Ich bin der Mistkerl.

Na gut, ich bin nichts, ich bin nur Dreck für alle anderen.

Vielleicht wäre es besser, wenn ich tot wäre.

Ich wusste, dass es eine Stunde später still im Haus sein und meine Mutter am Küchentisch sitzen und ins Leere starren würde, ihre langen spinnenartigen Finger würden ein Glas Wasser hin und her schieben. Mein Bruder würde sich in seinem Zimmer eingesperrt haben und Musik hören.

Als ich alt genug war, um zu bemerken, dass in unserem Haus Bilder umgehängt wurden, um Löcher zu verbergen, die er mit der Faust geschlagen hatte, hängte ich sie selbst um, wenn jemand anders es vergaß. Ich versuchte, den Augenblick zum Leuchten zu bringen, aber ich war kein geborener Sonnenschein. Ich wusste, das, wogegen er kämpfte, war größer als er, aber ich begriff nicht, dass seine Abneigung gegen die freie Natur eine direkte Folge des tagelangen Marschierens in schlechtem Wetter mit einem Gewehr in der Hand war, während um ihn herum Männer erschossen wurden. Ich weiß nicht, was er in seinen Träumen sah, aus denen er schreiend erwachte, ich weiß nur, dass ich ihn hörte und ebenfalls schrie.

Nach den zwei Jahren des Wartens fand er eine andere Stelle, doch das Muster blieb das Gleiche, bis er in Rente ging und nicht mehr das Gefühl hatte, der Welt seinen Moralkodex aufzwingen zu müssen. Er war erschöpft und genoss die Erfahrung, nirgendwohin gehen, nichts kontrollieren zu müssen. Er begann die Welt als einen Ort zu sehen, von dem er unzählige Male beinahe verschwunden wäre. Als die Wut und der Sarkasmus nachließen, wurde das gemeinsame Leben meiner Eltern zu seiner Priorität, und als meine Mutter kurz, aber ernsthaft erkrankte, war es, als hätte ihn jemand wachgerüttelt. Ich glaube, die Erleichterung, dass er sie nicht verlor, half ihm, gesund zu werden. Eines Morgens, als er schon weit über siebzig war, fuhr er meiner Mutter in Anwesenheit eines Nachbarn über den Mund. Später sah sie ihn mit einer Hand auf dem Knie vor dem Fenster sitzen und unsicher hinausstarren. »John, was ist los?«, fragte sie, und er sagte:

Ach, ich habe deine Meinung nicht respektiert. Ich habe vor jemand anderem deine Gefühle verletzt, und das war falsch. Entschuldige.

Ihre Generation gab eine Ehe nicht so leicht auf, und ihre Liebe hatte etwas Heiliges, sie war privat auf eine Weise, die ihre offensichtliche Leidenschaft Lügen strafte. Sie gehörte nur ihnen. Ein zärtlicher Blick konnte so intim sein, dass man nach fast vierundsechzig gemeinsamen Jahren wegsehen musste. Ein paar seiner Kameraden nahmen sie nach dem Krieg beiseite und sagten zu ihr, ja, Männer hätten ihre Möglichkeiten, damit zurechtzukommen, aber ihr Mann gehöre zu den ganz wenigen, die nie vom rechten Weg abkamen. Sie wurde rot, als sie ihr erzählten, wie sie ihn »mit Alkohol bearbeiten und er immer nur erklärte, dass er mit dir den Jackpot gewonnen hatte«. Er flirtete gern und liebte Frauen, tolerierte aber keine Männer als Freunde, die ihre Frauen betrogen. Er sagte, klar, er verstehe Versuchung, aber respektiere nicht, dass man ihr nachgebe.

»Bevor ich deinen Vater kennengelernt habe, wusste ich nicht, dass es solche Männer gibt«, sagte eine Freundin zu mir, und ich habe es öfter gehört. Leute, die ihn in späten Jahren kennenlernten, kannten ihn als unfehlbar freundlich und offen, als jemanden, mit dem man über alles reden konnte. Er war wieder der Mann, der das Interessante »faszinierend« fand, das Amüsante »zum Schreien« und das Traurige »herzzerreißend«. Der Zorn, den ich aus meiner Kindheit kannte, war fast verschwunden, und es war der positive, für alle offene Mann, der uns stets die Tür öffnete. Er war nahezu geheilt, doch ich meinerseits hatte immer noch keine Ahnung, was ein normales Niveau an Emotionen in beiden Richtungen ist. Wird all das weitergegeben? Ist es in mein Unbewusstes gesickert, oder wurde ich damit geboren? Wenn Schrecken Adrenalin produziert, löst sich die Angst dann in Nichts auf, werden die Flecken in der Wäsche entfernt? Das Cortisol floss in seinen Adern. Metaanalysen zeigen, dass Schock die Größe und die Struktur des

Gehirns verändert, und ich stamme zur Hälfte von ihm ab.

Epigenetische Studien belegen, dass die Reaktion auf ein traumatisches Ereignis so ausgeprägt weitergegeben werden kann wie die Augenfarbe. Furcht und Wut können ererbt sein. Wir lieben den Anblick von heimkehrenden Soldaten, ihren Frauen und Kindern, die sie unaufhörlich umarmen und küssen. Ich stand einmal vor der Mauer eines Flughafens und sah heimlich zu, als eine Gruppe Soldaten aus dem Flugzeug stieg. Ich weiß, dass die Soldaten die Schrecken nicht im Flugzeug lassen konnten, und manches von dem, was sie zu tragen hatten, wurde vielleicht an ihre Kinder weitergegeben. Das soll nicht den freien Willen und die heroischen und belastenden Aspekte der Eigenverantwortung schmälern, es soll nur andeuten, dass genetische Marker nicht ausradiert werden können, nachdem man durch die Hölle gegangen ist. Wenn die Wissenschaft der Vererbung recht hat, kann man mit Angst vor Dingen geboren werden, die man nie gesehen hat und nicht einmal benennen kann.

Als er krank war und seine Kinder alle auf der Couch neben ihm saßen und Witze erzählten, um die Spannung zu mildern, kam meine Mutter herein, legte ihm die Hand auf die Schulter und fragte ihn, ob er etwas brauche. Er sagte:

Es ist einfach schön, sie alle dort zusammensitzen und lachen zu sehen.

Er legte ihr die Hand auf die Wange. Da ihm die Kraft fehlte aufzustehen, sagte er:

Aber du bist die beste Medizin.

Mein Vater war auf nahezu verrückte Weise stolz auf seine Kinder und Enkel. Die Jungen in der Footballmannschaft meines Bruders glaubten, dass mein Vater für die Highschool arbeitete. Sie wussten nicht, wer der Mann war, der bei jedem Trainingsspiel und jedem Auswärtsspiel dabei war, auch wenn es schneite. Er stand da, starrte meinen Bruder an, der nur einmal die Bank verließ, einen Pass annahm und dann in die falsche Richtung rannte, nur um von seinen eigenen Mannschaftskameraden attackiert zu werden. Er war zerknirscht, lachte jedoch so sehr mit meinem Vater, dass es schien, als wäre sein Patzer besser gewesen, als den entscheidenden Punkt zu holen. Beim nächsten Spiel war er wieder dabei, er langweilte sich nie. Und als er in die Stadt kam, um mich bei der Premiere eines Stücks zu sehen, fragte er scheu, ob er möglicherweise auch in die Nachmittagsvorstellung gehen könne, wonach er klarstellte, dass er abends wiederkommen würde, wenn wir Leute bräuchten, um das Haus zu füllen. An Geburtstage dachte er Monate im voraus. Er nahm mich beiseite und sagte, schau, was ich für deine Mutter zum Valentinstag habe, als es noch nicht einmal Weihnachten war. Er brauchte keinen Feiertag als Ausrede. Meine Mutter war erschüttert, weil die Stadt ihr Elternhaus abriss, wo mein Vater sie zu ihrem ersten Rendezvous abgeholt hatte. Er fuhr hin und stocherte mit seinem Stock in dem Schutt, bis er einen intakten Ziegelstein gefunden hatte. Er ließ die Adresse hineinritzen und legte ein Foto des Hauses darauf, so dass sie ein Andenken zum Anfassen hatte. Er saß da und überlegte, was andere glücklich machen würde, und schritt dann zur Tat.

Als er krank wurde, wusste er, dass er es uns sagen musste. Als meine Mutter fragte, was soll ich ihnen sagen, erwiderte er, sag ihnen die Wahrheit, aber:

Verflucht, ich will auf keinen Fall, dass es ihr Leben durcheinanderbringt.

Er war sehr krank, und ich kam, um zu helfen. Nach tagelangen Versuchen erreichten wir einen Mönch in Mysore, Indien, der ihn segnen wollte. Mein Vater gehörte eigentlich der Episkopalkirche an, aber er interessierte sich sehr für östliche Philosophie und Judaismus, und war offen für alles. Während ich zusah, wie er mit dem Mönch per Skype telefonierte, wurde er so schwach, dass er sich vorneigte und den Kopf auf seinen Stock stützte, als er versuchte, »om mani padme hum« zu intonieren. Der Mönch fragte ihn nach seinem Befinden, und er versuchte sich aufzurichten und sagte:

O, mir geht es gut. Wie geht es Ihnen?

Ich brachte meinen Vater zu seinem Sessel, damit er sich ausruhen konnte. Ich beschloss, die Wohnung meiner Eltern für eine Stunde zu verlassen und in mein Hotel auf der anderen Straßenseite zu gehen. An der Tür drehte ich mich zu ihm um: »Brauchst du irgendwas, Daddy? Irgendetwas?« Er knickte ein angesichts eines Wunsches, der ihm erfüllt werden sollte. Er war nicht jemand, der um etwas bat oder sich selbst viel gönnte außer Büchern, seine einzige Leidenschaft. Die meisten Angebote, ihm auch nur ein Glas Wasser zu bringen, wurden mit »Nein, danke, ich muss noch fahren« abgelehnt. Ich sah ihn mit sich ringen, und dann wusste ich, wie die Antwort lauten würde. Ich wusste es, bevor er es sagte. Ich kam mir wie ein Esel vor, dass ich überhaupt gefragt hatte. Wäre es eine Quizsendung gewesen, hätte ich ein Auto gewonnen, denn er sagte nur:

Vermutlich ist es … Ich weiß, es ist zu viel verlangt …

Ich hielt die Hand hoch, um ihn zu stoppen.

»Nein, nein, ich weiß. Ich weiß, was du willst, Daddy«, sagte ich und rannte los. Ich lief den Flur entlang und hinaus auf die Straße. Ich lief in mein Hotel, wo ich in den Aufzug stürmte und in mein Stockwerk hinauffuhr, nur um erneut auf den Knopf zu drücken und wieder in die Halle hinunterzufahren, durch die ich bis zur Rezeption rannte, um zu fragen, ob sie wüssten. Sie wussten nicht. Der Portier konnte keine rohen Austern besorgen, er konnte überhaupt keine Austern an diesem Abend auftreiben. Er schlug vor, ich sollte bei Piggly Wiggly an der Schnellstraße tiefgefrorene Muscheln kaufen und sie in der Mikrowelle auftauen.

An der nordwestlichen Pazifikküste, wo Sie waren, dämmerte der Morgen noch nicht. Sie sind bereits durch die Ebbe gewatet. Waren Sie je stolz darauf, etwas Seltenes zu ernten? Wie bei den meisten Dingen, fragte ich mich nie, woher sie kamen, bis ich sie nicht auftreiben konnte. Vielleicht haben Sie uns an diesem Morgen verflucht, die Leute, dic in den Genuss dessen kamen, was Ihnen Schnitte an den Armen und Frostbeulen an den Fingern verursachte. An einem vollen Korb verdienten Sie nicht genug, um sich in einer dieser schicken Bars ein halbes Dutzend zu kaufen. Obwohl er gute Meeresfrüchte schätzte, war mein Vater alles andere als ein extravaganter Mensch. Wäre er Ihnen vorgestellt worden, garantiere ich Ihnen, dass er Ihnen herzlich die Hand gedrückt und gesagt hätte: »John Parker, freut mich, Sie kennenzulernen.« Und er hätte sich wirklich gefreut. Er hätte Ihnen zugehört, hin und wieder leise »Kaum zu glauben« und »Das ist ja faszinierend« gesagt, die Lippen zu seinem schiefen Halblächeln verzogen. Seine großen, bodenlos dunklen Augen hätten die Ihren gesucht, mehr in Sie hineingeschaut, als Sie einfach nur angesehen auf jene Weise, wie gute Zuhörer es tun. Menschen, die zuhören, auch wenn sie sprechen.

Er nahm unsere Fragen und Probleme abends mit ins

Bett, dachte darüber nach und wünschte sich, eine Lösung dafür zu finden, und sei es auch nur im Ansatz. Er rief uns Stunden oder Tage später an und sagte respektvoll:

Hallo, nur dein Vater. Korrigier mich, wenn ich mich täusche, aber letzte Nacht ist mir was eingefallen.

Also bla bla bla, Google, Gelbe Seiten et cetera, überflüssige Zurschaustellung von Emotionen gegenüber Fremden am Telefon, mein Freund in New York suchte jeden Foodblog in der Region von D. C. ab; krasser schamloser Missbrauch des Ausdrucks »mein geliebter sterbender Vater« gegenüber Boten, Restaurants und Caterern: katzbuckeln, schmeicheln, beten und dann, Volltreffer. An diesem Abend ging die Tür zur Wohnung meiner Eltern auf, und mein Bruder und ich traten ein mit Behältern voller Clam Chowder, Maisbrot und je einem Dutzend Blue-Point- und Olympia-Austern. Gepflückt von Ihnen, dem Helden dieses Buches, wo immer und wer immer Sie sind.

Jetzt, nachdem ich mich mit Informationen vollgesogen habe (Kinder wurden während der industriellen Revolution gezwungen, sie für dreißig Cent am Tag aus der Schale zu brechen, eine weitere große Schande für das Experiment, das sich Menschheit nennt, und zudem ernten zahllose nicht lizensierte Pflücker illegal Austern und verschicken kontaminierte Ware an Restaurants in

Großbritannien; wussten Sie das?), weiß ich Bescheid über Austern. Sie, Sir, hätten Ihren Job nicht einen Tag behalten, wären Sie nicht schnell, geschickt und in der Lage, enorme Unannehmlichkeiten auf sich zu nehmen, ohne zu klagen, aufzugeben oder zu betrügen. All das macht Sie zu einem Mann, wie er einer war, der Mann, den Sie nie kennenlernen werden. Er hat im Leben viel gehungert, in Kohlebergwerken gearbeitet und auf Schlachtfeldern und in Dschungeln gelitten; ihm wurde nur selten der Respekt entgegengebracht, den er verdiente, und er wurde hintergangen, alleingelassen, ausgeraubt, angeschossen, gefeuert, zweimal von einem Zug angefahren, von einem Stromschlag verletzt und sprang mit einem defekten Fallschirm aus einem Flugzeug (und traf später den Packer besagten Fallschirms in einer Bar und gab ihm einen aus, weil »er ein netter Kerl war und es zugegeben hat«), er wurde gemieden und öffentlich gedemütigt, weil er ein Whistleblower war, musste Hunger leiden, ging bankrott, wurde für tot gehalten und liegengelassen, und überlebte eine Gehirn- und eine Herzklappenoperation. Dennoch war er am Ende seines Lebens ein ungeheuer dankbarer Mensch. Wie nur wenige war er wirklich in der Lage, etwas anzunehmen und zu schätzen, und er bedankte sich mit ausführlichen handgeschriebenen Briefen, schilderte seitenlang, dass

die Sachen angekommen sind, und die Süßigkeiten habe ich gebunkert. Ein Buch habe ich schon ausgelesen, und das über den Buddhismus kann ich gar nicht mehr aus der Hand legen. Diese Geschenke sind ein Ausdruck der vielen harten Arbeit, die du leistest. Wir sind so stolz. Hast du zufälligerweise das Gedicht bekommen, das ich dir geschickt habe?

Und:

Wenn die Rolling Stones in ihrem Alter noch auf Tournee gehen können, dann können wir das auch. Ich sitze in meinem Hotelbademantel in einem Zimmer, das doch tatsächlich halb so groß ist wie unsere Wohnung. Ich schaue hinaus auf den Arno, und die Sonne geht gerade unter, und o ja! Ich trinke mit deiner Mutter ein Glas Champagner! Es ist fast zu viel, um es fassen zu können. Diese unvergessliche Zeit verdanken wir dir. Besser kann es gar nicht werden.

Sein Kampf um ein ehrenwertes Leben verdiente mehr Belohnung, als ich mir ausdenken konnte, aber das Allermindeste, was er verdiente, waren diese Austern. Ich schwöre, er wäre in Gummihose und mit Handschuhen selbst ins Meer hinausgewatet, hätte er von der Couch aufstehen können, doch das konnte er nicht, und deswegen brauchten wir Sie.

Er versuchte zu lächeln, als er Ihre Austern sah, hob die Hand, berührte sein weißes T-Shirt und sagte:

Nur die Ruhe, mein Herz.

Ah, danke, mein Schatz, schaut euch das an.

Das letzte weiße T-Shirt, das er trug, liegt in einer Tüte, die sich in einer anderen Tüte befindet, in meinem Schrank. Ich habe es noch nicht ausgepackt und frage mich, ob es nach Ihren Austern riecht oder darin das Echo seines unverwechselbaren zweisilbigen Lachens noch nachklingt, das er lachte, als er sie auf der Platte vor sich sah. Dieser kurze hohe Ausruf diente als Satzzeichen für nahezu alles, vor allem für seine oft benutzten Refrains: »Das nimmt einem wirklich den Wind aus den Segeln, *heh-hah*« oder »Abgesehen davon, dass Ihr Mann erschossen wurde, Mrs Lincoln, wie fanden Sie das Stück, *heh-hah?*« Manchmal verdrehte er dazu die Augen, aber an diesem Tag brachte er das nicht mehr zustande.

Mein Vater machte sich andächtig über Ihre Austern her. Er veranstaltete keine Show, mein Bruder und ich sahen zu, wie er erstaunlich umstandslos jeden Bissen genoss. Wir schauten ihm mit komplizenhaftem Vergnügen zu, in Hochachtung vor dem Erlebnis, das Sie ihm ermöglichten. Es gab kein Danach und kein Davor.

Ich möchte Sie hiermit wissen lassen, Sie, der Sie Ihre schmerzenden Hände ins Meer tauchten, um meinem Vater dieses letzte Mahl zu ermöglichen: Die Schalen liegen in einer Schale in meinem Zimmer, und ich behandle sie wie Fabergé-Eier. Ich betrachte sie eingehend, denke über sie nach und zähle sie.

Weil Sie dafür überhaupt keinen Tusch bekommen haben, sind Sie jetzt am allerwichtigsten. Liebster Austernsammler, Sie sind wie ein Wechseljahre-Baby, Sie sind spät aufgetaucht und haben damit Ihre Position als Liebling aller zementiert. Sie repräsentieren die Männer, die wie mein Vater für die Sicherheit und das Glück anderer schuften und an die nie jemand denkt. Der Mann in seiner schönsten Ausprägung, finden Sie nicht? Außerdem habe ich auf der Suche nach Ihnen so viele schrecklich coole Dinge gelernt. Ich weiß jetzt, wie Austern die Umwelt sauber halten, indem sie Meerwasser filtern und seine Qualität ungemein verbessern. Sie stellen das Habitat für eine Fischart dar, von deren Existenz ich nichts ahnte, und helfen bei Stickstoffverunreinigung, indem sie das Phytoplankton konsumieren, was immer das ist, und ich glaube, sie verbessern die Qualität naher Gewässer. Vielleicht. Ich bin nicht ganz sicher, wie sie das bewerkstelligen. Aber ich bin ziemlich sicher, dass sie es tun, UND vier Austern decken den Tagesbedarf an Kupfer, Jod und noch etwas, das ich vergessen habe. Sie enthalten unglaublich viel Vitamin B-12, das der Schlüssel bei Niedergeschlagenheit und Gedächtnisproblemen ist. Die Komponente als Aphrodisiakum ist erstaunlich, wenn man bedenkt, dass Austern ihr Geschlecht verändern können und es in der Lebensmitte auch tun. Austern sind Transen! Wie kann man sie nicht lieben? Es ist überaus sinnvoll, dass Aphrodite in ihrer Liebesgöttinnenglorie einer Auster entsprungen ist. Können Sie sich vorstellen, dass sie reif und golden einer Qualle entspringt? Oder einem Algenbett? Austern sind so wichtig und gewieft, dass es eine Bewegung gibt, um sie für die Welt zu retten. Es gibt Gruppen leidenschaftlicher Austernliebhaber, die Recyclingprojekte ins Leben gerufen haben, damit die Auster nicht ausstirbt. Sie pflanzen neue Babys auf alte Schalen und bringen sie zurück ins Wasser. Es ist eine einfache Möglichkeit, Mutter Erde zu helfen und sich bei ihr zu entschuldigen für das viele Haarspray und die Ölpest. Man legt sie an gekennzeichneten Stellen ab, und den Rest machen sie selbst. Noch etwas, worüber ich nie nachgedacht habe, bevor ich über Sie nachdachte: Wo landen die vielen Schalen? Ich habe die Austern einfach gegessen und die Schalen vergessen, während sie himmelhohe Denkmale für heißen Sex und boomende Zinklevel wurden. All diese Mülldeponien aus Schalen, die nach Hause hätten zurückkehren können für einen Neuanfang und Reinkarnation.

Ich weiß, Sie haben keine Zeit für das Recyceln, aber *wir können es für Sie tun.* Ich betrachte die Schalen in der Schale, und ich werde eine finden, die mir Signale schickt, und dann werde ich sie für uns beide nach Hause schicken. Ich weiß jetzt, wie wichtig Ihr Job ist, und Dinge dieser Art vergesse ich nicht mehr, nachdem ich sie gelernt habe. Es ist eine Kleinigkeit, die ich tun kann.

Und jetzt muss ich Ihnen sagen, Austernsammler, dass er in der Nacht, nachdem er Ihre Austern gegessen hatte, aufhörte zu sprechen. Alle außer mir schliefen, und ich saß neben ihm und hielt seine Hand. Als Letztes sagte er zu mir:

Drück bitte meine Hand.

Ich hielt sie, bis er zum letzten Mal ausatmete und wohin auch immer ging, wo er keine Angst haben und sich nicht nach uns sehnen musste. Wo er die Dinge tun kann, von denen Sie und ich noch nichts wissen.

Als ich von seinem Arzt erfuhr, dass er nur noch Monate oder sogar nur noch Wochen zu leben hatte, rief ich ihn an. Ich versuchte, es uns beiden auszureden. Ich wusste, dass er Angst hatte, und ich sagte all diese Dinge. Ich weiß nicht. Jetzt klingt es so hirnverbrannt. All das übliche Zeug, dass niemand wirklich etwas weiß, dass er jeden Grund hatte, offen für Geheimnisse und Wunder zu bleiben. Wir wüssten nicht, was passieren würde, wiederholte ich mehrmals, und er sagte, ja, du hast recht. Und weil er der genialste aller Väter war, fragte er mich, womit ich gerade beschäftigt war, als wäre es wichtig, und ich erwiderte, okay, ich stehe gerade in einer tollen Buchhandlung. Sie würde dir gefallen, sagte ich. Er seufzte sehnsüchtig und fragte, haben sie was Interessantes? Ich sagte, ja, tonnenweise. Ich werde dir ein Buch aus dem Laden schicken, wie findest du das, und er sagte, o, das wäre wunderbar, großartig, danke, mein Schatz. Ich sagte, dass ich auch noch Süßigkeiten dazulegen würde, und er dankte mir und meinte, er könne es gar nicht erwarten, und dann fragte er mich: Sag mal, was schreibst du gerade, arbeitest du an irgendwas? Ich sagte, o, Daddy, nur Kleinkram, und er sagte, okay, aber hör mal:

Schreib einfach, hör nicht auf zu schreiben, schreib irgendwas.

Dank

An erster Stelle möchte ich ganz herzlich Scott Henderson danken, der nie aufhörte, mich zu unterstützen, und für mich den brillanten Eric Simonoff auftat. (Eric, du bist ein Gigant.) Dieses Buch gäbe es schlicht und ergreifend nicht ohne ihn. Demütigen Dank an Colin Harrison und Nan Graham bei Scribner für ihre Begeisterung für das Projekt und ihren Glauben an mich. Für ihre Hilfe und Unterstützung: Debra Kletter, Larissa Laskin, Nicole Gillingham, Claudia Ballard, Nicole Burdette, Jake Honig, Frandy Rubio (auch dir, Andy), Amanda Hosten St. Louis, Katrina Diaz, Kate Barry, K. Todd Freeman, Josh Ritter, Hunter Parrish, Joe Morra und Kirsten Parker. Dank an Peter Hedges für seine unschätzbare Hilfe beim Gebären von Babys und von diesem Buch (und für Lucas). Eine tiefe Verbeugung vor denen, die sagten, dass ich schreiben sollte und könnte: Craig Lucas, Mike Nichols, Mark Strand, Eli Attie, Mary Foote, Elizabeth Cuthrell, Merri Biechler, Jessica Lamendella, Dava Waite, Mary Karr, dem Chef höchstpersönlich, David Granger, Ryan D'Agostino und allen anderen bei *Esquire*. Und vor dir, Donkey, der du mich im Realen und im Surrealen verankert hast, okay? Aus der Tiefe meines Herzens danke ich meinen Geschwistern Jay, Sage und Bruce. Mein Dank geht an das wahre Leben, besonders für und an meine beiden Ewigen, meinen Sohn, meine Tochter. Für sie, auf ewig.

Inhalt